THE CURIOUS CASES OF
MY SECOND NEXT LIFE AS A NOBLEWOMAN
元
転
数
人生を
2
精霊の帰還
RETURN OF THE SPIRITS
かみはら
Kamihara
イラスト しろ46
Shiro46
早川書房

The Curious Cases of My Second Next Life as a Noblewoman: Return of the Spirits

by

Kamihara

Illustration
★
しろ46

Book Design
★
早川書房デザイン室

元転生令嬢と数奇な人生を２　精霊の帰還

Contents

アヒム
カレンの幼馴染み。
苦労性で人外に
好かれやすい。
ライナルト
オルレンドル皇帝で
奥方を溺愛している。
カレン
精霊に翻弄されがちな
オルレンドル帝国皇妃。
マルティナ
カレン付きの秘書官。
文系だが腕っぷしが立つ。

元転生令嬢と数奇な人生を2

登場人物紹介

ヨー連合国を代表する
五大部族の一人。
自称ライナルトの心の友。

精霊側の代表者だが
謎が多い。

平行世界から
連れてこられた精霊。
現在はカレンの養子。

カレン、ライナルトの
もてなし役を務める精霊。

1 皇帝夫妻の穏やかな朝

目覚めは快適……には程遠い。

私の上で跳《は》ねるのは使い魔たちだ。

丸々と太った小鳥は跳ね回り、首に挟《はさ》まってくる子犬。どちらも光を通さない漆黒で構成されている。

いくら軽くても、何度もぽんぽん跳ねられては安眠妨害になる。抵抗しようと身体を捻《ひね》っても、使い魔たちは諦《あきら》めずに妨害を試みた。

抗争の結果は私の負けで、怒る私に二匹が揃って小首を傾《かし》げる。

「あなたたち、ねぇ。起こすにしても、もうちょっと優しくできないの」

ふうっと息を吐き、そろそろと寝台を降りる。

腰以上の高さがあるから落ちたら大変だけど、私のためにしつらえられた寝台は、皇族用とあって豪華な天蓋《てんがい》付きになっている。柱の手彫り細工には金箔が施され、天蓋カーテンはレースが幾重にも重なり、桃色水晶が所々に吊り下げられている。出入りのたびに音が鳴る仕組みになっていて、美しさも相まって大事にしたいけど、黒鳥の玩具《おもちゃ》と化しているから、傷が付くのも問題だ。

窓からは優しい光が差し込んでいる。

部屋の中央には光沢《こうたく》をもった木製の机や椅子が置かれ、上品な花瓶には鮮やかな花が活けられており、周りにはふんわりとしたクッションが配された優雅な長椅子が並んでいた。

少し前まで住んでいたコンラートの自宅とは趣《おもむき》の違う、落ち着きと贅沢《ぜいたく》さが溢《あふ》れる空間だ。

普通の人が目覚めるより早い時間に起こしてもらったのにはわけがあった。

「ライナルトはまだ寝てるわよね？」

黒鳥が首を動かし頷《うなず》く仕草《しぐさ》を見せる。

気合いを入れ、意気込みながらクローゼットを開けばずらりと服が並んでいる。どれもしつらえから職人製と知れるもので、手伝い不要で着られる服はこうして一箇所に集めていた。

私の部屋は二階にあった。

大理石が敷き詰められた廊下を進めば一階全体を見渡せる造りだ。一階中央の居間は、冷たい床上に虎が一匹寝そべっており、腹の上に猫のクロとシャロが埋もれている。

虎のクーインはちらりと私を視認だけして、あとは身動きもしない。

猫たちは起きてきてくれないし、クーインに取られてしまったみたい。耳の上を掻いてあげると気持ち良さげに前足を伸ばし、この中に使い魔達が混ざれば奇異な風景になる。

クーインの額に唇を落とすと、顔を洗って眠気を追い払い、タオルで顔を拭《ふ》きながら、鏡に映る自分を認識する。

そう、立派な部屋がいまの私の住まい。

あの不思議な世界を体験して帰還してから私はライナルトと婚姻式を挙げ、コンラート家の当主代理兼皇帝の婚約者から皇妃になった。

婚姻後に宮廷へ住まいを移すのは、かねてから決めていたとおりだ。今の住まいはまるで新築のように新しいけれど、それもそのはず。なんとこの部屋は柱を残し、元あった壁や二階部分の床を壊して改築された。

一階は暖炉《だんろ》つきの居間が大半を占めていて、庭に面した壁面に大きなガラス扉がある。ガラスのお陰で光が取り入れられ、室内衝立《ついたて》で高さと広さを演出し、新しい技術や様式をふんだんに取り入れた。絵画や生花であちこち飾られた素敵な部屋なのは間違いないけれど、ところどころ実用性の高い剣や斧がかけられているのは、誰の要望であったかを察してもらいたい。

二階でいま使われているのは私の個人部屋だけ。

一階の談話室や書斎にお風呂、手洗い場と基本的な生活は一階で足りる仕様だけど、もう一室大きな部屋がある。そこに目的の人が眠っているが、いま会いに行くのは堪《こら》えよう。

私は庭に面したガラス扉に手を掛けた。

室内が暖かいから忘れがちになるが、季節は冬まっただ中。今朝も雪が膝《ひざ》ほど積もっているけど、これでも積雪は少ない方になる。

「わ、寒い」

刺すような寒さが肌をつくも、風はないから過ごしやすそう。

室内の暖房しかり、庭も温泉を活用した特殊な仕様となっており、煉瓦《れんが》で舗装された歩道のみ雪が取り払われている。行き着いた先は東屋《あずまや》に似せた台所で、こちらも雪が入り込むことなく綺麗なままだ。ここは『向こうの世界』でお世話になったエルネスタ家の炊事場に似せて作ってもらった。

食材は事前に運び込んでもらっているから、支度《したく》は簡単だ。

薪《まき》すら整えられた竈《かまど》に火を放り込むだけで、すぐにパチパチと木がはぜる音が響く。

水を張った鍋には蒸し器を嵌《は》めて野菜を並べるだけ。燻製《くんせい》肉は切り口が鮮やかな厚切りベーコンに、トマトはくし切り、必要分の卵を置いて準備完了だ。

黒い子犬に竈の管理をお願いして部屋に戻ると、さっき入るのを我慢した部屋の扉を、音を立てぬように慎重に開く。中は薄暗くなっているが内装は知り尽くしている。

部屋は主寝室だった。

眠る人の傍《かたわ》らに足を運ぶと半分身を乗り出しながらその肩を揺らし、緊張しながら声をかける。

「ライナルト、朝です」

無防備に眠っていた人が深く息を吸い、ゆっくりと瞼《まぶた》を持ち上げる。まさにいま起きたて……と言いたいところだけど、私はがっかりと肩を落とす。

「おはよう」

「おはようございます。やっぱり起きてた」

「朝から落ち込んでどうした」

丁寧に引き寄せられて真正面から抱きしめられる。

首に掛かる息がくすぐったいが、されるがままに身体を預けた。

「なんでこう、うまく行かないのかしらと思って。この間より早く起きたつもりなんだけど、全然勝てたためしがない」

「起床に勝つも負けるもなかろうに、いつから勝負になった。カレンが早起きして私を起こしに来る、それだけで充分だろうに」

「ちょっと違うんですー」

このやり取りすら、私がライナルトを起こしたいと言わなければなく、とっくに起きて朝練にでも向かっていた。

「いま起きたと言っては信じないか？」

「信じない。私だってその程度の嘘は見抜けるんだから」

「残念だ。そろそろ独り寝が寂しくなってきたのに」

「嘘ばっかり」

「本当だ」

私が別室で寝るのは数日に一回。今日はその一回がやってきただけで、そもそも婚姻式以降は毎日顔を合わせている。

「それで、いつになったら朝の支度を手伝わせてもらえる？」

「しばらくは駄目。たまの料理で緊張を解《ほぐ》しているんだから、ひとりでゆっくり考えたいの」

「やはり疲れるか？」

「あなたの奥さんになったの、ついこの間ですよ？ 簡単に慣れるわけありません」

ひとりになりたいのも本当だけど、侍従長からライナルトに朝支度の手伝いをさせないでって言われてるの、いつ白状しようかな。

私的には手伝いくらいいいと思うが、侍従長達は万が一にも火傷《やけど》すらさせたくないようで、料理は私一人に留《とど》めてくれと懇願《こんがん》されている。

私が包丁を握《にぎ》ることに関してはどうかって？

私に関しては諦められている。なぜなら庭に台所を作ってもらったときに相当ごねた。

様々話し合った結果、指が荒れるから後片付け禁止令が出され、料理だけ作っていいとなったのだ。

それでもいまは寒さで体調を崩しやすいせいか、青空料理をやめてほしいと言われているけど、料理は数日に一回の事前申告制だから無理のない範囲に留めている。

「とにかく起きて。あたたかいせいで一緒に寝てしまいそうだから」

「二度寝でもするか？」

「台所が火事になったらどうするんです」

離してくれない夫に起きるよう促して主寝室を離れると、玄関とも言うべき二重扉に手を掛けた。

宮廷と私たちの居室の間には小部屋が作られている。

扉を開くと、いつも通り出入り口にワゴンがあり、これに焼きたてのパンが詰まった籠《かご》や調味料類、果物や飲み物を入れてもらっていて、おかげで最後の支度が整えられる仕組みだ。

下段には動物たちのご飯が入った器があり、そわそわしだした動物たちにはこれが与えられる。クーインはまた別にご飯があるので、前菜みたいなものかな。私が料理をする日はライナルトがご飯をあげる役と決まっている。

パン類を並べる間に、野外厨房の野菜はちょうど良い感じに火が通り軟らかくなっていた。鉄鍋に厚切りにしたベーコンを放り込むと、肉の焼ける音と香ばしい匂いが漂いだす。トマトは軽く炒めて塩胡椒《こしょう》にバターをひとかけら。さらにもう一つの鉄鍋にたっぷりのバターを溶かして溶き卵。ライナルトは固めで、私はバター控えめ半熟の、オムレツが完成だ。

オムレツのトマトソースがけ、厚切りベーコンに蒸し野菜をお皿に盛り、お盆で運んで着席。片付けを何もかも無視すれば、温かいうちに料理は楽しめる。

朝ご飯は悪くない出来だった。

卵の火加減も、ベーコンの焦げ目もお互いの好み通り。野菜は塩だけでも充分美味《おい》しいし、トマトソースは酸味が控えめで卵によく合う。

パンは種類豊富で色々あったけど、中でも砕いて軟らかくした玉蜀黍《とうもろこし》とチーズを練り込んだパンが絶品で、ライナルトはこれにもバターをたっぷり塗る。このバター使いはオルレンドル人全体に共通する好みだけど、食卓の彩り豊かな国だからこそできる技だ。

私が朝からこれほどのバターを摂取すれば、間違いなく胃痛を起こして唸《うな》る羽目になる。油分どころか、多少傷んでる食事でも大丈夫らしい胃を羨《うらや》ましく感じながら互いに予定の確認を行った。

「カレンは孤児院と療養院の慰問で間違いないか」

「ええ。時間があったらコンラートに行くけど、夕方には帰ります。ライナルトは外壁工事を見に行くと聞きましたけど、あなた自ら手合わせをする話も聞きました。本当ですか？」

「現場を離れて久しいからな。勘を薄れさせたくない……カレン」

バターナイフを置いて、口を結ぶ私に、もう何度目かもしれない忠告を行う。

「私は貴方の感情からおおよその考えなら推察はできるが、心の機微には疎《うと》い。心配事があるなら率直に伝えた方がいい」

「だったらなおさら寝室を分けて正解だったなって思っているだけです」

「何故？」

「寝不足で剣なんて握らせられませんもの」

「いらぬ心配だ。そんなヘマはしない」

ややご機嫌を損《そこ》ねてしまったらしいけど、真実だ。

これは私が二階で寝ていた事情と関連している。

その理由は、なんとこの旦那様、誰かと一緒では睡眠をとれない性質だからだ。

もちろん目を閉じて軽く眠るくらいはできる。私には無防備な姿も晒《さら》してくれるけど、眠りは浅く、疲れを取る本当の意味での睡眠は取れない。

以前ぐっすり寝入った姿を見たから勘違いしていたけど、あの時は怪我で疲労が濃かった。何度か膝枕で寝てもらったこともあったけど、短時間だし完全な睡眠には至っていない。

彼のこの体質を詳しく問い詰めれば、人の気配を感知するだけで、身体が勝手に覚醒するのだと教えてもらった。彼の少年期の育ちが関係しているらしく、いつ起きても彼が先に起きている理由に納得できたのである。

こればかりは長年の習慣だから、じっくり付き合っていくしかない。

慣れるまでの対策として、急遽《きゅうきょ》別室を設《しつら》えてもらったら、これにライナルトは大変お怒りを示してしまった。口論の末、数日おきに別々で眠りましょう、と決着がついたのだ。

ついでだから朝の起床に挑戦していたら、今朝のように連敗に終わっている。

周りから見たらくだらない遊びかもしれないけど、結婚からひと月と少し、これが新婚である私たちの楽しみ方だ。

この冬の朝は、ミルクにチョコレートを溶かしたものを少しずつ飲むのが日課になっていた。朝食の後は二人で長椅子に腰掛け雪景色を楽しむ。

先にも述べた通り庭は一面雪だけど、桜を植栽しているから春になれば見事な花を咲かせる予定だ。

それ以外の植物に何を植えるかは考え中で、薬草の類《たぐい》も考えたが、そちらはヴェンデル用の庭に様々植栽されている。芝生だけでもクーインが休憩場に使えるし、ライナルトの暇《ひま》つぶしである対ニーカさんやジェフとの手合わせ場を見物できるけど、あれこれ考えを巡らせるのは心が躍る。

ただ、未来の庭に馳せる思いに反して、尋ねるのは公務の話題だ。

「いまはまだ、私の仕事は軽めなんですよね、いずれこうもいかなくなるのかしら」

「直接政《まつりごと》に関わる機会はそうそうないから心配しなくていい。どちらかといえば、カレンに任せたいのは私の代わりの慰問だ。それと不本意だが催事だな」

「ライナルト、そのあたり興味がないですものね」

「その通り、私よりも民とふれ合う行事は貴方の方が向いている」

「駄目ですよ、そういうこと言っちゃ。みなさんにとって、皇帝の訪問は喜ばしいものなんですから」

「そのような行事ごとは減らしてやりたいくらいだ」

「とっくに減らしてるくせに」

「慰問と称した宴三昧《うたげざんまい》の無駄をなくしただけで、減ってはいない。リヒャルトに止められた」

このあたりは宰相リヒャルトの案配が上手だったのだろう。

民が喜ぶと言ってみるも、彼は他人の感情に興味がないから通用しない。ライナルトは、外壁工事なんかは率先して見学に行くが、進んで慰問の類を行うとしたら戦による負傷者への対応くらいだ。

実際、郊外の舗装整備で怪我を負った部隊を直接見舞った。

「都市《グーディア》の拡張計画は如何《いかが》です？」

「ひとまず順調だ。ファルクラムから提供される資材と、ヨーとの関係改善が上手くいった。おかげで着工も早く取り掛かれる」

「周辺のご領主に人力を請うているとか」

「のうのうと遊ばせているよりかは有意義だ。なに、防衛力を奪うほどではなし、見返りは用意しているから向こうも率先して人を寄越してくれる」

最近は経済の発展に力を入れており、城壁外に都市を拡張する計画を民にも露《あら》わにした。住居区や娯楽施設を増やす計画だから評判は上々。民にとっても仕事が増えるし、彼の話を聞くだけなら、オルレンドルの発展に寄与する素晴らしい事業だ。国力を豊かにする皇帝だと評判が高くなる一方で、私は真実を知っている。

工事の名目でさりげなく軍備を拡張、国内の要所に保管倉庫を設置する計画を立て、さらには近隣の砦《とりで》を増設する計画だ。

これらは式後のお休みが終わった直後の話だ。宰相からなにも言われず資料が届いたので何事かと思っていたけど、読み進めるうちに意図を悟った。

オルレンドルの建築技術の向上と、軍備を拡張する意図は明らか。最近はラトリアのきな臭さが際立っているためか、難民対策や侵略を受けた場合の備えとして期待できるけど、こちらが攻め入る側になる可能性もあるので複雑なのは変わらない。

……けど、難事への備えは大事なので黙るに徹する。

ライナルトは甘みのないお茶に、蒸留酒と薬草から抽出した濃縮液を混ぜながら尋ねてきた。

「それとモーリッツだが、いささか貴方への言葉が厳しいのではないかと書記官が心配していた」

「心配には及びません。モーリッツさんが厳しいのは事実ですけど、あの方の指導には愛がありますし、ライナルトもそれはご存じでしょ？」

「確認しただけだ。杞憂《きゆう》だと言っておくが、モーリッツに愛か？」

「まさかないと思ってらっしゃるの？」

「ない、とは言わないが……あれに愛とは、なかなか薄ら寒い響きだな」

「どの口がおっしゃるのやら」

ただ、愛は愛でも、私をあなたの恥にしてはならないって類の、あなたへの真心ですけど。

苦薬《くやく》を飲み込むような表情に笑いが零《こぼ》れる。

このように婚姻関係を結ぶに至っても、彼の野望はたゆまぬ努力によって進められている。その野望を止める気はないけれど、それゆえに付きまとう心配事は常に胸を締め付けるのだ。

……私の目標はこの人に長生きしてもらうことだけど、具体的には何をしたらいいのかしらね。

ライナルトから私に望まれたのは「傍《そば》に居るだけで良い」のひとことだけ。

無論、それには縋《すが》れない。私を甘やかすことに定評のある人だから、環境に任せていては駄目人間になると、この結婚生活でよく学んだ。私がこの人の好いてくれる私であるためには、モーリッツさんくらいずけずけと助言をくれる人がいるくらいがちょうど良い。

足元に移動していたクーインや、机の上でだらけていた猫たちをひとしきり撫でる。

「そろそろ支度しなくちゃ。ライナルトも頑張ってくださいね」

「カレンも。なにかあったらためらわず報告してくれ」

「心配性ですよね……はぁい、ちゃんと言いますってば」

自分から唇を触れ合わせ、余韻《よいん》に浸りすぎぬうちに呼び鈴を鳴らす。

涼やかな音が室内を満たせば、二十も数えぬ間に侍女達が顔を覗《のぞ》かせ、ルブタン侍女頭が代表して恭《うやうや》しく頭《こうべ》を垂れる。

「おはようございます。皇妃殿下」

「おはよう。支度をお願いします」

短い挨拶は、朝から長い口上で時間を取りたくない、と言い続けた結果だ。

この部屋にして良かったと感じるのは、衣装部屋も含めて設計してもらった点だ。すべてのドレス類は無理でも、直近で着るものや宝飾品は手元に置いておけるから移動に時間を取られない。

衣装部屋では服を脱ぐまで自分で行い、以降は侍女の仕事。

指先の爪まで整えられているのも、顔やうなじ、腕、足まで綺麗に毛が剃られているのも、全部彼女達の繊細な仕事によるものだ。

温かいタオルを顔に当てられ、されるがままになりながら、使い魔ルカの言葉を思い出す。

「皇妃付きの侍女は掃除洗濯礼儀作法だけに通じているんじゃない。気遣いの他にもマッサージ師やエステティシャン並みの腕前が必要なんだわ」とあの子は言っていた。

いつだったか、いとこのマリーが侍女にはなりたくない、と言った理由がいまになってようやくわかった。

支度が終わる頃にはライナルトも出勤し、代わりにマルティナが顔を出している。

彼女にはコンラート家の家令補佐を辞めてもらい、私付きの秘書官になってもらった。

マルティナは簡単に了承してくれたわけじゃない。

彼女はコンラートに恩があった。師であるウェイトリーさんの補佐があったし、なにより恐れ多いと辞退されていたけれど、師の説得と、いまは亡きクロード・バダンテール氏が彼女を推薦していたと話を聞き了承してくれたのだ。

彼女は文官らしさを意識して伊達《だて》眼鏡をかけるようになった。

元から映える顔立ちなので、声をかけられる機会が多いらしいけど……服の下に複数の武器を隠し持っているなんて、お誘いする側は知らないだろう。マルティナは暴力を好まずとも、私が誘拐された一件から、守るための力の行使は必要だと考えるようになった。文官の武装については、元コンラートだからとライナルトに許されている。

着替えを八割がた終わらせ、目尻に墨を入れる間に、マルティナが今日の予定を読み上げる。

「本日はかねてからのご予定通り国営孤児院へ慰問となっておりましたが、その後の予定に変更がございました」

「どの部分が変わったの？」

「孤児院の視察を終えた後はブロムベルク侯宅にて、夫人主催の昼食会への参加をお願いしたくございます。療養院はまた別日に組ませていただきますので、本日はそちらへお願い申し上げます」

「変更は、今日でもう五度目ではありませんでしたか」

「左様にございます。このような変更で御心を騒がせるなど許されざること、問題があれば元通りの予定に戻せますが……」

「言っただけですから、大丈夫。その日程で動きます」

昼食会を捻《ね》じ込まれるのも初めてじゃないから狼狽《うろた》えない。

マルティナがこう言うのだ。優先順位が高い証拠だし、彼女こそ淡々としているが、揉めたと想像するのは容易《たやす》かった。臨機応変に対応するのが役目だから予定変更を駄目とは言わないけど、立場上物申さなきゃならない部分はある。それにこの場合、参加を切望してきたブロムベルク侯だけが問題ではない。

「昼食会が割り込んでくる頻度が高い気がするの。どなたが調整しているのか、調べてもらえる？」

「ただいま確認しております。近々、ご希望に叶う報告ができるかと存じます」

うん、じゃあもう調べが入ってるってことね。

私の予定を組むにあたっては、宮廷と外を繋《つな》ぐ取次と、予定組みを兼ねる文官が複数存在している。皇妃はライナルトに頼まれるお務めが優先だけど、それ以外は彼らが私の予定を決めているから、誰かが過剰に小銭を稼いで、割り込みを入れているのは間違いなさそう。

取次や文官のあれこれは大人の事情が絡《から》んでいる。宮廷の作法とやらがあるから完全にやめさせはしないが、やり過ぎは容認できない。

いくら私が新米皇妃でも好き勝手されては威信に関わる。

本当に必要な急用を除き、ちゃんとしてもらうための忠告はさせてもらわないと。

だってほら、急な予定変更となってルブタン侍女頭が小物類や宝飾品の変更を指示し始めた。彼女達が慌《あわ》てるのは、慰問と昼食会じゃ衣装の雰囲気を変える必要があるせい。こうも変更を許していては予定の意味を成さないし、マルティナをはじめとした文官と侍女の関係が悪くなる。私の近衛達とて、いまごろ困っているはずだ。

彼女達の人間関係を考慮するのも私の務めだから、地味に心配りが大変だ。

コンラート当主代理のときはここまで苦労しなかった……と現実逃避する間に、やっぱり衣装は変更となってしまった。

くるりと裾《すそ》を 翻《ひるがえ》しながら確認を行う。

「慰問ならとにかく、昼食会には地味じゃないかしら。もっと色を明るくする必要はない？」

これに侍女のベティーナが補足する。

「ブロムベルク邸へ向かう馬車で、わたくし共が手を加えます。こちら袖《そで》が外れる仕組みになってますので、代わりにレース細工と薄衣《うすぎぬ》を組み合わせ、飾り帯と首飾りを足して……」

「あ、なら大丈夫。あなたたちに任せます」

「かしこまりました。決して見劣りせぬ衣装で整えますので、安心してご出立くださいませ」

針仕事用の指ぬきや手首の針刺し姿が様になっていて、自信満々で頼もしい。やっぱり私の侍女はできる女性が揃っている。

部屋を出ると、ひときわ立派な風采《ふうさい》の人物が待っていた。

異様に顔の良い中年男性はジェフ。

コンラート時代から護衛を兼ねている彼は、いまは私の近衛隊長を務めている。

部下を引き連れる姿は本職に戻ったといった感じだけど、気安さは変わらない。

「おはようございます、皇妃殿下。本日の行路はこちらの……」

「はいはーい、それじゃあお願いします」

毎日の宣誓を長ったらしく続けられてはたまらないので、黒鳥を渡して歩き出す。出鼻をくじかれたジェフは、ご丁寧に黒鳥を持ちながら私の後を追ってきた。

「カレン様、朝の始まりに挨拶は重要です」

「その気力はとっくに使い果たしちゃったの。これから孤児院で頑張らなきゃいけないんだから、あなたくらいは気軽でいさせて……って、これもう何回目？」

「十二回目です。私は諦めませんよ」

マルティナは彼女の性格もあるし慣れない仕事だから練習も含め付き合うけど、ジェフなら肩の荷を下ろしたって許されるはずだ。

渋いおじさまと黒鳥の姿はどこかおかしくて和《なご》む。

笑いを堪える一同に見ない振りをしていたら、黒鳥はやがて黒子犬に吼《ほ》えられ、しぶしぶながら足元の影に溶けていった。

今日向かう孤児院は国営であり、元は皇太后クラリッサが運営していた施設になる。

あの女性の名に良い思い出はないけれど、かといって責務を引き継ぐのを嫌とは言わない。

馬車の到着と共に出迎えてくれたのは、院長と職員、それと子供達だ。

「まさかこうしてお越しいただけますとは……！」

初老の院長は感極まった様子で、私は子供達に花束を手渡してもらう際に目線を同じ高さに合わせた。

精一杯身綺麗にして緊張に身を固める子供達は微笑ましい。

花束をひととおり愛でてからジェフに預けると、緊張の解けない院長はぎこちなく笑う。

「どうぞこちらへ。まずは子供達より歓迎の挨拶をさせていただきたく存じます」

「ありがとう、私はこちらに伺うのは初めてですから、案内をお願いしますね」

「はい、はい。かしこまりまして……！」

院長と施設職員達が大仰に出迎えてくれるのは、大袈裟《おおげさ》……でもない。

その事情は知っている。

院長はここで私に好印象を与え、運営費を獲得せねばならないためだ。

皇太后クラリッサは自ら孤児院訪問をする人じゃなかった。訪問は季節が一巡りするまでに一回あれば良い方だったと聞いている。

クラリッサがこちらに乗り気じゃなかった理由は簡単。オルレンドルの皇后は孤児院の運営に名を貸すのが習わしで、引き継ぎの事業だったためだ。

この施設にいる子供は五十人程と聞いている。

まずは挨拶と歌で歓迎してもらうと、対面で子供達にどんな風に生活を送っているか直に話を聞く。どの子も顔色は良いし健康状態は悪くなく、職員を先生と呼び慕っている。

それが終わると施設巡りだ。

子供と職員の関係は良好。大変ほほえましい印象を受けたが、施設見学で足を止めてしまった。大分昔の建物らしいけど、それにしたって古すぎる。

「老朽化が進んでますね。修繕は入っていなかったのですか」

「そうでございましょうか。しかしながらオルレンドルの建築技術は一級でございますゆえ、まだまだ充分やっていけます」

年老いた院長が身をすくめたのは、咎《とが》められると思ったのだろうか。だとしたら心外だし、少し悲しい。ご老体がこうまで追い詰められてしまった事実がだ。

話は静かに切りだした。

「院長は、わたくしがオルレンドル人ではないのはご存じですね」

「もちろんです。ですので子供達も、将来はお国の役に立てるよう教育を施《ほどこ》しております」

院長は施設を任されて三十年ほどになる。六十代なのに、顔に刻まれた皺《しわ》がさらに年嵩《としかさ》に見せており、これまでの苦労を物語っていた。

院長の表情に、私はクラリッサに対する苦い感情を呑み込み微笑む。

「わたくしは様々な文化を取り込み、成長したオルレンドルを誇りに思っているのです」

「はい、ですので……」

「ですから、子供達が何人《じん》の血を引いていようとも関係ありません」

ぽかんと口を開く院長に続ける。

「この国で生まれ育ったからには、この子達にも平等に教育を受ける権利があると考えているのです。これはわたくしも、そして陛下も同じ考えでいらっしゃいます」

たったこれだけの言葉で、ずっと不安そうに、皇妃の機嫌を損ねてはならないと必死になっていたご老体から力が抜け、ぶわっと大粒の涙を落としたから驚いた。

普段ならここはハンカチを差し出すべきだが、いまは違う。

皇妃たるもの悠々と、それこそ聖母の如《ごと》く慈愛を見せねばならない。

あたかも全知全能な神を装った笑みを作るのが私の仕事であり、これこそが孤児院訪問を依頼してきた宰相からの要請だ。

「も、申し訳ございません。このような醜態を……」

「いいのですよ。いままで苦労なさってきたのでしょう、あなたの苦難を思えば、わたくしはあなたに礼を言わねばなりません」

「そんな、礼など……私は、ただ子供達を健やかに育てたいと——」

この反応なら想像できると思うけど、皇太后クラリッサは訪問を避けていただけではなく、必要な経費を出さなかった。

理由は子供達の中に赤髪や、肌の色が濃い人種がいるせいだ。即《すなわ》ちこの子達の親のどちらかがラトリアやヨーの人であり、彼女が国営孤児院を好かなかった理由は、院長が子供達の血筋を差別せずに巣立ちさせる目標を掲げる人だったためである。

きっとクラリッサからの要請はあったのだろうけど、はね除《の》けたのだろう。

私は再度施設を見渡し、ジェフ達に告げた。

「順路を外れ、施設全体を見ます」

「カレン様、ご予定を外れますよ」

ジェフは注進するが、形だけだ。

「それでも行く必要があります。あなた達も子供達が置かれている現状を、その目に収めておきなさい」

本来は足を向けるべきではない職員の部屋や、建物の隅々まで見て回るが、すべてが終わる頃にはため息を隠すのが大変だった。

「陛下に申し立てて修繕を始めましょう。建て替えが必要な箇所があるし、人員や嗜好品の類も足りていませんね。補充を行えるよう手配させます」

最低限のお金しか支払われていなければ、緊急時に必要なお金は足りない。

家具や遊具は年季がはいっており、何度も修理した痕跡がある。本やペンも使い古しばかりで、靴は底に穴が開いても買い替えに苦労していた。薪は節約し、毛布が足りないから数人で固まって寝ていると聞いた時は、言葉に詰まったくらいだ。

国営孤児院だからクラリッサの目があるし、下手に国民へ寄付を募るのも難しく、善意ある貴族からの寄付金で繋いでいた。

子供達の服装を見たときから感じていたけど、ここまで酷《ひど》いとは思わなかった。

これが国営の施設だなんて、誰が信じられるのかしら。

ため息を我慢して人を走らせるべく、指示を伝えた。

「ひとまず毛布や食材に、薪をできるだけ運ばせてくださいな……それと、ジェフ」

近寄る近衛隊長に、周りには聞こえないよう小声でお願いを続ける。

「予算を割くにも手続きに数日かかるだろうから、私のお財布から少し出しておいてくださいな」

「よろしいのですか？」

「どうせお金を使いなさいってうるさかったの。ちょうどいいでしょ」

「かしこまりました……まったく、いつまでも甘くていらっしゃる」

「クラリッサの尻拭《しりぬぐ》いをしてるだけですけどね」

「それでも、ですよ。私達には同じなのです」

達……は、亡きチェルシーも含めているのだろうか。

でも、これで院長の国への不信感が少しでも払拭《ふっしょく》されたと信じたい。

職員や年長の子供はこれから良くなるかも、と目を輝かせている。少しはいい仕事ができたかと胸をなで下ろしたときに、それは起こった。

「この毒婦め！」

叫び声がしたと気付いたとき、ジェフが私の前に立った。

庇《かば》われたのだ。

彼の肩にべったりと粘性の液体が張りついている。

卵の殻《から》が落ちて、私に向かって投げつけられたのだと知った。

犯人は施設の子供で、早速近衛に確保されている。大人が集《たか》って体重をかけていたから、院長達の悲鳴が轟《とどろ》き、私はたまらず叫ぶ。

「やめなさい、相手は子供ですよ！」

解放されたのは女の子で、痛みに泣きじゃくっているものの、私に向ける目は憎悪にまみれている。

その子は私に向かって叫んだ。

「オルレンドルを乱した悪者め！　魔法でオルレンドルを乗っ取ってなにをする気だ！」

「こら、やめなさい！」

院長や職員が少女の口を塞《ふさ》ごうとするが、少女は暴れ、押さえつけられ連れて行かれる。ジェフが目配せしてきたが、なにもしないで、と目線で返した。

院長はもう汗だくで、必死に女の子の言葉を訂正しようとする。

あの子は最近迎えられた子で、いくつも施設を転々とし、最終的にここに落ち着いたらしい。

「決して、決してあの言葉は本心ではないのです。あの子は先帝陛下の内乱で父を亡くし、母親に置いて行かれてしまいました」

内乱とはライナルトが前帝カールを弑逆《しいぎゃく》した皇位簒奪の動乱だ。

院長の話をひととおり聞き終わると、努めて平静に頷き、院長に続けさせる。

「普段は仲間思いの良い子なのです。あのように心乱しているとは、私の監督不足なのでしょう。どうか……どうかお許しを！」

「家族に置いて行かれた現実を受け入れがたいのでしょう。あの娘の罪を問いはいたしません。あなたがたの元で、傷が癒えるまで支えてあげてください」

「ああ……ありがとうございます。ありがとうございます……！」

思いがけない危機を迎えたけど、この程度で済んでよかったはずだ。

孤児院を去るときは馬車ではジェフに同乗を求めた。

「あなたの衣装を汚してしまってごめんなさい。怪我はなかった？」

「たかが卵ですから、問題ありません。それよりもカレン様が汚れなくて良かった」

「ありがとう、ジェフが庇ってくれたから、時間に遅れずに済みそう」

「なんの、役目を全うできてよかった」

爽やかに笑っているけど、きっとはじめからあの子に目をつけていて、だからこそ迅速な行動が取れたのだと思う。

お礼の他に、私はもう一つお願いしなくてはならない。

「このことは陛下には言わないで。他の人にもそうよ、きつく口止めをお願い」

「ですが、子供といえど危険な思想でした。罰とは申しませんが、報告だけは必要かと」

「あの年頃の子は傷つきやすいの。知らせるにしても、あの人の様子を見ながらよ。それまでは院長に状態を報告してもらうだけに留めて」

「陛下はやはりお怒りになるでしょうか」

「わからない。子供だし見逃してくれると願いたいけど、ライナルトは過激な一面があるから」

「……苦労されますな」

ふ、とあの時から変わらない、見慣れた柔らかい眼差《まなざ》しになった。

恥ずかしくてつい両手で口元を覆う。

「大事にされてるのはいいこと、なんだけど」

結婚で落ち着いたとはいえ、私が違う世界から帰還を果たしたのはこの間の話。私が勝手にいなくなってしまった出来事はライナルトを傷つけた。卵一つでも逆鱗《げきりん》に触れるかもしれないし、慎重になりたいとジェフを説得すれば納得してくれる。いまいち不服そうな侍女のベティーナにも言い含め、この事件はこれで終わらせる。

ジェフが馬車を後にすればベティーナ達がドレスを彩り始めた。

「カレン様、大変でございましたね」

「でも、卵なら可愛い方じゃなかった？　それにああいう考えを持つ人がいるのも事実よ」

「そうおっしゃるとは、もしや不安でございますか？」

「愚痴よ、ここでだけだから許して」

子供だけじゃなく、私を毒婦と称する大人が多数存在する事実は忘れていない。

院長にも語ったとおり、私は生粋《きっすい》のオルレンドル人じゃない。

オルレンドル帝国皇妃カレンは、幸運にも国民の大多数に受け入れてもらっている……と認識している。行方不明中は不名誉な噂にまみれていたが、竜に乗って帰還を果たしたことで、噂はすべて撤回された。

現在は精霊を連れて帰った功績を称えられているが、全員に歓迎されているわけではない。クラリッサほど思い切った行動を取らずとも、外国人がオルレンドル皇室入りした事実を認めがたい人はいる。

毒婦呼ばわりで落ち着いていられるのは、とっくに様々な洗礼を受けていたためだ。むしろ真正面から言ってくれるなら逆にすっきりするくらいで、貴族には悪質な方が多いと、公《おおやけ》の場に出始めてたった二十日程度で思い知らされている。

「ブロムベルク夫人はあまり気の合いそうな方じゃなかったけど、偏見はいけないわよね……」

「……良識は備えていると存じます」

「………大丈夫よね、きっと」

自分を励《はげ》ましてみたものの、結果は芳《かんば》しくなかったと述べておこう。


すべてを終えコンラート家に寄った頃には机に前のめりになっている。

「お疲れさまでした、カレンちゃん。今日はなかなか悪質な方でしたねー」

労《いたわ》ってくれるのは途中から合流したエレナさん。

彼女には昼食会や女の園に出向く際に同行してもらっている。今回はマルティナの手配で美しく着飾って登場してくれた。

精根尽き果てながら頭だけを動かす。

「エレナさん……付き添い本当にありがとう。おかげで嫌味も冷静に流せましたぁ」

「お姉さんは特別手当ときらきらの衣装目当てに行っただけで、あのおばさんを冷静に躱《かわ》して、皇妃としての格を見せつけたのはカレンちゃんの手腕ですよ」

「格なんてなんにも考えてなぁい。疲れたぁ……」

私が嘆《なげ》く一方で、エレナさんは流行のドレスに頬《ほほ》を染めて喜んでいる。

淡い緑を重ねた薄衣におおはしゃぎで、歩くたびにふわりと揺れるのがお気に入りみたいだった。

「エレナさんいないと無理だったから……それに、エレナさんは褒《ほ》めてくれるけど、皮肉に皮肉で返したのは失敗でした」

「遠回しに言っても気付けない方はいらっしゃいますし？　ま、気にするなら次、頑張りましょ」

「うん……」

ああ、孤児院は上手くやれたはずだけど、昼食会は百点満点中の五十点もつけられない。皮肉と嫌味増し増しのブロムベルク夫人相手に同じ土俵に立ってしまった。

めそめそといじけながら、同じように合流した秘書官に顔を向ける。

「マルティナは大丈夫？　相当駆け回ってくれたみたいだけど疲れてない？」

「体だけは丈夫ですし、こうして同席を許してくださったおかげで休めてますから……あ、姿勢はどうかお見逃しを……」

「いい、いい。身内しかいないんだから楽にして」

私たちにすかさず給仕してくれるのはゾフィーで、悠々と腰掛けていたマリーが肘をついていた。

「やっぱり皇妃サマって大変よねー」

「マリーも、エレナさんの着付け手伝ってくれたんでしょ。ありがとう、急なのに助かった」

「趣味だから構わないわよ。それより、私が選んだドレスが早速役に立ったじゃない」

「ドレス？」

「貴女がいま着てるやつよ。持ち込んだときは型破りだの破廉恥《はれんち》だの文句を言われたんだけど、私がそれを貴女の衣装棚に入れさせたの、知らなかった？」

「……知らない」

マリーが意味深に控えるベティーナに視線を向けると、彼女はこころなしか悔しそうに俯《うつむ》く。

……彼女達の仲は悪くないはずなのに、時折こう、バチバチやり合うときがある。私はこの事実を知らなかったけど、マリー自ら申告して教えてくれるのだ。

空気が悪くなりそうなのを察してか、すかさずゾフィーが会話を挟む。

「なんにせよ、無事に終わって良かったではありませんか。もうすぐフィーネ様が帰ってきますし、気を取り直されては如何《いかが》でしょう」

「……そうね。でも、付添がシスとルカだけで大丈夫かしら」

「問題ありません。時折悪戯《いたずら》はしますが、常識はきちんと教え込んでおります」

「そっか、ありがとう。ゾフィーさん」

「いいえ。これもウェイトリー殿に託された私の仕事ですから」

「そのウェイトリーさんの帰りはいつ頃になりそう？」

「今日は検診だけですから、遅くはならないかと」

偶然にも女性だけが揃い、女子会の体《てい》を成しつつある。ジェフは気遣って席を外したが、いまごろ庭師のヒルと歓談できているはずだ。

マリーが指で茶器を指差す。

「それより、ねえ。ゾフィーのお茶を飲んであげなさいな。かなり上達したのよ」

などと勧めてくるので、淹れたてのお茶を一杯いただく。

爽やかな香りが鼻腔《びくう》をつき、すっきりと飲みやすいお茶が喉《のど》を通る感覚に驚いた。

「本当だ、渋みがなくなってる」

「毎日頑張ってるのよ。コンラート家の見栄えもさらに上がるんじゃない？」

「ほんとね。ゾフィーさん、すごい」

「はは……なんとかお茶淹れがまともになりはじめた程度で、まだまだ師匠には敵《かな》いません」

「でもあなたのおかげでウェイトリーさんはヴェンデルに集中できるんです。本当、良い後継者に恵まれて良かった」

「……光栄です」

静かに喜ぶゾフィーの傍らで、ふふんと鼻を膨《ふく》らませ得意げになるエレナさんは、お友達が褒められて嬉しいに違いない。

ゾフィーだけど、彼女はコンラート家の家令見習いとなり、お向かいの旧バダンテール邸に一家で越してきた。家《うち》はクロードさん亡き後、あの人の飼い犬たちを引き取っていたから、その繋がりでバダンテール調査事務所所長から打診されていたみたい。

雑談で盛り上がっていると、料理人のリオさんが軽食を運んできてくれる。

「ささ、皆さん軽食ですよ。久しぶりのコンラートですから、是非食べていってください」

マルティナにはサンドイッチ、私には炊きたての白米で握った塩握りに、味噌《みそ》漬けの野菜！　ああ、嬉しくて感極まってしまう。

「久しぶりの白米食、やっぱりこれでなくっちゃ……！」

転生して久しいといえど根っこはまだ日本人が残っているのか、おにぎりはほっとする味だ。

宮廷に招く予定だったリオさんはコンラート邸に残ったため、気軽に彼の料理を味わえなくなってしまったが、時々呼んでお昼ご飯を作ってもらうくらいには、すっかり胃袋を摑まれている。

夕餉《ゆうげ》のために少ししか食べられないが、白米の甘みを嚙《か》みしめながら会話を続ける。

「マルティナは、家の方は落ち着いた？」

「しっかりものの弟妹がおりますし、最近は使用人を雇えたので余裕が生まれました。わたくしが不在でもしっかり回っております」

「あなたは家にはちゃんと帰れてるの？」

「もちろんです。そういえば、新しい家にうちの子たちはみんな大はしゃぎで……」

話を逸《そ》らした……ってことは残業が多いのかな。

ゾフィーさんがコンラート邸のお向かいに越してきたのは先ほど語った通り。では元のお家はどうしたかというと、マルティナに貸している。

彼女はより安定した職を得たことで、大黒柱としてやっていける見込みができた。そこで弟妹と相談し、伯母夫婦と生活の場を分けると決めたらしい。

懐かしい顔が集《つど》うと話はあれこれ移り変わるもので、立場を忘れ楽しんでいたら、エレナさんの興味が私に移った。

「それでカレンちゃん、新婚生活はうまくいってるんです？」

「うまくいってなかったら外出なんて許されてないわよ」

「そーなんですけどー。マリー、茶々を挟まなくったってわかるでしょ？」

「まあね、聞きたい気持ちはわかるけど」

嫌な予感がしてきた。

結婚式以降、彼女達は隙あらばこの手の話題に切り替え、私にある話を聞き出そうとしてくる。誰もエレナさんを止めようとせず、彼女は興奮するばかりだ。

「あの陛下がまともに旦那様をやってるなんて、ファルクラム時代の陛下を知ってるエレナお姉さんは、いまだに信じられないんです。ここはひとつ、ね？」

「ね、ってなんですか、ねって。そういって二人とも引っかき回すのが好きなだけでしょう！」

私が叫ぶとマリーは鼻で笑う。

「あんな結婚式までやっておいて話題のタネにならない方がおかしいでしょうよ。向こう一年は遊ばせてもらうわよ」

「そうは言うけど、結婚式のアレは私も知らなかったって何度言ったらわかるの」

私たちの結婚式は、慌ただしい中で行われたにもかかわらず盛大だった。

なにせ賓客《ひんきゃく》からして名だたる顔ぶれである。

ファルクラム領からは次期総督とその母たる姉さんたち、東のヨー連合国からは五大部族の使者、西は大国ラトリアと大陸全土に亘《わた》る。

その時の帝都グノーディアは冬まっただ中で、例年にない猛吹雪が続くために私は悩まされた。式には民に皇帝の伴侶《はんりょ》をお披露目する市街地行進があるけれど、吹雪ではまず難しいし、会場の賓客も寒さに震えるに違いない。

続々と到着する賓客へ、歓迎の挨拶に忙しい中、予定の修正を迫られていると、あるとき雪がピタリと止まった。

文字通り一瞬で止まったのだ。

調べてみると帝都を覆うほどの結界が展開されたらしい。

寒気は結界に阻《はば》まれ、内部はほどよく過ごしやすい。凍《い》てつく寒さはゆっくりと溶け消え、皆がその神秘に息を呑んで空を見上げる中で結婚式は行われた。

私は白いドレスで飾られ、薄いヴェールを揺らして屋根のない馬車に立って行進《パレード》に出かけた。

この時、私の隣にいたライナルトの見映えは過去最高だったと記憶している。

長髪を撫でつけて結わえ、普段は隠れた輪郭を露わにしていた。見慣れている私でさえ、とっっってても格好良かった、としみじみと言わずにはいられないほどだったから、いかほど民の注目を攫《さら》ったのかは想像に容易い。

街中お祝いで溢れかえっていると、事件は馬車が大通りに差し掛かった頃に起こった。

白銀に輝く竜が帝都上空を滑空した。

人々は竜の咆哮《ほうこう》に慄《おのの》いたものの、区別の付かないはずの声はどこか祝福めいている。竜の背には小さな黒い影が立っていたが、それを発見できた人は少なかったろう。

咆哮の後に、二つ目の奇跡が起きた。

冬のオルレンドルにあらゆる花が降り注いだ。

色とりどりの花弁は光の粒子と共に帝都中に降り注ぎ、手に触れれば幻のように溶けてなくなる。目に見えど触れられない神秘に、ただでさえ盛り上がっていた熱狂は最高潮を迎えた。降り注ぐ光は私たちが宮廷に戻るまで続き、結婚式後、グノーディアを覆う結界は徐々《じょじょ》に消えていった。

……そんなだからみんな興奮状態で、丸一日中大忙し。

次から次へとやってくる賓客対応に追われ続けるも、最後は疲労困憊《こんぱい》で、皇帝陛下を水汲みに使ったくらいには疲れ果てた。

あの日の出来事はどれをとっても前代未聞の出来事だったので、いまだマリーやエレナさんにも言われ続ける。

マリーは温めたミルクにチョコレートを沈めてかき混ぜる。

「ゲルダも驚いてたわよね、まさか妹が人間以外に囲まれてるなんて」

「普通は予想しませんよ。エレナさんだって思いません」

グノーディアを覆った結界と降り注ぐ花びらは、当然だけど人に成せる技じゃない。これは黎明《れいめい》とフィーネが企んだことで、後になって魔法院が一枚嚙んでいたと聞かされた。

この効果もあって、最近は一般市民からも魔法院の見学希望が増えているらしい。夏まで予約が埋まったらしく、あの動く絵画が晒《さら》され続けるのかと思うと恥ずかしい。

結婚式はドタバタ劇としか言いようのない時間だったけど、良いこともあった。

「姉さんがグノーディアを気に入ってくれてよかった」

「だけどこっちに残るのは固辞し続けたのよね。私も積もる話があったし、しばらく居てくれても良かったのに」

二人とも再会を喜んでいたものね……とはいっても、姉さんは相当変わってしまった彼女をしばらく信じられなかったみたいだけど。

私も姉さん達の滞在を延ばしたかったが、無理強いはできなかった。

「人望ないね。姉さんたちもファルクラム国民を考えたら、長くは空けられない」

「皇妃サマらしい感想じゃない。ちょっとは自覚出てきた？」

「自覚も何も皇妃なの」

ゲルダ姉さんとは昔のように打ち解けるのは難しくとも、ゆっくり話せたのは私にとって救いだった。肝心の姉さんはライナルトに時々皮肉を飛ばしていたが、彼が気にしていないから喧嘩《けんか》にすらなっていない。ファルクラムの祖父母の方が恐縮していたくらいだ。

わくわく顔で興味を隠せないエレナさんが問うてくる。

「それでカレンちゃん、陛下はどうなんですか」

「どうもなにも、普通に生活してます。朝は猫たちにご飯をあげてもらって、一緒にご飯食べて、お仕事に行って帰ってくる。それだけですよ」

「やだー信じられなーい」

「わかるー。普通の日常生活を送ってるって姿が信じられない」

当たり前を話してるだけなのに、エレナさんは元上司の行動を聞いては声を上げる。やだー、と言うわりに喜んでいる節があって、ライナルトの人らしさを確認している風でもある。

マリーは……単なる話題のネタだと思う。でもそろそろ振られた恨みは忘れてくれないかしら。

エレナさんはまだまだ止まらない。

「起きたら運動・飯・水浴び・仕事の陛下が誰かに生活を合わせながら、猫にご飯なんて！　これが愛なんですよ！　きゃー。旦那が聞いたら喜びそう」

「貴女その馬鹿っぽい喋《しゃべ》り方どうにかならないの？」

「慣れてくださーい。それよりマリーは言いたいことあったら言ったらいいじゃないですか。お顔がひくついてますよぉ」

「ん、普通に気持ち悪いわねって思っただけ」

あっそれは聞き逃せない。

「ねえマリー、私の旦那様にそれは酷くない？」

「貴女、自分の夫の姉への対応見てなかったの？　仮にも義姉にあの塩対応って……貴女以外、本当にどうでもいいっていうか。そうよね、ゾフィー」

「……変わるのは良いことです」

ゾフィーは言葉を控えた。

この間にマルティナは……黙々とカップケーキの五個目に手を伸ばしている。

彼女たちの気持ちも理解できるけど、奥さんとして言われっぱなしではいられない。

「そんなだったらエレナさんこそ最近どうなんですか」

「うちはいつだって熱々ですよ。いちゃいちゃしすぎて、先輩に余所《よそ》でやれって怒られたくらい！」

「マリーは？」

「彼氏はほしいけど、犬が五月蠅《うるさ》くてそれどころじゃないのよ」

「うそ、あなたずっとコンラートに住んでるし、犬なんて飼ってないじゃない」

「なに言ってるの。貴女も度々使ってるでしょ、サミュエルっていう犬」

かつてサミュエルと付き合っていたマリーは、いまだに彼との復縁を認めていない。なんだかんだで彼を嫌っている様子はないが、逆鱗に触れればこうも長引くのかと恐ろしい。

お喋りが息抜きとなっていると、ゾフィーがフィーネの帰宅を知らせてくれる。

急いで手洗いを済ませてきた義娘は、違う世界では宵闇《よいやみ》と呼ばれ、私がこちら側に連れて帰ってきた精霊だ。

手を広げて迎え、力いっぱい抱きしめた。

いまでは人間の格好もすっかり馴染《なじ》んでいる。長すぎる黒髪は結わえて誤魔化《ごまか》し、お揃いであつらえた髪飾りがきらりと輝いた。

「おかえり、フィーネ」

「ただいま、おかあさん」

母呼びは彼女が決めた呼び方なので、私も受け入れている。

はじめはぎこちなかった抱擁が少しずつ慣れていく過程は、たびたびコンラート時代の自分を思い出す。

「シスとルカは一緒じゃなかったの？」

「他に用事があるって、アヒムのところに出かけた」

「じゃあお喋りしながら、ヴェンデルが帰ってくるのを待ちましょうか」

「そのまえに、おばあちゃんのところに行っていい？　このあいだ小鳥を拾ったから、面倒《めんどう》見てもらってるの」

「あなたが日記に書いていた子ね。一緒に様子を見に行きましょう」

黎明は結婚式の際に存在を明かしたけれど、この子に関しては存在の明示だけで姿は秘密にしている。いまは人間の生活に慣れさせるのを優先とし、公然の秘密として扱っていた。

フィーネはヴェンデルとも仲良くやっていて、宮廷に泊まりに来る時も二人でやってくる。

私と始めた交換日記では、マルティナの妹と友達になったと聞いている。

学校に通うヴェンデルの戻りを待つのは暇みたいで、シスやルカに遊んでもらって時間を潰《つぶ》しているが、人間の生活に慣れたら学校に通いたいと言い出す日がくるかもしれない。

ひょこっと顔を出したリオさんに、すかさずフィーネが注文をつける。

「リオ、わたしレモンの甘いやつのみたい」

「用意しておくよ。芋《いも》を揚げたのはいらないかい？」

「いるわ、準備しておいて」

なんとなくだけど、フィーネはリオさんの前でだけ何割か増しで大人ぶり、リオさんもそれを楽しんでいる。

向かった先は道路を挟んだお向かい宅で、用事があるのは庭だった。コンラート家やお隣のエレナさん宅のみならず、ゾフィー宅の庭まで鼻歌交じりで手入れをしているのが〝おばあちゃん〟だ。

バーレ家からやってきた新しい庭師・メヒティルさんは、私たちを見るなり顔を綻《ほころ》ばせた。

「あらまあ、おかえりなさい、お嬢様がた」

服越しなのに、隠しても隠しきれない屈強な上腕二頭筋。

この方は御年八十過ぎにしてジェフに一対一で勝利してみせるほどの腕を備えており、我が家の腕自慢達すら頭の上がらない存在だ。

噂だとバーレ家当主のベルトランドの師だったらしいけど、本人は否定している。

「おばあちゃん、小鳥はどうなったの」

「もうすっかり元気。フィーネちゃんがお話ししてくれるから、おかげで大人しかったですよ」

「そうしないと治らないよって教えただけよ?」

メヒティルさんがそっと目配せしてくる。

……役目を譲ってくれるらしい。目礼で感謝を示しフィーネの肩を押した。

「お話ししないと、怖がって暴れて、回復が遅くなってしまう。あなたがそうやってお話ししてあげることが大事なの」

「……そういうものかしら」

彼女は日々人間を学んでいる。シスに言わせれば〝まだまだガワだけ〟らしいが、安易に魔法で治さないだけ、命を学び始めていると信じたい。

楽しい時間はあっけなく過ぎてしまう。

女子会は時間を忘れさせ、宮廷ではなくコンラートに帰ってきたヴェンデルは、コンラートに泊まっていくと言った。

クロが寂しがるけど、診察帰りのウェイトリーさんの体調を考えたら妥当な決断だ。

なにせあの人はコンラート家筆頭家令の重荷は取れど、ヴェンデルの傍らだけは誰にも譲らないのだ。友人であるクロードさんを亡くした記憶も新しいし、できるだけ慣れた家で休んでもらいたい。

ただ、私だけがコンラート家を去るのはちょっと寂しい。

名残惜しさからフィーネに尋ねた。

「フィーネは、宮廷には来ない？」

「おにいちゃんも行かないしコンラートにする。マリーが刺繍《ししゅう》教えてくれるって言ったもの」

「ええ？　面倒だから明日でいい？」

「やだ。この間もそう言って先延ばしにした」

私も泊まりたい衝動に駆られたが、夕餉には帰ると言ってしまった手前、約束は破れない。

帰宅する頃にはちょうど夕方も終わるくらい。

ライナルトは公務が長引いているらしく、人がいない部屋は静かだった。クーインはどこかに行っているし、出迎えてくれたクロを抱き上げ長椅子に横になる。

ごろごろと喉を鳴らす猫を撫で、ぼうっと外を眺《なが》めていたらあっという間に真っ暗になり、頼りない灯りのなかで揺蕩《たゆた》っている。時間に身を委《ゆだ》ね、近くにきていたシャロの背を撫でた。

睡魔に身体が乗っ取られようとしていたころ、控えめに扉が開いた。歩き出したクロに出迎えられるのはライナルトだ。

やや不審げに眉《まゆ》を寄せていたから、この様子じゃ聞いていているのだろう。

とはいえ、まず大事なのは挨拶だ。

「おかえりなさい」

先に家に帰っていた方が必ず出迎えを行う。

当たり前の取り決めだけど、ライナルトには珍しい約束事だ。

抱きつく拍子に長椅子から落ちるも抱き留めてもらえた。

「遅くなった。先に食べていても構わなかったが……」

「向こうで間食しすぎたからお腹が空いてなかっただけ。いまがちょうどいい感じです」

遅い夕餉の運びとなる予定が、ライナルトは私を離さないし、私も離れようとしない。

今日の失態を、さて、なんて謝ればいいのだろう。

「言っておくが、謝る必要はない」

「いいえ、頭に血が上って、夫人に大人げない態度を取ったのは私です」

……思った通りだ。

私の予定をライナルトが把握していないはずがない。急な予定変更は耳に入った上で私に任せたのだろう。

大丈夫だと信じ、任せてくれたのに私は失敗した。

エレナさんは私を庇ってくれたけど、うん、そういうことじゃない。

これは、ブロムベルク夫人は嫌味を飛ばしてくるだけの、短慮な人ではなかったという話。

皇妃の予定に昼食会を捻じ込めただけあって、あの人は根回しや立ち回りが上手かった。自らのみならず、私にもそつなく気を配り、周りにも打ち解けられるよう配慮してくれていた。

実際、はじめはちゃんとうまくやれていたのだ。

会話では素敵な人だと感じたし、同い年の娘さんとも仲良くやれそうで、夫人は好印象だった。そつなく立ち回れると安堵《あんど》していたら、私が失敗した。

……髪を撫でてくれる手の感触が気持ちいい。

ずるずると全体重を預けてもたれかかると、体格のある旦那様でよかったと感じる。

私は夫人の言葉を否定した。

「今後も精霊を従えればオルレンドルは安泰であり、皇妃殿下の威光は増すばかり。最高の使い魔を持たれましたね」の言葉に笑顔で言ってしまった。

「ただ従属を求めていては、過去と同じでわたくしたちの元を去りゆくのみでしょう。オルレンドルの繁栄を導くには共存が必要であると、わたくしは考えますよ」と。

夫人にはそこまで他意はなかったかもしれないし、私もうまい言い様があったはずだ。

ただの世辞なのだから上手に躱《かわ》していればいい。肯定で場は上手く回ったのに、よりによって大衆の面前で応じてしまった。

迎合できなかったし、したくなかった。

それには後ろに控えていた友人《エレナさん》が精霊の眷属《けんぞく》だからなのもあったし、シスも、黎明にフィーネだって従えるつもりで一緒にいるのではない。

一回の口答えと思うなかれ。相手は社交界の重鎮だから、面子《メンツ》が潰されたと感じてもおかしくない。

こんなだったからひとりで落ち込んでいたら、夫は低く笑いを返す。

「本当に、カレンはどうでもいいことで落ち込む」

「ふん、すみませんね。どうでもいいことで悩んで」

「拗《す》ねるな。私には貴方のその感性が心地良いと言っている」

「そうは聞こえなかった」

「すまない」

あやまるくせに笑いは引っ込まないし、抱きしめる力は強まるばかり。

「気に病む必要はない。オルレンドルにおいては貴方が白と言えばすべてが白なのだから、同調など気にせず振る舞えば良い」

「それを私がやったら調子に乗ってとんでもない失敗をやりますからね。宰相やモーリッツさんに怒られたくなかったら、二度と言わないことです」

私だって笑って済ませてしまいたいのに、ちょっとしたことで悩み、落ち込んでしまうのは嫌だ。こんなのも初めてじゃないのに、その度に慰めてもらっている。

皇妃らしさってなんだろう。

疑問は尽きないけれど、答えはいまだ出てくれそうにない。

「カレン、落ち込む貴方に私は何をしたらいい」

「なにも。もうちょっと抱きしめてて……それで、私が満足したらご飯を食べましょう」

結婚式を終えても、めでたしめでたしで終わらない現実は、ちょっとだけ世知辛《せちがら》く、同時に苦くて甘い二人の時間も作ってくれる。

迷いの霧は当分晴れそうになかった。

2

あなたは深い眠りへ沈む

ライナルトは数日置きに視察に出かける。

カール帝と違い、良くも悪くも視察の多い皇帝だと評判で、よく帝国騎士団を連れ回す。護衛に連れ回される帝国騎士団は暇がなく大変かと思いきや、第一隊だけに偏らないよう順番に回すので、見せ場もできるから彼らは張り切ってくれる。引き継ぎのために各々が連絡を取り合うから、前帝時代にあった独立独歩の気風も鳴りを潜《ひそ》めた。

これに誰よりも嘆いていたのは、他人に争わせるだけ争わせ、高みの見物を気取っていたバーレ家のベルトランドだが、あの人は監視され縛られるくらいが丁度良い。

何故ならベルトランドには問題があった。

それは前帝カール時代に行われた、裏口入隊の数。バーレ家がライナルトの皇位簒奪を助けたとはいえ、今後も同じ不正が続くのは見逃せない。

公にならなかったのは、これまでの功績と、彼が私の実父だったためだ。

こっそり叱《しか》るだけに留めたけど反省の色は見えなかったし、いまはどうなっているのか……真相を知るのはライナルトだけだ。あの二人だと悪巧みしているとしか思えない。

ライナルトとのお昼時、白身魚をひとくち食べて嚥下《えんげ》した。

「しばらく外出を控えるって、まだ見て回りたい場所がたくさんあると言ってませんでした?」

「外出は控えてくれとリヒャルトに泣きつかれた」

「宰相の言葉としてはもっともだと思いますけど」

元々、足の軽い人だったが、結婚してからさらに頻度が高くなった。

モーリッツさんは視察賛成派で「陛下は実際の帝都をご覧になることで政へのひらめきを得ているのだ」と言っているけど、ライナルトとの遠出を楽しみたいのでこの台詞《せりふ》に繋がっている。いまでこそ陽が高いうちに帰ってくるが、私が慣れてきたら一泊くらいしてくるんじゃないかしらと心配していた。

「あなたらしくない決断とご事情は、どれほど私たちを悩ませるものですか」

「ふむ。昼時にしたい話ではないのだが」

「じゃあなんでご飯時にそんなこと言ったんですか。珍しくお昼に時間が合ったっていうのに」

「日中会えないと言っていたと聞いたからだ、これでいくらか時間の共有が図れる」

「心遣いは嬉しいですけど、あなたがやりたいことを我慢するなら話は別です」

添え物のトマトは薬学院の温室で作られた特別製だった。お魚がバターたっぷりだったから、新鮮な甘みが強くて美味しい。

朝食に続き昼食もバターまみれなのは、オルレンドル人がバターたっぷりの料理を好むためだ。高い栄養価で力になりやすい食材が重用されやすいのが関係しているのだろうか。

甘味は小さな焼き菓子にオレンジのキャラメル焼きを添えたもので、酸味と甘味が調和されて香ばしい。私は美味しくいただいているが、ライナルトは果物だけを摘《つ》まんでいる。

食事を終えて一息つくと、溜め置きされていた話題はたしかに面白いものではなかった。

庭に面した椅子に揃って腰掛ければ、意外な国の動向を聞いた。

「西のラトリアが動き出した?」

「こちらに隠れて怪しい動きを見せながらな」

私たちの大陸を支配するのはオルレンドル帝国、大国ラトリア、ヨー連合国の三か国だ。

オルレンドルは前帝時代にラトリアと繋がりがあったが、いまはヨー連合国の一部族と友好関係にあり、ラトリアとの関係は薄れつつある。

ラトリアは、かつて前帝から譲渡されたコンラート領を足がかりに領土を広めようと、滅ぼされたあの地の再建を試みている。しかしオルレンドル傘下となったファルクラム領は資材の引き渡しをケチり、高値で売りつけるようになってからうまく行っていない。

オルレンドルとラトリアに挟まれたファルクラム領は、両国が戦《いくさ》になれば真っ先にとばっちりを食らう位置だ。皇太子時代からライナルトが情報操作を行っていたのもあり、彼《か》の国には悪感情を抱いている。

ラトリアは資材不足のために近隣の森林を伐採《ばっさい》し始めるも亀《かめ》の歩み。本国から距離があるせいで援助を期待できず、派遣される人には旨みよりもつらさがまさる作業になる。

それでもめげずに再建に励んでいると聞いていたが、最近はそんなラトリアからオルレンドル入りする人間が多いらしい。

それも数十年前に発生した難民ではなく、もっと上の立場の人間がだ。

「流れ者の中に、コソ泥の如く尻尾《しっぽ》を出すまいと不審者が紛《まぎ》れ込んでいる」

「近年のラトリアは安定していないと聞きます。自国の安寧《あんねい》が優先でしょうに、随分《ずいぶん》オルレンドルに熱心ですね」

袖を引っ張り合図を送ると、クッションを使って上手い具合に上体を調整し、ライナルトの膝を枕にする。横になるや指で髪を梳《す》く感触が伝わった。

「そろそろ話すが、ラトリアがオルレンドルに出向いてくる件は、貴方も無関係ではない」

「結婚式の時に、期待もしてなかった使者様がいらっしゃったことに関係してる？」

ラトリアからの賓客、実は参加はないものとして私たちは勘定していた。理由は先に述べたラトリアの不安定な情勢と、両国間の距離。それに互いの関係を踏まえると参加するほどではない。それがきっちり使者を立てて贈答品まで用意してきたから相当驚かされた。

その理由をいまになってライナルトは語る。

「貴方が向こう、とやらから戻る際に発生した光の柱。連中のみならず、ヨー連合国もあれを警戒していた。……ヨーも、キエムに誘われただけにしては使者が多かったろう？」

「言われてみれば、ですね。そこまで裏は読んでませんでした」

「その回答は、モーリッツなら減点を出していたろうな」

「素敵な旦那様が隣にいましたから、幸せな花嫁をめいっぱい満喫していたんですー」

オルレンドル帝の伴侶としては落第だが、奥さんの回答としては正解だったらしい。ちょっとしたじゃれ合いを経て続きを答えた。

「特に警戒されているのはれいちゃん……黎明？」

「それを操ってみせた貴方も対象だ。連中は、婚姻式以降姿を見せない竜を探っている」

「……もしかして私も外出制限入ります？」

「最低限の務めと実家周り以外は控えてもらう」

黎明は平行世界から戻る過程と、結婚式で私に負担をかけないよう、自力で変身を行った影響で深い眠りについている。こちらの世界は大気中に魔力が不足しているから回復が遅れていた。

「彼女を使って侵略でも行うと思ってるのかしら。……思ってるのでしょうね」

「そうであってほしいと思っている、が正しい」

「やらないのに」

ブロムベルク夫人が精霊を行使するものと思っていたように、彼らを道具として見立てている人は大勢いる。人と精霊の共存は昔の話になってしまったから、種族の隔てる壁はとても高い。

……それを思うと、私の夫はライナルトでよかったのかもしれない。神秘嫌いの彼は自分が制御できない精霊を使おうとは毛頭考えていないから。

「どのくらい自重していればよいのか、目安はわかります？」

「害がないかを探らせているから時間をもらいたい。あの者がラトリアの思惑を探ってくれるのなら、こちらにとっても有利なのでな」

「……誰を使ってるんです？」

含み笑いが引っかかって尋ねたら、おかしそうに目元を緩めた。

「カレンのもう一人の兄が暇そうにしていたから、ニーカの推薦もあって声をかけた」

アヒムかぁ。

彼は父さんの要望でキルステン家に滞在している。やっぱり有能な人は放っておいてもらえない定めらしい。

ラトリアはアヒムに押しつけて、次はヨー連合国。あちらはわかりやすくて、五大部族のサゥ氏族の首長キエムの妹、シュアンの元に世話役として多くの使用人が派遣されたそうだ。

三国はそれぞれが土地を拡大する思惑に余念がない。

各国共に野望は尽きず、いずれ戦争になる可能性が高いけど、キエムはヨー連合国を仕切る五大部族に上り詰めたばかりで、しばらくは地位を安定させる必要がある。

忍耐の人である彼は、思いつきでオルレンドルに手出しはしない。

現状は様子見に留めるし、残りの四大部族も同様のはず。このため警戒すべきはラトリアになるのだが、彼の国は親交も薄く、大森林を挟んで探りにくい上に、独自の風習と閉鎖的な考えが強くて動向が読みにくかった。

「……ラトリアは後継争いの内乱が長く続いているのでしたっけ」

「昨今は王弟と息子の一人が王位を求め反旗を翻《ひるがえ》したらしいな。失敗に終わったようだが、いまだに内乱の爪痕《つめあと》が深い」

「現王ヤロスラフ三世は絶大な影響を誇る王だと聞いています。やはりオルレンドルに敵意があるのでしょうか」

「敵意というよりは野心だろうが、野望に素直になるのはヤロスラフらしくはないとは感じる。我が国を警戒しているにしても、動き方が不審だと感じたのもそのせいだ」

他国がオルレンドルの内情を探っているように、ラトリアに密偵を送っている彼の回答だ。

「あの国は決闘などと、いまだ古い因習で国王を決める国だ。強きを尊び、王であってもその例外には漏《も》れず、その中でヤロスラフは長い統治を誇ると言ってもいい」

ヤロスラフ三世は十代半ばで冠を得てから、五十年を迎えなお健在。過去に何度か内乱を勃発《ぼっぱつ》させながらも国内を抑えているが、その性格に関してライナルトは答えを出している。

「カールも例に漏れなかったが、長く在位した老人は良くも悪くも臆病だ。ずっと内に籠もっていた男が余分な密偵を送るとは、よほど光の柱を脅威に感じたのか、それとも……」

「オルレンドルが仕掛けてくると怯《おび》えるなら当然では？」

「ラトリアは地理上、海路でも使わぬ限り相手に悟られぬよう戦を仕掛けるのは難しい。だからこそ守りに強く攻めるのが難しく……そのせいで資源には恵まれないのだが」

「……とにかくあなたはラトリアの動きがおかしいと睨《にら》んでいるのですね」

「確実に取れる戦や、痛手の少なかったコンラートのような件ならともかく、今回はヤロスラフらしくない。他の人間の思惑を感じる」

ヤロスラフ三世は国内の平定を無視して外に出る政策をとれる人間ではないらしい。

これればかりはライナルトの判断が重要だから彼を信じ、私も安全に動くのみだ。油断して攫われるなんてことがあっては目も当てられない。

「そういえば結婚式にいらした使者、ただの外交使節にしては立派な風采の方がいらっしゃいましたね」

「気になったか？」

「気になるも何も、大人しくされていましたが、ひときわ目立っていました」

隠しても隠しきれない威厳とでも表現しようか。

国民性か、国を代表して外に出てくるラトリア人は使者といえど鍛《きた》え上げている人ばかりだ。その中でも、まさに燃えるような赤毛を有する武人だったから覚えている。格好良い殿方でしたよね、と言わずにおいたのは私にしては賢明だった。

「案外、王族の可能性はある」

「まさか」

「ヤロスラフは子宝に恵まれているから、あり得ない話ではない」

とはいえ本当に王族かどうか、彼に興味ないのは丸わかり。

「それで、陛下は彼らの期待にどうお答えするつもりでしょう」

「私は平和を望む。せいぜい期待を煽り、我が国に抑止力があると見せかけながら遊ぶとしよう」

「……しばらくは平和が続きそうでよかったです」

戦支度が整ってないからまだ仕掛けないと。

婚姻間もなくで血腥《ちなまぐさ》い話にならなくてよかった。と、指をライナルトの首に添わせる。

「外出のご予定がなくなったということは、私との時間に割いてくださると期待してもよろしい？」

「カレンが望むのなら融通しよう」

「じゃあもうしばらく私の枕になっていてくださいな」

「構わない。デニスの診療結果を聞くまでいるつもりだったからな」

時々皇帝の夢を見ては錯乱するから、心の医者であるデニス医師には診療を続けてもらっている。

彼はまた私がどこかに行かないか心配しているから、安心させるためにも約束は違《たが》えないつもりだ。

新婚さんらしいじゃれ合いを続けていたが、後になってしみじみ思う。

私たちの期待する平和は、つくづく長持ちしないのだ、と。

おかしい、と感じ始めたのは、ライナルトの眠りが深くなり始めてからだ。

——最近、陛下がお務めの間にお眠りになることが増えまして……。

不安そうな侍医長《じいちょう》の報告。普通ならば気に留める必要のない事項だが、ライナルトに対しては違和感にしかならない。

特に私が引っかかる瞬間は朝だ。

共寝する私が起きても眠っているし、何度も声かけしても目覚めない。

はじめは人を寄せ付けない彼の体質が治ったのかと喜んだけれど、それにしては変化が劇的すぎる。始終眠気を引き摺っている様子だし、話の途中で目を閉じ、寝息を立てている瞬間もあった。日常生活だけならまだしも仕事中まで……と相談が入れば、彼を知る人たちには大事《おおごと》だ。

日を追うごとに不安が増していく。働き過ぎではないかと心配していたら、とうとう事件が起きた。

その日、私が動物の餌《えさ》など、すべての支度を済ませた朝だった。

寝室のライナルトはぐっすり寝入っており、揺すってやっと目を開く。起き上がる際は億劫《おっくう》そうで、眉は中央へ寄っていた。髪を掻き上げれば一筋の汗が滑り落ち、いままでになく不快そうだ。

「ねえライナルト。ひどくお疲れですけど、具合が悪いのではないのですか」

「……夢だ」

「夢？」

「夢を見ていたのだが、なんだったのか思い出せない」

「ライナルト？」

「なにか、重要な夢だったはずなのだが」

彼が夢で悩むなんて初めてで、私はかける言葉が見つからない。

顔色を窺《うかが》いながら額に浮かんだ汗を拭っていると、うつろだった瞳は徐々に本来の色を取り戻した。

「いや、なんでもないはずだ。心配をかけた」

「そうは見えませんし、せめて半日でも休んでくださいませんか。あなたは普段から先へ先へと進みすぎなのですから、少しくらい遅れても支障はありません」

「問題ない」

予想していた返事でも、こうも頑《かたく》なでは私も熱が入ってしまう。

「問題なくない。調子が良くないのなら侍医長の判断を仰《あお》いで。最近はご自身でも変だってわかってるでしょう」

「不調では……ないはずだ」

「私は気付け薬じゃないんだから離してください……この意地っ張り！」

「そこまで言うなら侍医長に診てもらう、それでいいだろう」

肩に顔を埋めてきて、離す気配がない。

怒ってはみるも心配で突き放すこともできず、結局彼が落ち着くまでそのままだ。

朝食を始めるころにはけろっと元通りで、侍医長に診てもらった結果は意外にも異常なし。

こんな調子だから私の制止も聞かず、仕事へ行くと言われてしまった。

ニーカさんがいてくれたら寝台に縛り付けたかもしれないけど、彼女は長期休暇の最中なのであてにできない。

見送り間際もごねる私に、ライナルトは苦笑を漏らした。

「拗ねた顔をするな。代わりに早めに切り上げるから、それで納得してほしい」

「……そういって口付けすれば大体許されると思ってません？」

「そろそろ物でもねだってみるか？」

「虚しくなるからいらない」

「では昼は一度戻れるようにしよう。私が普段通りとわかれば無用な心配もなくなる」

「また反故《ほご》にしない？」

「貴方のために戻る努力は惜しまない」

これで納得してしまう自分も問題だとは思う。

見送った後は腕を組んで悩んだ。

物はいらないと言ったけれど、無欲だと思われるのも癪《しゃく》だったせいだ。

いっそ簡単に頷けないほど高いものでもねだってみようか。思いつく範囲で頭に浮かべてみるが、なかなか難しい。なぜなら遊覧船の船着場に別荘は既に着工してるし、馬や馬場は既にコンラートで所有している。装飾品は数え切れないほど所有しているので欲しいとも思わない。

大体お金を積めば簡単に解決できる問題は、ライナルトにとって苦でもなんでもない。

「あ……クーインのお婿さんならいけるかも」

これならヨー連合国に交渉してもらう必要があるので、良い考えなのではないか。

控えていた侍女に振り返った。

「ねえ、ベティーナ。クーインのお婿さんが欲しいって言ったら、陛下も苦労すると思わない？」

「陛下のご苦労においては良いお考えとは存じますが……」

「外交官がとばっちりを食うと言いたいのでしょう？　でもヨーのキエム様なら、絶対にただで頷かないし、難題を突きつけると思うの。そうなったら陛下が出なきゃいけなくなるはずよ」

むしろそこからが外交の勝負だ。

意気込む私に、ベティーナは諦めた様子で目を瞑《つむ》る。

「陛下のご苦労が目に浮かぶようですが、わたくし共には止められませんね。ですがカレン様、お考えを巡らせるのは結構ですが、これから外国語の勉強でございます」

「……いつも思うけど、本当にやることがたくさんね」

「それがお務めでございますので」

「仕方ない。ライナルトの困り顔を楽しみに頑張るかぁ」

「本当にクーインの番《つがい》をお願いするおつもりなのですね……」

絶対に困らせてやる、と意気込んだ午前の勉強。しかしいざ昼を迎えると、ライナルトはあれだけ約束した昼食を反故にした。

——明日迎えにくるまで実家《キルステン》に帰りましょ。

準備を始めたところで、来客の報せを受けた。

ヨー連合国の五大部族のひとつ、サゥ氏族首長の末妹シュアンだ。

彼女の来訪を聞き、私は喜んで彼女を出迎えた。

ヨーの人らしく、シュアンは浅黒い肌が特徴的だ。けれどその身に纏《まと》うのはオルレンドル薬学院のローブであり、供は誰一人として連れていない。

「皇妃殿下、お元気にされていたでしょうか。突然の訪問ですのに、こうしてお迎えくださることを感謝いたします」

「あなたでしたら、お迎えしない理由を探すのが難しいくらいです」

「まあ嬉しい。故郷とは離れていますが、こんな時はサゥ首長の妹であることを誇ってしまいます」

彼女は自立を求めてオルレンドルにやってきた人で、いまは薬学院に通っている。

とっておきのお茶を振る舞うと、互いの緊張を解すために少しだけ他愛のない雑談に興じた。

共通の話題は、意外にも私の弟エミールだ。

「シュアンから見て、エミールは学業に励んでいると思いますか？」

「ご心配でいらっしゃいますの？」

「本人は真面目にやっていると言うのですけど、寄り道が多くて、時々行方不明になるという話を聞くのです。何をやっているのか聞いても、はぐらかすばかり」

「彼は驚くほど交友関係が広いですものね。何をしているのかわからない時も多いのですけど、学業は真面目に取り組んでいると思います」

「学業、は……やはりそうですか」

「ふふふ。でも、彼のことだから、そうそう問題は起こさないと信じています」

彼女とエミールは良い友人関係を築いている。

もっとも、二人の交流が判明したのは婚姻後に催された祝賀会だ。あの時のエミールは相手役の女性にシュアンを伴ったので、私たちは大いに混乱し、特に何も聞いていなかった父さんの動揺が激しかった。

……父さんが取り乱す理由もわかる。

自分で言うのもなんだけど、うちは兄妹揃って伴侶が王族だから……。

事前説明を行っていなかったエミールを、ヴェンデルと一緒になって叱った記憶は新しい。

……あの子、年々自由になってきてないかしら、と疑っているのは私だけではないはず。

弟について探りを入れたところで、話題はシュアンに移る。

「あなたはどうです、薬学院に入ってしばらく経ちましたが、馴染めているでしょうか？」

「幸いにも、ヨーの人間であるにもかかわらず、皆さん良くしてくださいます。相変わらず学ぶことが多くて目まぐるしいのですが、日々新しい発見があり驚かされてばかりです」

彼女は出会った頃と違い、屈託のない笑みを浮かべることが多くなった。それを思えばオルレンドルの水は彼女に合っていたのだろう。

「シュアンは調合の腕はもちろん、皆の人気者だと聞いています。あなたなら薬師《くすし》として、いずれ院を出て自立もできるかもしれませんね」

「店を持つ夢が叶うならばどれほど嬉しいか……。まずは御国《おくに》に見合うだけの働きが必要ですね」

「叶いますよ。あなたが取り組まれる限り、私はもちろん、キエム様だって応援するでしょう」

「……兄は別の意味で応援しているから素直に喜べません」

「純粋な気持ちだってあるかもしれませんよ」

魔法使いと薬師は国に属するいわば公務員だ。薬学院から離れ店を構えるには成績や評判、オルレンドルに住む年数が重要になってくる。

彼女は一人前になることを望んでいた。サゥ氏族首長の末妹だし一筋縄ではいかないが、夢に向かって努力している姿は純粋に応援したい気持ちに駆られる。

キエムも裏はあれど、家族を想う情はあるはず。そう思って彼を擁護《ようご》したら、シュアンは兄に対する怒りで顔を染めた。

「だって聞いて下さいませ。兄ったら私のためだと言って人を送るくせに、肝心の人達は私のことなんてそっちのけ！　構ってとは言いませんが、あんまりにも取り繕《つくろ》うのが下手なんです」

「あら、まあ。もしかして、その人達はオルレンドルに興味津々だったのでしょうか」

「そうだと思います。私、腹が立って彼らを本国に送り返してしまいました」

「キエム様も詰めが甘くていらっしゃいますね」

「一気に大勢を従えるようになったから、育成が甘いのでしょうね。苦労すればいいんだわ」

シュアンは兄の厚意をはね除けがちだが、ある程度のしたたかさも持っている。今回私を訪ねたのがその証拠で、声を潜めて喋り始めた。

「……で、いまお話ししたように、私のもとに本国の者が送られております」

「あなた自ら知らせにきてくださり感謝しております。ですが私たちに与《くみ》することで、あなたの実家での立場が危うくならないかが心配です」

「ご心配、痛み入ります。ですが兄も、私がこうしてオルレンドル側に話しに行くのは承知の上ですから、どうぞお気になさらないでくださいまし」

「あなたや配下の方々との関係が拗《こじ》れなければ良いのですが」

「ふふ、案外さっぱりした者が多いので、互いに割り切っております。私も言われて黙っているだけの女ではありませんん」

私たちも彼女の話を鵜呑《うの》みにはできなくとも、貴重な人材として重用していた。

その内容は、シュアンのキエムに対する違和感だ。

「私のところにいる兄の部下は、密《みつ》に兄と連絡を取り合っていました。ですが最近はそうでもないようで、様子がおかしいのです」

「たとえばどのように？」

「はっきりとは言えないのですが、まず感じるのは戸惑《とまど》い、でしょうか。侍女に調べさせたのですが、どうも大分前から兄からの連絡が絶えているようなのです」

「キエム様が調査を怠《おこた》っていると？」

これには驚いた。

シュアンも、キエムがオルレンドルの調査に手を抜く人ではないと知っているから深刻だ。

「兄の部下達も、何もできない人達ではありません。少し連絡が途絶えているくらいなら私に悟らせる真似《まね》もしなかったのでしょう」

「その様子では、かなり前からですか」

「間違いないでしょう。本国では長らく兄が姿を見せておらず、サゥの動きも静かだと……」

これにシュアンは考え込んだ。

「実を言えば、兄が私を通しオルレンドルを謀《たばか》るのではないかとも考えたのです」

「違うと確信しているのですね」

「はい。祖国は五大部族のうちの二つが入れ替わり、情勢は落ち着きを見せません。母の手紙にも、混乱は冷めやらぬとありましたから、その状況で外に出る政策を取るとも思えないのです」

まして軍事力をオルレンドルに投入する余裕もないはずだ。

ラトリア然《しか》り、まともな為政者《いせいしゃ》なら、内乱を放置して国外に打って出る真似はしない。

戦争は国力が安定している状態で、入念な準備を整えて仕掛けるものだ。少なくともキエムのような人なら安全策をとる。

ヨー連合国は下剋上《げこくじょう》をよしとされているお国柄だから、身の安全を図るならなおさらだろう。

サゥ氏族は目上であったドゥクサス族を破り、手中に収めたばかりで、シュアンは報復の可能性も考えていた。

「野心にはひたむきな兄ですから、簡単にドゥクサスの刃《やいば》の前に斃《たお》れるとは思えません。ですがサゥ……ひいてはヨーの動向にはお気を付けくださいませ」

「充分に気を配らせてもらいます。あなたのお心に感謝を、シュアン」

「とんでもない。私がお役に立てることと言ったらこのくらいです」

彼女のちゃっかりしているところは、現時点、オルレンドルもヨーには出られないとわかっていての忠告である点だ。祖国には親兄姉が残っているから滅ぼされても困るし、情報を厳選して話をしている。

ひととおり雑談を楽しんで解散となっても、私はお稽古《けいこ》事《ごと》の続きとはいかない。ジェフに話の真偽を確かめるべく、使いを出すよう頼んだ。

「いまのサゥ氏族が本当に大人しいのか、調べるだけなら簡単ではない?」

「それだけなら数日はかからないはずですが……情報共有はモーリッツ殿と宰相閣下だけですか。陛下には知らせませんので?」

「決まったわけではないし、まずは二人に相談してからです。こちらで調べるから、気にかけておくように伝えておいてください」

「かしこまりました。使うのはサミュエルですか」

「ええ、彼が最適」

「……構いませんので？」

「確実な人にあたらせたいの。彼、そういうの得意でしょう」

ジェフの疑問は、私たちの間に確執があると知ってのものだ。これまでサミュエルとは顔を合わせないよう避けがちだったが、いまはマリーの力添えがあって、ある程度感情の置きどころが見つかっている。

「それに最近、あちこちふらついているみたいだから」

サミュエルの所属はオルレンドル帝国騎士団第一隊。上官はマイゼンブーク卿だけど、私の傘下に加わると言ったのだから働いてもらおう。

ジェフが退室すると、私は椅子の背にもたれ掛かる。

ライナルトの不調に、サゥの不審な動きと、心配事で心がせわしない。こんなときは友人達と話せたら気を落ち着けられたろうに、話したいときに限って近くにいない。

……これだけで参ってしまいがちな私は打たれ弱いのだろうか。

モーリッツさんの鉄面皮《てつめんぴ》やリヒャルトの狐《きつね》っぷりが羨ましくなっていると、外が騒がしい。

音を立てて飛び込んできたのは、ライナルトの従士であるヨルンであり、普段礼儀正しいはずの青年が息急《いきせ》き切らし膝をつく。

「近々をお騒がせし申し訳ありません！　皇妃殿下に火急の報せがあり参じました！」

「いったいどうしたの？　もう少し落ち着いて……」

彼が慌てることなんて滅多《めった》にない。

嫌な予感が膨れ上がってくるも、心の準備ができる前にヨルンは叫んだ。

「ライナルト陛下がお倒れになりました」

一瞬、呼吸をし損なった。

「皇妃殿下には陛下の御許までおいでいただきたく、お迎えにあがった次第です」

「……案内して！」

「こちらに」

こんなにドレスの裾が邪魔だと感じた瞬間もそうそうない。

行儀や作法など気にする余裕はなかった。上階まで駆け上がり、奥まった部屋に到着したときには息も絶え絶えだ。

寝台に寝かしつけられ、侍医長達に囲まれた彼は微動だにしない。

瞼は閉じたままで、まるで起き上がる気配のない彼の手を取った。

「ライナルト。ライナルト……！」

朝と違って起きる気配がない。

侍医長に説明を求めても、外傷は一切ないと説明される。

「陛下にいったい何があったのです。誰か、知っている者はいないのですか」

「自分がお倒れになる瞬間を見ておりました」

進み出たのはオルレンドル帝国騎士団第二隊長のエーラースだ。

「エーラース？　そういえばあなたが今回の護衛でしたね」

ライナルトはいくら周囲が騒ぎ立てても目覚めない。世界が彼の周りを通り過ぎていく。

「陛下がどういった状況で倒れたか教えてもらえますか」

「は、報告させていただきます」

曰《いわ》く、今日のライナルトは昼休憩が犠牲になったものの、夕方には切り上げるべく予定を繰り上げていたらしい。遠出はしないため郊外は避けたが、帝都の街並みを見ようとして外へ出た。

……ちょっとした外出自体は、ライナルトが思考をまとめるための習慣だ。エーラースも準備していたから出発までは順調だった。

問題はここからで、ライナルトは馬上で意識を喪失した。

しかも馬を走らせている最中に突然だ。

彼が手綱《たづな》を放した瞬間にヨルン青年が外套《がいとう》を掴み、それでも間に合わず落下しかけたところでエーラースが落馬を阻止した。

馬が停止したあとは宮廷へ運ばれ、私へはヨルンが報せに走ったのだ。

「そう、二人が助けてくれたの」

つまり怪我などが原因ではない。

思い浮かんだのは、最近彼を襲っていた異常な眠気だ。

二人の連携がなかったらいまごろ後続の馬に蹴《け》られたか、地面に体を強く打ち付け、最悪死んでいたかもしれない。主《あるじ》の動向をよく注意していた臣下のおかげだ。

気を落ち着けるために深く息を吸った。

ほとんど縋るようにライナルトに手を重ね、俯いて息を吐き出す。

……ああ、いやだ、怖い。

顔を上げて寝台から離れ、背筋を伸ばしてヨルンとエーラースを見た。

「二人のおかげで陛下は無事お帰りくださいました。私の深い感謝の意を伝えると共に、その献身には陛下も報《むく》いられることでしょう」

まずはじめにエーラースが、次にヨルン青年が腰を折った。

「ありがたきお言葉にございます。しかしながら、主のご不調に気付けなかったのは我が身の不徳の致すところ。いかような罰でもお受けいたしましょうぞ」

エーラースの言動は意図的なものだ。ここで本当に彼を罰するような、もしくはライナルトの不調に取り乱す真似をすれば、皇帝の名を貶《おとし》める。

「不思議なことをいいますね。もしあなたを罰すれば私が陛下からお叱りを受けるでしょう。オルレンドルの忠実な臣下の心を離す真似はいたしませんよ」

わかっています、ちゃんと恩賞はお出ししますよ。

この場で主張されるのはきつくはあるが、エーラースの主張もある意味では間違ってはいない。お国柄と言おうか、極端な話だけど顔を売れば活躍できた前帝から、いきなり実力主義になってしまったライナルトの治世への変化もある。彼も含め、いまはみな手探り状態で、エーラースは私と話したことがほとんどなかったから、不安を覚えたのだろう。

早く済ませようと口を開いたとき、エーラースを呼んだのはマイゼンブーク卿だ。彼らが宮廷へ戻りしな、昏睡《こんすい》したライナルトを見つけ、各所への連絡や口止めを行ってくれたのがこの人だった。

「誰よりもお心を痛めておられるのは皇妃殿下である。陛下の御身《おんみ》を前に、不躾《ぶしつけ》な言葉を並べるな」

「不躾とはとんでもない。我らも陛下の身を案じているからこそ、将兵達の今後を憂えているのだ」

「であれば、なおさらその口を閉じよ。いまは余計な言葉で皇妃殿下を不安にさせるでない」

マイゼンブーク卿は物言いたげなエーラースの肩を摑み頭を下げる。

「私共は一度下がらせていただく。お呼びくだされば何時《いつ》でも馳せ参じますゆえ、どうぞお心を強くお持ちいただきたい」

「……ありがとう。マイゼンブーク」

マイゼンブーク卿達と入れ替わりで入室したのは魔法院のシャハナ老と弟子のバネッサさんだ。

侍医長がそっと話しかけてくる。

「陛下のご様子はわたくしの知るどの病気の症状とも違います。独断でございますが、お越しいただきました」

「ありがとう、賢明な判断です」

シャハナ老がライナルトを診る間、私は再びライナルトの傍で手を握っている。シャハナ老は医者を真似るように脈を測り顔色を見るが、彼女が探るのはもっと内面的なものになる。

彼女の診断はこうだ。

「わたくしの見立てでは、魔法の干渉はなさそうです」

「外部からの干渉ではないと？」

「宮廷周りの結界も確認させてございますが、少なくともヨー連合国の呪いやラトリアの干渉があったとも思えません」

だったら原因はなに？

疑問が口をついて出かける前に、シャハナ老は首を振る。

「恥を晒しますが、わたくし共はこれまで陛下の守りを『箱』に委ねておりました。それゆえ宮廷に結界を巡らせるのは始めたばかり。これればかりは何が起こるかわかりません」

「前帝陛下の時代は『箱』頼みでしたが、あなたの判断が間違っているとは思いません。……あなたが気付けないとなれば、それ以上の術者の可能性があるのですね？」

「もしくは、わたくしたちよりも上位の存在の干渉です」

新たな選択肢が生まれたのは、私が精霊を義娘にしたからだろう。

少し考えて、再度問うた。

「シスはどうですか」

「探させておりますが、まだ見つかっておりません。おそらくわたくし共が探しているのは察しているのでしょうが、あえて隠れているのかも」

「……ひねくれ者ですからね」

シスが捕まらないとなれば、早急にライナルトを診てもらうことはできない。

ならば私ができることは一つ、彼よりももっと深くまで探れる精霊を呼ぶことだ。

自身の内側に向かって黎明を呼ぶも応答はない。現実との繋がりが薄い彼女は私が起こすしか手段がないので、反応がないならもうひとりの方だ。

あの子に限っては人らしからぬ呼び出しは好きになれないけど、今回は仕方ない。

「フィーネ、いる？」

――返事はすぐだった。

「なぁに？　わたし、よばれた？」

何もない空間から現れ、赤リボンをあしらったつま先から床を叩いて着地する可愛らしい女の子は、私の影に手首まで埋めると黒い子犬を拾い上げ、周囲を見渡す。

彼女の視線が止まった先はライナルトだった。

「ここに呼ばれるのは珍しいわ。なにかなって思ったけど、すこしおかしな感じがする」

「あなたを呼んだのはそのライナルトの件なんだけど……わかるの？」

「わかる……というのがどういうものかは摑みかねるけど、こころがここにあるのに、ない状態ね？　わたしたちならともかく、人がこんな風になるのは珍しいかも」

浮かび上がると、あらゆる角度からライナルトを観察する。

彼女は普段人間の真似をしているから、精霊らしい側面に皆が固唾《かたず》を呑んで見守っている。

フィーネは指でライナルトの頰をつつきながら、小さな唇を開く。

「おかあさん。おとうさんはどうしちゃったのかしら。わたしに話を聞かせてもらえない？」

殊勝《しゅしょう》な言葉に聞こえるけど、さりげなくライナルトの嫌がるおとうさん呼びをするあたり、この状態の彼を皮肉っているのは間違いない。

……もしかしてライナルトに会うたびに嫌がられてるの、根にもっていたのかも。

いま指でつついて触れる行為も絶対わざとだ。

人の営みをひたむきに覚えようとする一方で、無邪気に嫌がらせもこなすが、こういった側面は黎明やシスから忠告されていたし、私も『向こうの世界』での出来事を覚えているので不思議ではない。

フィーネにライナルトに起こっていた変化を説明すると、彼女はある推測を導き出した。

「ふぅん……前々から居眠りしてたって、それ、連れて行かれかけてたのかも」

「連れて行かれる？　誰に？」

「わからないわ」

ライナルトをつつくのは飽きたようで、今度は寝台に座って足を動かす。

「でもきっと悪意はない。だって他の精霊がオルレンドルに侵入してたら、シスの坊やはともかく、わたしが気付かないはずがない。だからこれは、かなり遠くからの呼びかけね。おとうさん、連れて行かれてるわ」

連れて行かれた、と聞いてしまっては全員気が気じゃない。

侍医長なんかは目に見えて焦《あせ》りだすが、皆が落ち着かないのはフィーネも気付いている。それでも私がのんびりしているのは、相手に悪意がないとフィーネが言いきるせいだ。

「悪意はないって保証はある？」

「おとうさんは一番おかあさんに近い人でしょう？　害されたら傷つくのはおかあさんだし、わたしはどの精霊よりも悪意には馴染みがある。気付けなかった、なんて間違いは犯さない」

だいたい、と両手を叩く。

「人であれ、精霊であれ、私が司るのは死の概念だもの。魔法による不当な死、人がこの世を去る気配を感じていたら、わたしは警告したはずよ」

「皇妃殿下……」

「大丈夫です、侍医長。フィーネがこうまで言うなら陛下の命に別状はないはず」

見掛けは子供でも大変な大物なので、断言するなら間違いない。

少なくともライナルトは死なない。それがわかったら少しは安堵できるけれど……。

「フィーネ、あなたはこれをどうにかできる？」

「むり」

あっけないほど素っ気ない。

理由は難しくなかった。

「おとうさんは、こころがここにあるのにない状態って言ったでしょう？」

「こころは人間で言うところの魂ね」

「うん。連れ去ったひとはおとうさんを死なせないために、少しだけ心を戻して、また連れ去るのを繰り返してる。干渉をやめさせるのは簡単だけど、遠隔操作でおとうさんを連れて行った相手だもの。誰ともわからないし、とっても厄介《やっかい》な相手だとおもうの」

遠回しにフィーネが「喧嘩をするつもりはない」と言ったのは、相手の思惑が判明しないので、人の政に干渉する恐れがあるからではないだろうか。

フィーネは続ける。

「怖い話をしちゃうと、わたしが干渉したら、怒っておとうさんを返してくれないかもしれない。そうなったら二度と起きられないし、目覚めてもお人形さんになっちゃうかも。それか、足りないまま違う人間になるかもしれない」

「……だからライナルトを連れていった誰かが彼を帰してくれるまで、放っておくしかない？」

「ええ、懇切丁寧《こんせつていねい》に連れて行ってるから、こころを体に返すのを前提にしているのだと思うし」

「なら、いつ目覚めるの？」

誰かが意図をもってライナルトを連れ去ったのはわかった。

けれど彼はいつ帰ってくる？

果たして誘拐と同等の手段でライナルトを連れて行った相手に、倫理観を期待できるのか。

私の不安を感じ取ったフィーネは、まるで初めて空を仰いだ花の如くにっこり笑う。

「わかんない」

宰相リヒャルトとモーリッツさんを呼び出すよう侍女に申し伝えると、既に連絡が入っていた二人と机を挟んで対面した。

ライナルトが倒れたのは問題だったが、彼らと相談するのはより現実的な問題だ。

モーリッツさんとて動揺はしているはずなのに、表面上はおくびにも出さない。

「当面の間、陛下はご病気ということで進めたいが如何か」

考える素振りを見せたのはリヒャルトだ。

「ご病気にしても種類によろう。はじめは風邪ということにして、お目覚めにならぬようなら熱とし、くれぐれも民の不安を煽らぬよう慎重に進めてもらいたい」

「配慮いたしましょう。政務は皇妃殿下に代行いただきたいが、よろしいか」

「目覚めないと聞いた時点で覚悟はしておりました。ですが重大な決裁はできませんよ」

「心配せずとも貴女に高等な政治的駆け引きは期待していない」

さすがモーリッツさん。率直すぎて心に刺さるが、この言葉が頼もしい。

リヒャルトも私を補佐すると一言添えた上で付け足した。

「もとより陛下は常に先を見越して政をこなされていたので、当面を凌《しの》ぐだけなら皇妃殿下でも問題なく進められるでしょう」

「では、それを私が……」

どんな難関が待ち構えているか緊張していたが、これならなんとかなりそう?

だが安堵はつかの間だった。

否、とモーリッツさんが遮《さえぎ》ったのだ。

「代行をこなしていただくのは当然として、この先を考えれば、御身には陛下の進められていた公務を正しく理解していただく必要があると、私とリヒャルト殿は考える」

とても嫌な予感がした。

私の予想が間違いないなら、と声が震える。

「もしかして、それって」

「左様。わたくしもモーリッツ同様、皇妃殿下には陛下と同等とは行かずとも、幅広い情報を間違えることなく受け止める、深遠な洞察力を養っていただきたいと考えます」

「ついては、皇妃殿下の今後の予定は一旦白紙とさせていただく。明日までは通常通り陛下を見舞っていただいて構わないが、予定が決まり次第代行をお願いしたい」

「我らも陛下の状態には心を痛めております。皇妃殿下の心労も察して有り余るくらいではございますが、オルレンドルのためですゆえ、どうぞご理解を」

リヒャルトが恭しく頭《こうべ》を垂れ、モーリッツさんと今後の計画を練るべく退室していく。

残された私は現実逃避をしながら——夫を見舞うべく、席を立った。

無理、と思ったのは、ライナルトが倒れて十日ほど経ってから。

この時点では皇帝ライナルトの病気療養はさほど取り上げられていない。

発表時、政務に取り組む彼の姿を知っている人々は驚いた。

方々から贈られる見舞い品はそろそろ部屋を埋め尽くさんとする勢いで、モーリッツさんが断りを入れても止まらない状況だ。

私たちの住居区画は、新設された近衛及びマイゼンブーク卿率いる帝国騎士団第一隊の厳選された面々で密かに見張られている。

彼らについては、ニーカさんが肩をすくめて所感を述べている。

「何事もないよう振る舞っていますが、彼らの緊張は宮廷侍女達には伝わってしまっていますね」と。

彼女は気分を変えたのか、お団子頭をやめて肩より下くらいまでに切っていた。新しい髪型はさらなる魅力を引き立てているが、彼女は振り返る人々に関心はない。

旅行に出ていたニーカさんを連れ戻したのはシスとルカだ。

私たっての願いで宮廷に滞在している人外の二人。

シスはライナルトへの落書きや髪で遊ぶことで近衛達をからかい、ルカもゆったり過ごして変わらない生活を送っている。

彼らの変わらなさは危機感がない。それが人間側の不安を掻き立てるらしいけど、私はほっとした側だった。フィーネからライナルトの命は保証されているとはいえ、焦る必要はないと態度で語ってもらえるのは安心できる。

国の動きはいまのところ安泰だ。

政は動いているし、裏側では奔走している人間がいる。

私もその一人だ。

「疲れた。もういや。逃げたい」

逃げないけど。弱音はつい突いて出る口癖だ。

おぼつかない足取りで衣類を脱ぎ散らかすと、ライナルトの眠る寝台の横に頭から突っ込んだ。夫は規則的な寝息を立てるばかりで、手の平を重ねても握り返してくれない。

いまの私は二階で眠るようにしているから、これは帰ってきてからの日課だ。

ライナルトはヨルンが清拭《せいしき》してくれているおかげで清潔さを保っている。胸の上によりかかって心臓に耳を当てると、脈打つ鼓動が生きている証拠を教えてくれた。

毎日繰り返す確認作業に、何度目かもわからない弱音を零す。

「おはようはまだですかー……」

新婚である点を差し引いても、反応してもらえないのは寂しいしつらい。

つらいのは主に、彼の代わりにこなす業務に対して。皇帝の業務を知っていたつもりでも、いざ手を付けてみると忙しいどころじゃない。手続き一つ通すのに煩雑《はんざつ》な工程を考慮せねばならず、君主制とはいえ政の難しさを思い知らされる。

国の発展を目的とした政策や方針は定まっていたから、苦労は少ない。

しかし旧体制からの変更に伴い、法の執行基準が変わった。

不正や犯罪に対する適切な制裁と司法制度の管理を監督する必要があり、新しく制定した制度がうまく運んでいるかを確認している。

宗教関連も頭を抱える事由のひとつと知った。前帝カールが排された影響で規則は以前よりゆるやかになったものの、これ幸いにと潜《もぐ》り込む宗教家が増えた。国益を損なう集会の監視は必然となり、定期的に憲兵隊からの報告書が上がっている。

体が重いから動くのも面倒で、ライナルトの顔を触りながらぼやいた。

「早く起きないと私の好きにされてしまいますよー。いいんですか、グノーディアに動物園を作って、博物館を増やしますよー……」

声が段々としぼむ。

……覚えることが多すぎて頭が爆発寸前だ。

今日は宰相リヒャルトから軍事問題に触れるかも聞かれている。

これは私的にライナルトの野望と『趣味』の範疇《はんちゅう》だと思っているので、絶対触らないと断言し、現状維持と監督をバーレ家のベルトランドにお願いした。……あとはマイゼンブーク卿の進言で、除《の》け者《もの》にすると面倒だからと推挙されたエーラースも加えている。

遺跡消失に伴う湿気対策、治水工事はすでに見通しが立っているし、こちらは総監督に任じられた父さんに任せてあるから少しは楽。

財政管理は想像以上にややこしかった。貨幣などの経済はバッヘム家の統括だけど、地方への税は陳情によって見直しているらしく、上がってきた書状のまとめに目を通す必要がある。

貿易政策はさらに重要で、交易品を統制・管理し、オルレンドルの国益を損なわないようにするのが皇帝の役目だ。上がってくるのは最終書類だけでも、内容を理解するために説明を受けながら目を通している。

後回しにされたのは民衆との触れ合い。

君主制でも伝達や意思疎通は支持のひとつとして大事だ。まぁ、ライナルトはその役目をほとんど私に任せようとしていたのだけど……。こうして業務に手を付けるようになって実感するのは、あのつたない外回りや慰問でも相当役に立っていたということ。

私に回される確認業務や決定はかなり免除してもらえているが、真面目に皇帝をやると、仕事の量がとんでもない。

コンラート家を運営していた頃とは規模が違う。

ひとつの失敗がオルレンドル、ひいては遠いファルクラム領の民を飢えさせるかもしれない。胃が冷たくなる感覚を味わい、毎日毎日頭を使って、眼精疲労を蓄積しながらここに突っ伏すのが、ライナルトが倒れてからの日常になろうとしている。

彼の端整な顔をなぞりつつ、やはり今日も目覚めないと諦め部屋を出ると、ルカが優雅にサンドイッチを摘まんでいた。

ヨー連合国の旅では人形の体で質素だったぶん、元通りになったいまは惜しみなくフリルのドレスを楽しんでいる。

出会い頭から「親しみを覚えて好き」と言って憚《はばか》らない黒犬にサンドイッチの半分を分け、お手をさせようとしている。ちょうだい、と態度で主張している黒鳥は無視しながらだ。

「マスター。アナタ酷い顔色だから、先にお風呂をお勧めするわ」

「……そうする。ベティーナを呼んでもらえる？」

「アナタのお世話をする人なら、もうお風呂場で待ってる。脱ぎ散らかしたドレスが全部片付いてるでしょ」

「本当だ……」

「ライナルトはワタシが見ているから、ゆっくり湯船に浸かってらっしゃいな。その頃にはこんな冷たいサンドイッチじゃなくて、あたたかいスープが置かれているから。アナタは適当でいいって言ったけど、ワタシが主張しておいてあげたわ」

しっかり食べないと保たないと言いたいらしい。

室内を見渡すと愛猫たちがいないのが気になった。

「クロ達はヴェンデルのところに行ってしまったの？」

「ええ、もうご飯の時間は過ぎちゃったし、ヴェンデルはお勉強があるから部屋で休んでる。行くのは止めないけど、そのふらふらの足で行くのはお勧めしないわ」

「ウェイトリーさんにコンラートについて聞きたかったのだけど……」

「アナタ、その状態でそっちの仕事までやるのはやめときなさい」

以前なら兼任で行えたコンラートの当主代理も、いまは遅れて目を通すのみになってしまった。

ルカに無造作に投げられても戻ってくる黒鳥。無心でサンドイッチを貪《むさぼ》る黒い子犬。どう考えても二匹で遊んでいるルカ。

きょうだいみたいと言ったらルカは怒るが、仲良しは相変わらずだ。どこか安堵を覚えながら浴室に向かうと、侍女のベティーナ達が待機していたので、もうなにもかもが面倒くさくなって、無言で下着を外し湯船に浸かる。

侍女に体を晒すのも、髪を洗ってもらう行為も慣れたところは皇妃っぽいだろうか。思考力がほぼおなくなりになっているので、とにかく楽ができるならいい、の一心でお任せしている。

寝衣になって食事を喉に通しても、疲労のためか味がぼやけていた。

少し前までなら美味しさが身に染みていたのに、これはもう寝るべきだ。歯を磨《みが》くと早々に二階に戻り、黒犬を抱くと目を閉じる。すると十を数える間に全身は睡魔に乗っ取られ、目を覚ましたら、もう朝になっていた。

睡眠をとれた感覚はあっても「もったいない」と感じるのは何故なのか。半分絶望的な気分で公務へ出仕すれば、挨拶に来てくれたニーカさんがぎょっと目を剝《む》く。

きっと気晴らしのために雑談へ赴いてくれたのに、おそるおそる話しかけてくる。

「……休めてますか？」

「夢も見ないくらい寝てきたので、すっきりしてます」

力こぶをつくってみせたのに、いまいち納得してくれない。

リヒャルトとモーリッツさんの補佐の仕事、勉強、謁見《えっけん》。とにかく言われるがまま予定をこなしたが、この皇帝業代行期間は、私室で過ごした記憶はほとんどない。

さらにひと月ほど経つと、ルブタン侍女頭が肩を怒らせながら、宰相とモーリッツさんの執務室に殴り込みをかけた。翌朝になると、モーリッツさんは不承不承《ふしょうぶしょう》ながら私に休みを申しつける。

「大変遺憾ながら、皇妃殿下にはしばしお休みいただき、心身共に回復していただく。ただし完全にとは行かないため、簡易的な報告のみ上げるのはご容赦《ようしゃ》願いたい」

「慰問の予定は……」

「それも止めさせていただいた」

「ですが、陛下への不名誉な噂が立っていると言ったのはあなたとリヒャルトですよ」

「民草は後回しでよろしい」

ライナルトも前帝と同じで享楽に耽《ふけ》っている……などと囁《ささや》かれはじめたせいで、私は慰問を再開していた。それを侍医長達が心配したらしい。

彼らがモーリッツさん達に苦言を呈《てい》した原因は、限界を迎え始めた私の体。

この頃になると身体の変調と熱が続いて痩《や》せてしまっていた。公務に身心を潰されては元も子もないからとの判断らしいがなにもしなくていい時間をもらって、私はひたすら眠った。

やりたいことを思い出すのも、丸一日時間必要だったのだ。

ケーキを食べたい、となんとなしに呟《つぶや》けば、ベティーナが大急ぎで出ていくと、ふいに見た窓の外がうつくしい。

雪が去り、青々とした芝生は陽の光を浴びて生気に満ち溢れている。木々が揺れ、生命力あふれる光景は自然の祭りだ。ご無沙汰になった庭の調理場が寂しそうにぽつんと佇《たたず》んでおり、そういえばお気に入りの鉄鍋はどんな感じだったかしらと外に出た。

陽気はあたたかい。

外をゆっくり眺める時間がなかったと思いだしていると、侍女達が柔らかい椅子やクッションを持ってきてくれた。あっというまに支度が調《ととの》って、ゆっくり身を沈めると長い息がもれる。

かなり長い間休んでいた。

鳥のさえずりが遠くから響くと、自然の交響曲を奏で、疲れという言葉を忘れた心身を癒やしてくれる。


――黎明。

雄大な空を見上げ、やっと彼女に気を向けられた。

黎明から助言を得たく幾度も声をかけていたけど、一向に目を覚ます気配がない。死んでしまったのかと疑うくらい音沙汰がないのだが、フィーネ曰く、ちゃんと〝居る〟そうだ。ただ私の生成できる魔力量、大気に満ちる魔力が足りないのもあって、竜種たる彼女の回復にはまったく足りないそう。ルカ曰く絶対に死なないけど集中治療室で安静状態くらいだとか。気軽に説明していたけど簡単に述べていいものではない。

彼女が起きていられる環境が整うのはいつになるだろうか。

「……ケーキって、いつ届くかしら」

居るはずの侍女から返事がなく、振り返ったら誰もいなかった。

腰を浮かして立ち上がると、なにかに肩がぶつかり、体は再び椅子に沈む。

私に影が差しており、椅子の前、それもかなり近くに人が立っているらしく、反射的に顔を上げて驚いた。

誰もいないはずの空間に、二人の男性がいる。

ひとりは青い髪の鍛え抜かれた彫刻じみた肉体の持ち主。異国情緒じみた衣装を纏っており、見事な胸板を隠していない。

もうひとりは深紅の髪色をした人で、青髪の人より一歩下がっていた。静かな雰囲気を持つ人だが、その姿勢は優雅で、しなやかな体つきながらも鉄の強度を感じさせる。腰には使い込まれた斧や武具も着けていた。青髪の人とはまた違う、いかにも武人といった装いだった。

誰？　との問いも、悲鳴も、ルカを呼ぶ暇もない。

この人達には敵意が無かった。

特に青髪の男性など感極まった様子でこちらを見下ろし口を開く。

「我が妻よ」

妻、妻って、妻って誰が？

いまこのひと、私に妻っておっしゃった？

どなたでしょう、お目にかかったことなど一度もありませんが！

危機感をおぼえて身を引いた。

私の夫はひとりだけなのもあったし、知らない相手とはいえ、私を「妻」などと呼称する人物と相対してはいられない。

そもそもオルレンドル宮廷に突如現れたこの人物は何者なのか。

警戒心丸出しで長椅子の端に寄ったが、相手が手出ししてくる気配はない。

そうなれば観察する余裕も生まれる。

何故か感激している青髪のひとは、装いから見てもおそらく人間ではない。

しばらく私を見つめていたが、途端に寂しそうに肩を落とし、それで気付いた。

もしかしてこのひと、私を見ていない。

視線に込められた想いは、ひたむきと言っていいほどの熱を持っている。だけど私という人間を捉《とら》えているのかといえば……それはない。

わかってしまえば恐怖感は薄れたし、声をかけるのもやぶさかではなかった。

あの、と声をかけようとしたときだ。

「皇妃殿下！」

私を呼ぶ声で我に返った。

目の前には焦ったベティーナがいて、必死に私を揺すっている。あまりの慌てように声をかけていた。

「……どうしたの、なにかあった？」

「なにかあった、ではございません！　お声をかけてもお返事がありません。お休みになっているかと思えば、どこを見ているかもわからぬ様相で！」

涙声で訴えているから、本当に心配をかけてしまったらしい。

彼女曰く、私は心神喪失状態にあったようだ。当然、そんなのは記憶にないし疑わしいのだけど、ベティーナ以外の侍女も私がおかしかったと証言している。

すでに不思議な二人組は消えてしまっていた。こころなしか彼らが消えた瞬間から、周りの時間が動き出した感覚がある。

「そこに男の人が立っていたのだけど、あなたたちは見ていない？」

「皇妃殿下の御身は近衛がお守りしております。見知らぬ者の侵入を許すはずありません」

叫ぶものの、はっ、と何かに気付いた様子で背後へ振り返ると、彼女の合図を受け侍女が走り去って行く。ベティーナはぎゅっと私の手を包み込んだ。

「心労が祟《たた》っているのは気付いておりましたのに、幻覚を見るまでにお疲れとは、もっと早く進言すべきでございました。至らぬわたくし共をお許しください」

……もしや誤解が生まれている？

「あら？　ちょっと、違うってば、話を聞いてベティーナ」

「なにもおっしゃらないでください。問題はございませんから」

ベティーナは私を繊細すぎると思い込んではいないだろうか。

たしかにライナルトが恋しいとはいえ、幻覚を見るほど病んではいない。むしろ幻覚なんかにうつつを抜かしたら愛想《あいそ》を尽かされるので、そんな暇はないというか……。

さっきの発言は完全にしくじった。

侍女を止める手立てはなく、私は侍医長が駆けつけるなり診察となった。結果はお馴染み、心の専門医であるデニス医師との面会だ。

先生の診断は疲労で済ませられたものの、幻覚の件が後を引いたらしく、侍女達は慎重になった。具体的には私の疲労を取るために全力を尽くした。お香、お風呂、マッサージ、食事療法に睡眠と至れり尽くせりで、数日で何とか自発的に外出できるまで元気になった。

しかしながら業務復帰はルブタン侍女頭に止められたので、長らく帰っていなかったコンラートへの帰宅をジェフにお願いした。

コンラート家で最初に出迎えてくれたのは、前回は姿を見せなかった老猫ウラだ。たいへん人懐こい長毛の猫で、たぶん元家猫。私がクロとシャロを連れて行ってしまったので、家の新しい癒やし担当になった。

続いて走ってきたのが義娘フィーネで、嬉しそうに抱きついてくれる。遅れて登場したのはメヒティルさんだった。

突然の帰宅にも動じず、力強い笑みで迎えてくれる。

「ただいまメヒティルさん。突然ごめんなさい、他の皆は外出中ですか」

「マリーちゃんが残ってお昼寝してますよ。呼んできましょうね」

「シスはいませんか？　こちらにも帰ってきてないんです」

「あの子ねぇ、昨日はいたけど、今朝は見てないんですよ。たぶんどこかの酒場でお酒に飲まれちゃってるか、キルステンのお宅かしらねぇ」

「見えないところで自《じ》堕落《だらく》な生活は相変わらずなんですね。飲むのはいいけど、ツケは大概《たいがい》にしなさいって伝えておいてもらえませんか」

「はいはい。たしかに、いろんな人に迷惑かけるのはよくありませんからね」

彼女はジェフにも満面の笑みを浮かべた。

「ジェフさん、家の中でまで重い上着は邪魔でしょう。もうすぐしたらゾフィーさんも帰ってきますから、脱いでくつろいでください」

「ああいえ、自分は仕事の最中ですから」

「うちのなかでお仕事しなきゃいけないような事態は、起こりはしませんよ。さ、せっかく帰ってきたんですから、ゆっくりお茶でも飲みましょうか」

私は猫のウラを抱き上げがてら感触を楽しむ。

「んん、いい子ね。本当にお人形みたい」

皆によく手入れしてもらってるのか、毛は絡まりひとつみせず、拾われた当初の薄汚れていた面影はひとつもない。抱っこもなれたもので、ぬいぐるみみたいに大人しい。

私に倣《なら》ってフィーネも黒犬を拾い上げ、抱っこで運びだした。

メヒティルさんは庭で摘まれた香草を丁寧に洗い、茶器にお湯と共に注ぎ入れる。簡単でも素朴で香りの良いお茶だ。

起こされたマリーが到着し、ついでに彼女に連れられてきたサミュエルが嫌そうに席に着いた。彼はたまにこうしてコンラート家に出現するようになったと聞いている。

サミュエルは私に対して面倒くさいやつがきた、といった雰囲気を隠さない。

「どぉもこんにちは」

ジェフは剣をさりげなく手元に置いているので、彼への警戒は解いていない。サミュエルもそんなジェフに辟易《へきえき》とした表情をしている様子だ。

マリーがお茶にジャムを入れる間に、私はサミュエルへ話しかける。

「こちらに戻ってきてたのね」

「マイゼンブーク卿や誰かさんにめんどくせぇ仕事押しつけられるおかげで休む暇もありゃしませんが、やっっっと暇らしい暇ができましてね」

「よかったじゃありませんか、少なくとも仕事があるって証拠だし。ね、マリー」

「そうねー、稼げない男よりは稼ぐ男がいいのは確かだわ」

私が彼と喋れるのはマリーがいるからだ。彼女がいなかったらサミュエルは隙を晒さないし、飄々《ひょうひょう》とした態度を崩さなかった。

マリーを真似るフィーネは、お茶の味をみてからメヒティルさんにお願いした。

「おばあちゃん、この味、わたし嫌いだから交換して」

「はいはい。すっぱいのが苦手なんだから、あんまり量を入れちゃいけませんよ」

「だってマリーは美味しそうに飲むんだもの」

「人の味覚のせいにするんじゃないわ。あと行儀が悪いから、作ったからには全部飲みなさい」

むくれるフィーネにマリーが忠告しても、言うことを聞く娘じゃない。

「やだ。いろんなの試す。つぎはこのキャラメルにするの」

「お茶菓子が甘いのに、お茶も甘くするって正気？」

マリーが大人の対応をしてくれるためか、この二人もうまくいっている。

ただ、最近のフィーネは我が儘《わがまま》が増えていると聞いている。コンラートの人達に任せてばかりはいけないし、私も彼女に注意しておこう。

「嫌いって言葉は、いまは身内だけだから大丈夫だけど、外では苦手って言うの。もっと穏便にすませるなら得意じゃない、がいいわ」

「なに、それ。面倒くさい」

「知らない人とお茶をするときには言葉選びが重要なの。相手に与える印象ががらっと変わるから、いまは理解できなくても、覚えててくれる？」

「おかあさんがそう言うならやるけど、面倒くさい」

「そう、人間社会って面倒くさい。でも、だからこそ楽しいこともいっぱいあるの」

彼女はまた表情が豊かになった。少なくとも言われたとおりになんでも行動していた時より、自己主張が出てきた分だけ感情は育っているはずだ。

「メヒティルさん、お茶が一人分多いようですけど……」

「あと一人は、もうすぐしたら来ますよ」

ジェフ、フィーネ、マリー、サミュエル、メヒティルさんと、あまりない面子でのお茶会。ここにエレナさんが登場し、彼女は焼きたてのお菓子を持参して、笑顔で席に着く。

「お呼ばれってことで、今日はチョコレートのクッキーにしてみました。カレンちゃんも是非たべてくださーい」

「美味しそう。エレナさん、腕上げました？」

「おわかりですか！　はい、得意じゃないなりにちょっと上手くなりました」

どん！　と積まれる、バスケットいっぱいのクッキー。

作りたての手作りは別の美味しさがあって手が止まらない。

エレナさんは料理が好きじゃないらしいが、基本は暇を持て余しているそうで、方々の趣味に手を伸ばしているそうだ。最近はお菓子作りにはまっていて、ちょうど近くに無限の胃袋を持つ半精霊がいるから、これ幸いにと大量生産を行っているそう。

おかげで誰の脂肪も犠牲にならず、腕前だけが上がっている。

柔らかく甘みがつよいクッキーは、濃いめに淹れられたお茶に合った。

エレナさんとマリーと私が主軸になりつつ、フィーネに話題を振れば自然に場が回る。

甘味に辟易したサミュエルが厨房から持ってきた、しょっぱめのナッツを囓《かじ》りつつ、エレナさんが私に聞いた。

「そういえばカレンちゃん、今日はなんでコンラートに？　突然だったから、お姉さん驚きましたよ」

まったく驚いていない調子の質問に、私も本題を思いだし、老猫のお腹を揉みながら言った。

「それがですねー、ちょっと幻覚を見ちゃったので、フィーネに相談しにきました」

あちらは侍女達が目を光らせているし、内緒話となったらやはりここが一番だ。

軽く話したつもりだったが、言葉選びを間違えたと気付いたのは一拍の沈黙を置いてからになる。

エレナさんがお菓子を取り上げ、マリーが私の額に手を当て熱を測る。

「健康なときならともかく、めんどくさい状況で帰ってこないでくれない？」

「マリー、それ、ちょっと傷つくんだけど」

「だって貴女が具合悪くしてると、宮廷側が五月蠅いんだもの。身体が弱いの今更なんだから、諦めて向こうで寝てたらいいのに、面倒くさいったらありゃしない」

「そういう率直なところ好きだけど、ねえ！」

「カレンちゃんの熱はどうです？」

「ないわ」

私を無視して肩をすくめるマリー。

カップを置いたジェフが、まったく、と言わんばかりにため息を吐いた。

「いまのはどう考えても言葉が足りておりません」

「気をつけますけど……」

「……おかあさん、前より痩せてるし、具合わるい？」

「ううん。ちょっと疲れてるだけだから無理はしてないの、平気よ」

誤解を解くために宮廷で見た白昼夢について説明すれば、エレナさんの表情はどんどん懐疑《かいぎ》的になる。

「アーベラインにここぞとばかりにいびられて、疲れてるんじゃないです？」

「そんな、モーリッツさんはそんなことしません！」

モーリッツさんが誤解されるのはよろしくない。拳に力を入れ否定した。

「たしかにモーリッツさんは、何の恨みがあるのかしらってくらい小言が多い人です。今回もよりいっそう言葉が刃になって、私の心を容赦なく抉《えぐ》ってこられますが、でも違います」

あの人が私により厳しくなったのは、必ずライナルトが起きると信じているためだ。

「あの人はぜーーったいに、私を倒れるまで働かせたりはしません。限界近くを見極めて、正常な判断ができるぎりぎりで留まれるよう酷使します。でないと小言の意味がないからです！」

「……カレンちゃんの、そのアーベラインへの厚い信頼はどこからきてるんでしょう」

ライナルトが倒れてもモーリッツさんやニーカさんが変わらずにいてくれるから、私も頑張っていられる。あの二人には心を救ってもらっているのだ。

面倒くさそうに、一応話を聞いていたサミュエルが口を開いた。

「フィーネ嬢の判断が必要ってんなら、早く聞いた方がいいんじゃねえですか。あ、自分は聞きたくないんで、ここいらで失礼します」

逃げだそうとした彼を摑むのはマリーだ。

彼女がとびきり可愛らしい上目遣いで胸を強調しはじめると、メヒティルさんが笑顔のまま、フィーネの両目を塞ぐ。

「サミーったら、もう帰ってしまうの？」

「いや、よく考えたら忙しかったんで、お前の顔が見られただけで良しとしとくわ」

「それって私なんてどうでもいいってことかしら」

「あ、いや、そんなわけは……」

「今日はずっと一緒にいるって決めてたのに」

彼女の台詞を翻訳するなら「ひとりだけ逃げるなんて許さない」だろうか。

可愛らしさの中に、ほんのり色っぽさを足す、計算されつくしたお願いだ。これがサミュエルには効果てきめんで、逃げようと試みた彼の足を鈍くする。

サミュエルはぐっと奥歯を嚙みしめたが、視線はマリーの胸元に奪われ続けている。

たぶん彼なりの葛藤《かっとう》があったと推察できるが、椅子に座る姿で結果はお察しだ。

エレナさんがふっと笑う。

「悲しい生き物ですねー」

「そのくらいがかわいいものですよぉ」

メヒティルさんが笑い、ジェフは無言を貫《つらぬ》いた。両目を塞がれたフィーネだけが不思議そうに周囲を窺っている。

彼らが落ち着くと幻覚に話を戻す。

ほんのわずかな邂逅《かいこう》でも、あれは私の脳が造り出した産物にしては現実味がありすぎる。彼らの特徴を伝えれば、少女は熟考した。

「……ふたり、ねぇ」

人さし指がくるくる回ると、スプーンがひとりでに動き、カップの底から混ぜ始める。

サミュエルが顰《しか》めっ面《つら》を作る理由は、シスに聞いたことがある。彼は魔法使いゆえに、精霊の強大さを敏感に感じ取ってしまうためらしい。

サミュエルなど気にも留めないフィーネは教えてくれる。

「おとうさんの時と違って、今回はけっこう残ってる。おかあさんはふたりと言ったけど、わたしが感じるちからの残滓《ざんし》はひとりぶんしかない」

「やっぱり幻覚じゃなかった！」

相談して大正解。事態の進展に身を乗り出す。

「力の残滓と言ったけど、そういうので詳しくわかったりはしない？」

「すこし知ってる故郷の香りがしたから気付けただけ。おとうさんほどごちゃごちゃに絡み合った、ふくざつな痕跡はないの」

故郷の香りって何だろう。フィーネは目を閉じる。

「記憶よ。木々の間から差し込む光が反射して、きらきら輝くこもれび。落ち葉の絨毯《じゅうたん》が地面をおおう、柔らかな音。鳥の歌声が、森のすきまにひびく、いのちへの賛歌……そういう、なつかしさ」

謳《うた》うようにふるさとをつぶやきながら、思いだしたように目を開いた。

「ああ、わかった。もしかしてこれ、明けの森かしら」

「明けの森……ってことは」

聞いたことがある。しかも身近な存在が声に出していたではないか。

フィーネも疑問に答えた。

「薄明《はくめい》を飛ぶものかしら。でも、彼女は起きないのよね」

私の中で眠る黎明だ。フィーネは精霊郷は明けの森の守護竜の名を挙げるも、黎明はいまだ目を覚ます気配がない。フィーネは首を傾げた。

「起こせるけど、やる?」

「それ、無理を強いることにならない?」

「なる。とくにおかあさん」

疑問は解決しておきたい。是非実行してもらおうとしたら、私を止めたのはジェフだ。

彼は黎明を起こすことは反対ではないが、と前置きして告げた。

「貴女はつい数日前までご自分を酷使されていた。痩せ細るまでに憔悴《しょうすい》していたというのに、また倒れるおつもりですか」

「でも……」

「でも、ではありません。その二人組は私も気になるが、結界はシス殿に強化してもらえば当座は凌げるはず。焦る状況ではないのなら、いまは自重していただきたい」

……たしかに後々に影響を与えるとなれば、いま倒れては元も子もない。

もしも数日目覚めない、となれば周りも気が気じゃないだろうし、ジェフの言葉ももっともなので、熱が上った頭を冷やすべく椅子に座り直す。

「わかりました。体調が万全になるまでは控えます」

ジェフが安堵に息を吐く一方で、考え続けているのはフィーネだ。

「その青い方は、おかあさんになにもしなかったのよね。なら、やっぱりそっちも敵意はない。ただ彼女に会いにきた……だけなのかしら」

「でも明けの森の関係者だったとして、こちらの彼女と関係は無いはずなんだけど……」

そもそも黎明は平行世界から連れてきた存在だ。

世界は同一人物がふたり存在する矛盾を許さないために、こちらの世界の黎明が残っている場合、違う世界の黎明は消えてしまう。

だから平行世界から連れてきた黎明がいまも残っているのは、必然的にこちらの黎明が亡くなっている証拠だ。

青い男性の「妻」発言も気になっていたエレナさんが、小さく挙手する。

「やっぱりれいさんの旦那様でしょうか」

「そのあたり、フィーネはわかる？」

「黎明の番《つがい》のことなら、わたしはわからない。わたしが故郷をつれだされたのは、ずうっと前で、彼女が番をとる前だったもの」

それに、と、なにが気に食わないのか、頬を膨らませる。

「薄明を飛ぶものは、元々ちょっと変わってるのよ」

「変わってるって、どんな風に？」

「竜って本当は、ばかみたいに使命と同族優先なの。黎明はおかあさんと話すために人の形を作ったみたいだけど、あいつらが人間のすがたを真似るなんて、わたし、ちょっと信じられない」

他の竜を知らないから、そこはなんとも言えないなぁ。

サミュエルは嫌そうでも、精霊郷については興味深げだ。

「俺ぁもうひとりの方が気になりますがねぇ。特徴的に、精霊って感じじゃなかったんでしょ」

「そうね、服装がすごく人間的だったし、髪も赤髪で……あ」

「……赤髪ぃ？」

話しながら気付いた。オルレンドルじゃ赤髪も珍しくないから忘れていたけど、あの特徴的な深紅色は、ラトリア人のものだ。

服装の特徴を詳しく聞き出したサミュエルは背もたれに上体を預ける。

「それ、かんっぜんにラトリア人じゃねーですかね。しかも服の感じからして、外に出る外交官じゃなくて、内地の人間！」

「わあ、流石《さすが》に詳しいのね」

「一応ラトリア本国だったら行ったことありますんでぇ」

彼、いちいち嫌味っぽく話さないと私と会話できないのだろうか。

鼻で笑うようにしていたサミュエルだが、あることに気付いて顔を顰《しか》める。

「…………うわ、帰りたくなってきた。精霊絡みって冗談だろ」

ところが既に後の祭り。

この話を聞いてしまったからには、彼はマイゼンブーク卿や魔法院に報告を行う義務が生じる。

謎の二人組についていくらか判明したけど、なぜ精霊と共にラトリア人がいたのか、そしてなぜ黎明に接触を図ろうとしたのか、事態は混迷を極めるばかりだ。

目の前にあったクッキーをかじり、ぼやく。

「なんだか、大変な事になってきたなぁ……」

「そのわりには呑気にしてるじゃない」

マリーの突っ込みに、少し考える。

「みんながいるから、なんとかなるかなって」

少なくとも異なる世界に飛ばされてはいないし、すぐに相談できる人達が身近にいる。命の危険はなさそうだから、クッキーを美味しいと感じるくらいの余裕もあった。

……なんで精霊とラトリア人が一緒にいたのかしら。

ライナルトの件と無関係ではない気がしながらチョコレートをかみ砕くと、パキッと良い音を響かせた。

3 お怒り皇帝陛下

変な夢をみている。

そこは見知らぬ庭園だった。赤、白、黄色と色とりどりの花が咲いていて、中央には小さな噴水が設置され、水しぶきが太陽の光をキラキラと反射している。

石畳《いしだたみ》の小道が花々や木々の間に敷かれ、庭園全体が生命と色彩で溢れている。

木陰のベンチに座る私は現実味のない光景を前にして、ぼうっと座っているだけ。頭はふわふわして、思考も定まらないまま、噴水を眺めていた。

身体に力は入らないが、動こうとは思わない。視界ははっきりしているようでも、どこか輪郭を伴わずにぼやけている。

夢の中を揺蕩《たゆた》う心地は悪くないが、こんな夢は初めてかもしれない。

きっとここはいつまでも変わらない。

社会からかけられる期待と重荷。時間に追われる毎日に、生活しているだけでもお金や管理が生まれる。政治的な不安に左右されながら、一定の規範に則って行動して適合せねばならない。

ここはそういった、人界における煩《わずら》わしさはなにもない場所だ。

いつまでもここにいたい。

ふと眠気を感じて目を閉じ——

「起きてください！」

呼び声で目を覚ました。

「……あら？」

目の前にジェフがいた。焦りと安堵をまぜこぜにした表情の彼の手は、私の肩に置かれている。ニーカさん、モーリッツさんにサミュエルが険しい表情で、それぞれが私を見つめているではないか。

ジェフが固い声で問いかけた。

「気をしっかりお持ちください。私のことはわかりますか」

「ジェフ？　それがどうかした？」

「いま、この場がどこかはおわかりですか」

大真面目に変なことを尋ねるから、私も周囲を見渡し答えた。

「執務室よね。ええとそう、国境付近のラトリア兵が……」

自分の頭がいかに鈍っていたかに、遅まきながら気が付いた。

そうだ、私はつい最近執務に復帰した。しっかり休息がとれたので、良い感じで仕事に取りかかり、ライナルトの代役も形になりはじめていた……はずだ。

思わず尋ねた。

「私、さっきまで起きていたはずよね。居眠りをしてしまったの？」

私はついさっきまで会議の席についていた。議題はファルクラム領に多数目撃されはじめているラトリア兵についてだ。

オルレンドルに向けた偵察はこれまで確認されていたものの、今回は数が多く不審な動きをしているために、ファルクラム領総督代理から対応を求められた。私は直前まで審議を行っていたので、そもそも大事な場面で眠ってしまうなどあり得ない。

ジェフは言葉を濁《にご》し、言い淀《よど》んだ。

「居眠り、と申し上げるよりは……」

心身の不調は回復していたはずなのにこの体たらく。普段なら叱咤《しった》が飛んでもおかしくないはずなのに、皆にあるのは戸惑いだ。

唯一、渋々ながら動きを見せたのはサミュエルだった。

「失礼、ちょいとご無礼しますよ」

手袋を外すと私の目元に手を伸ばして右目を大きく開かせ、じっと観察を行う。その姿は真剣で、騎士団所属で魔法使いだから、なんて理由で私の身辺警護に回されたことを、この世の終わりのように絶望していた人間とは思えない。

瞳の奥を覗き込むサミュエルは、モーリッツさんに振り返る。

「もしかしてですが、陛下と同じ症状とかじゃありませんか」

「……執務中に一瞬……意識を落とされたことに限れば、ご様子は似ておられる」

「なーるほど」

サミュエルは腰に手を当て、天井を仰いだ。

今の話を耳にして、私もようやく状況を悟る。

「私は突然、気を失ったのね？」

時間をおいて、誰からともなく肯定が返ってきた。

沈黙が苦しい中で、苦々しい表情のモーリッツさんがサミュエルに確認を取る。

「貴殿はどのような見解だ」

「まだはっきりと断言はできません。こういった診断はシャハナ長老の方が得意なんですけど、構いませんか」

「いまは貴殿の見解を聞いている。情報を精査した結果は改めて受け取ろう」

「そんじゃ、あくまでも一個人の意見ってことを念頭に置いてください。皇妃殿下の瞳の色が、一瞬だけ変わったのを認めました」

「それが意味するところは？」

「別物の魔力が皇妃殿下に侵入し、その残滓を自分が認めた、というのが現在の見解です」

つまり誰かに接触された痕跡がある。

これを聞くと、さしものモーリッツさんも黙り込んでしまう。

私は念のため問診を行うか尋ねられたが、断った。

モーリッツさんの目を見て続けた。

「この議題に取り組むのが優先です」

「問題はないとおっしゃるか」

「容易に対応できないのは陛下の件でわかっています。対策は後で講じましょう」

ライナルトがいない弊害《へいがい》は、時間を追うごとに顕著になりはじめている。この重要な場に宰相リヒャルトがいないのは対応に追われているからで、他国の兵の目撃証言を後回しにはできない。ただ意識が落ちただけだったら優先するのはラトリアだ。

「サミュエル。急ぎ、私の状態をシャハナ老と共有しておいてもらえますか。ルカにも状況は伝わっているはずだから、彼女の意見も聞いておいて」

「へい、かしこまりました」

返事が不真面目なので眉を顰《ひそ》める人がいるも、仕事はする人なので任せられる。

私の意を察したジェフも定位置に戻った。場が落ち着いたところで、改めてファルクラム領から送られた書面に視線を落とす。

ラトリア兵が確認されたのは旧コンラート領付近。

あの地はラトリア人の出入りが多いとはいえ、単に旧コンラート領を復旧させるにしては、近年に比べ数が異常だと周辺の領主が敏感になって救援を求め、訴えが国に届いた。

ニーカさんが爪先で机を弾く。

彼女が呼ばれたのはライナルトの信頼が厚く、加えてファルクラム領をよく知っているためだ。

「数年前、ファルクラムが王国と呼ばれた頃の領主達だったら、ラトリアの動きは気のせいだと無視するか伏せていたでしょうね」

「コンラートをきっかけに王国が落ちていますから、気が気ではないのでしょう。ラトリアの侵略を許したら、明日こそ我が身です」

「危機感を持ってくれるのは良いことですが、届く情報は物騒この上ない」

ファルクラム領にとって、コンラートの陥落から始まった王国の滅亡は記憶に新しい。

改革後は貴族の大半が明日をも立ち行かぬ身となって痛手を受けたのだ。おかげで報告が届くのも早かったが、コンラートの動乱を思い返すと、あまり良い気分ではなかった。

背もたれに上体を預け、何度目を通したかもしれない書面を読み直す。内容が変わるわけでもない、意味のない行動だ。

本来はマイゼンブーク卿等、もっと大人数に意見を求めるべきだ。大々的に会議を開くべきでも、ファルクラム領の有事となれば、本来出てくるべきはライナルトだ。

彼は病気療養という形を取っているとはいえ、私が出る場面じゃない。というか出しゃばってしまったら、周りを騒がせる事態に陥る。

少人数で意見交換を行うだけに留めたら、それが気絶の目撃者を減らせたので幸いした。

「モーリッツさん。ラトリアが戦を行うには、まだ準備が整っていないとの見解は事実ですか」

「鉄、食料含め、すべて不足しているというのが陛下の見解ですな。先の内乱で、ラトリアは溜め込んだ資源の大半を消費していたと新たに聞き及んでいる」

「たとえばファルクラム領に侵攻するなら、どのくらい準備期間が必要でしょうか」

「大規模な戦を仕掛けるのであれば、少なく見積もってもあと数年」

「……物証的には難しいのよね。それに他国に進軍する理由もほとんどない」

ラトリアの状況は随時確認がとれている。

まだ戦には遠いと思っていたけど、ファルクラム領の訴えは無視できない。

しかし現状はなにもできなくても、手を打たねばならない。皇妃の故郷を見捨てたと思われてはたまらないし、なにより総督の他にも姉さんから嘆願書が届いている。

妹としては兵を動かしてあげたい。

姉さんを安心させたいが、頭を悩ませるのは理由がある。

出兵の号令を出す人物が眠っているのだ。これまでの皇帝代理業は現状維持か、ライナルトの指針を加味した上で決済を行ってきた。彼が目覚めたときに滞《とどこお》りなく交代できるよう努めていたが、いくらなんでも派兵は規模が違いすぎる。

ラトリアへの示威《じい》行動を起こすにしたって、行き先はファルクラム領。人員を動かすのはタダじゃない。少数の目撃証言だけで軍を動かすとしても、相当のお金がかかる。

こんなことを思うのは、姉さんに大変申し訳ないのだけど……。

「モーリッツさん、どう思われます？」

「ラトリアはファルクラム領に進軍できる状況ではない。目撃者がファルクラム領の者だけでは如何《いかん》ともし難く、現状では軍の派遣は不当と考える」

「動かすにはオルレンドルの調査が必要ですね」

「各将からも同じ意見が上がるでしょうな。まずは相応の証拠を集めてほしいと」

こういう考え方も、政には必要になる。

それに気分の悪い話になるが、ファルクラムにとって自国は守ってもらう必要がある国の認識でもオルレンドルにとってファルクラムはただの占有領だ。資源は豊富で奪われる痛手はあるが、まだ軍を派遣する規模ではないと取られる可能性が高い。

そもそも、オルレンドル諸侯は、完全にファルクラム領を信頼しているとは言い難く……。

ラトリアとファルクラム領が手を組んで、偵察に来たオルレンドル軍を挟撃する可能性を想定せねばならないし、第一ライナルトが出てこないのに命令を聞いてくれるのだろうか……。

沈黙が長かったためか、同じ悩みを抱えていたニーカさんが力なく笑った。

「竜に乗って確認でもしてこられますか」

「……できたら楽でしたね。いますぐ飛びたくなってきました」

「本当に、飛んでいけたら楽でしたね。私も黎明殿に乗ってみたい気持ちはあるのですが、片手に持つなら酒と弁当がよかった」

彼女はいつか黎明で空を飛ぶのを夢見ている。ぼやくようなニーカさんに、モーリッツさんが双眸《そうぼう》を尖らせた。

「……サガノフ殿におかれては、場を乱す発言はお控えいただきたい」

「公式の場でもないのだから大目にみてもらいたい」

黎明を起こして飛んで確認しに行く……本気で悩んでしまったが、ジェフに注意されたばかりなのもあって、一瞬で打ち消した。

国に、精霊をあてにする考えを持たせてはならない。

頭が痛くなってきて、こめかみを揉み解す。

「この場の答えとしては、軍の派遣は妥当ではない……で一致していますが、ニーカさんは相談という形で内々に軍部の意見もとってみてください」

「相談、ですね。誰になさいますか」

「ひとまずはマイゼンブーク卿とバーレで。他にいるようでしたらお任せします」

信頼できる人と、実父であれば口は固いはずだ。

「コンラート領付近の目撃証言も、こちらの人間に裏を取らせてください」

「ファルクラム領に置いている者が調べを付けているはず。接触を図らせるべく派遣していますので、もうしばしお待ちいただけますか」

「報告は随時お願いします。モーリッツさんは、ファルクラム領への代替案を考えてもらえますか。向こうを宥《なだ》めておかないといけません」

「構わないが、皇妃殿下にも一働きしていただく」

「具体的には？」

「ひとまずは一筆したためていただきたい」

姉さん、総督代理への手紙と、魔法院より人を派遣して、ファルクラム領中枢の守りを固めることになった。向こうにも魔法院は存在するが、優秀な人はオルレンドルが引き抜いているし、人を派遣した実績のためらしい。

私ができるのは状況の悪化を防ぐことだけ。

いますぐ駆け出し逃げてしまいたい衝動を堪え、ひとつ頼み事も行った。

「サゥのキエム殿に早馬を飛ばしてもらえますか」

出てくる予定のない人物の名前に、ニーカさんの瞳が鋭く煌《きら》めく。

「なぜここにきてヨーに連絡を？」

彼女の疑問はもっともだ。私の役目はライナルト不在のオルレンドルの安定であって、他国への干渉は求められていない。余計な騒動を巻き起こすのなら、当然許されない行為になるけれど、私はシュアンから話を聞いてしまっている。

「私の予想が正しいなら、おそらくキエム殿から直接の返事は期待できません」

あの話を聞かなければ記憶に留める程度で終わっていたはずだけど、今回の件で感じた。

ラトリアがオルレンドルに仕掛けるには、ライナルトから聞いているラトリア王ヤロスラフ三世の性格と国の状勢を鑑《かんが》みると難しい。

私の所感を述べるとこうだ。

「キエム殿が、事情があって隠れているのであれば別ですが、らしくないというのが私の考えです。ですから私が確認した以上の確証が欲しい、本格的に調べたいのです」

「本当に出てこられたら？」

確認を取るモーリッツさんに微笑んだ。

「そのときはキエム殿とお茶でもしましょう。ラトリアが騒がしいのでしたら、こちらとサゥの仲の良さを再度見ていただく必要があります」

キエムはヨー連合国内での安定を優先したいはずだから、まだこちらに仕掛けはできないはず。

二人は私の言いたいことを理解してくれたが、私もあえて言葉にしよう。

「オルレンドル含め、どこも指導的存在の意図を欠いた動きをしているように思えてなりません。もちろんこんな先入観で動くつもりはありませんが、陛下がお目覚めになった時のために、ラトリアとヨー、二カ国の不可解な動きの理由を調べておく必要があります」

まだなにが有利に働くかわからない状況だ。ひとつでも手がかりが得られるなら、それに越したことはないし、調べるだけなら問題はない。

モーリッツさんはしばらく考え込んだが、ニーカさんの後押しで調査に合意してくれた。彼女の伝手を使って調べてくれるそうだけど、いったいどんな伝手があるのか、興味本位で尋ねたら意外な答えが返ってきた。

「エスタベルデ城塞都市、あのとき貴女につけたハサナインという若者を覚えていますか」

「ジルケさんと一緒に護衛に当たってくれましたよね」

両者ともにヨー連合国の奴隷の流れを汲む人だ。この二人がどう関係してくるかと言えば、なんとハサナインはサゥ氏族に対する諜報活動を行っているという。しかし彼はオルレンドルの軍人で顔も知られているはずで、そんなことが可能なのかと問えば、ニーカさんは頷いた。

「接触自体はサゥ氏族と交流のできた初期の頃からあったそうで、ちょうど良いのでこちらから潜り込ませました」

「工作員ということですか。今はどちらにいるのでしょう」

「いずれヨーにオルレンドルの領事館を作らせる話が出ていますので、その関係でヨーとオルレンドルを行き来させています」

キエムは間違いなくハサナインを信じていない。疑われているのも承知で、情報収集に最適だからと、本人の希望もあって行かせたそうだ。他にも工作員はいるらしいけど、キエムの現状を探るだけなら彼で問題ないだろう、と彼女は言った。

「ハサナインからサゥへ、多少オルレンドルの内情も伝わってしまうかもしれませんが、私共もあれにすべてを明かしているわけではないので……何か気になることでも？」

「いまはお互い利用し合う関係だから手出しされないかもしれませんが、国家間の問題に発展したら、彼の身柄が危ないのではありませんか」

「それもハサナインは承知の上です」

彼に目を向けさせることで、他の仲間への疑いの目を逸らす。時間稼ぎをこなせば、役目を終えた折に出世も約束されていると、そんなところだろう。彼女も結構なことを部下に行わせているが、私が知らないだけで、こんな話はごまんとあるのかもしれない。

彼女を近衛や帝国騎士団とは別枠とし、特別な権限を与えたライナルトの判断は正しかった。

小回りが利くおかげで気心の知れた仲として相談できるし、現にこうして助けられている。特別扱いが良いことばかりではないと小耳に挟んでいるが、私たちには必要な存在だ。

残るはラトリアだが、引き続きアヒムを使うという提案がでた。

「次の命令もなくて暇をしているでしょうし、あれは働いていないと駄目になる男です。次の旅もまだのようですし、馬車馬の如く働かせましょう」

「ニーカさん……アヒムに大分お詳しいですね」

「我々は良い友人関係を築いていますよ。たまに飲みにも行きます」

私とアヒムでは、わだかまりも取れて話せるようにはなっていても、長居はしてくれないから羨ましい。

ニーカさんの眩しい笑顔に頼りがいを覚えていたら、モーリッツさんがぽつりと呟く。

「玩具《おもちゃ》の間違いだろう」

ニーカさんが首を直角に曲げると、モーリッツさんはそそくさと立ち上がり部屋を後にする。女二人になり期待の眼差しを向けられると、私は黒鳥と黒犬を出し彼女に進呈した。黒犬を抱き、巨大化した黒鳥に挟まれる姿は心から幸せそうだ。

使い魔達はもちもち……ぷにぷに……？　とにかく柔らかな触り心地に、あるはずのない抜群の毛の感触を有している。苦労をかける前報酬をお支払いし、存分に堪能してもらえば、その最中に励ましをもらった。

「ライナルトですが、大丈夫ですよ。貴女を置いて行くことはありません、と友人として保証させてもらいます」

「自信満々ですね」

「親友特権といいますか、そこだけは、まぁ見てきたので」

薄く笑い、黒犬の頭部に顎《あご》を乗せている。犬の調教師を家族に持つだけあって、扱いは手慣れた感じで、黒犬もこころなしか気持ちよさそうだ。

「貴女と交わされた約束は聞いています。置いて行かないと誓ったのなら約束は違《たが》えないでしょう。むしろ今頃、連れて行かれた恨みで相手を叩きのめす勢いなんじゃないかな？」

「そんな乱暴なこと……」

「せっかくの新婚生活を台無《だいな》しにされたら、私でもぶち切れます。あいつだってやっと婚姻してのこれですから、正直、目を覚ましてからの方が怖いくらいだ」

「……趣味の政も滞ってますものね」

「そうそう。それは間違いなくぶち切れてる」

室内に笑い声を響かせると、どことなく心が軽くなった。

この後、キエムについて調査を進めてもらい、裏を取るのはひと月ほどかかった。

ハサインの報告は現地にいるだけあって詳しかった。私がジェフに調べさせた時より早く的確だったが、この頃にはライナルトの不在に対する不安がかなり表面化し、私に対してちらほらと厳しい声が出始めている。

特に目立つのは陰謀論だ。

皇帝が表に出てこられないのは、私による皇室の乗っ取り計画が進んでいるためらしい。

噂の信憑性《しんぴょう》を高めるのはコンラート家の事例で、陰謀めいた噂が好きな人々にとっては、私がコンラート家を乗っ取ったように見えなくもない。

「よくできた話ね」

「笑い事ではありません！」

私にとっては笑い話でも、ベティーナはそうは思えないらしい。

「いいのいいの、じゃあ、あなたが私の代わりに怒ってね」

仮に私が邪《よこしま》な計画を企んだところでオルレンドルの中枢は揺らがない。過大評価してくれる間は権威も使いようがあると思えるから、こんな噂は可愛いものだ。

所詮《しょせん》は噂だったし、気にかけている余裕はなかった。事実それどころでなくて、意図しない眠りに落ちては目覚めるのを繰り返していたせいだ。

初めの眠りと違うとしたら、眠っている間の記憶をなにも有していない点か。

この頃には多忙な日々に体も慣れていた。遅い帰宅でも真っ先に向かうのは寝室で、日課になっていたのはライナルトの筋肉が固まってしまわないよう揉み解すこと。基本、お世話はヨルンに任せているが、私も暇を見ては刺激を与えている。

寝顔を見つめながら想像するのは、彼の顰《しか》めっ面《つら》だ。きっと目覚めたら筋肉の衰《おとろ》えを嘆いて、自主練に励むのが容易に想像できる。身体機能の衰えがどこまで影響を及ぼすか不安だが、起きてくれるならどこまでも助けるつもりだ。

でも、私は彼の目覚めに立ち会えるだろうか。

私はフィーネのおかげで連れて行かれずに済んでいるが、しつこく眠りの糸で絡め取ろうとする動きは止まないらしい。フィーネが痺《しび》れを切らして捕縛しようとしても、相手はのらりくらりと彼女を躱し、未だ確実な正体は摑めないそうだ。

最近はもしもに備え、私不在でどれだけ持ちこたえられるのか、リヒャルト達と検討し始めている。

ライナルトの耳元に顔を寄せ囁いた。

「そろそろ寂しいので帰ってきてくれません？」

これで目を覚ました夫に会えたら苦労しないのだけどなぁ……。

ため息を吐いたところで、カクン、と頭が落ちた。

私の視界は移り変わり、まるで隠れた楽園のような小さな庭園にいる。

木陰のベンチに座る私は、風に乗って漂う花の香りに辺りを見渡し、指を動かした。

試しに声を出す。

「あ、もしかしてこれって夢じゃないの？」

今回は意識がはっきりしていて、視界もぼやけていなかった。いうなら黎明と初めて会った時の感覚に似ているが、ここに彼女の存在は感じられない。

手の甲をつねれば痛みもあるけど、反面、おかしな状況でもあった。

着ている衣が違う。昼間なのに夜会の正装になっていて、流行を取り入れた肩や腕に、背中の半分以上が丸出しの意匠だ。腕に絡みついた繊細な金鎖に真珠や紅玉をあしらった宝飾品は、トゥーナから献上されて、一度も身につけていない品物だった。

これはもう間違いなく現実じゃない。

裾を持ち上げて立ち上がり、改めて周囲を見渡したら、新たに気付けることがあった。

ここは庭園の中で柵《さく》に区切られた、さらに小さな庭園だ。柵の向こうにも手入れされた庭が広がっている。

おかしいのは、鉄でできた柵が一押しだけで簡単に開いてしまったこと。見た目に反し驚くべき軽さでも、重力はきちんと仕事をしている。

不安定な石畳に足を取られないようゆっくり進む。持ち上げきれないレースの裾を引きずっているにもかかわらず、ドレスは一切汚れない。

分岐路で足を止めると悩んだ。

石畳は庭園全体を貫いて三叉にわかれているが、どこに進んでもさらに分岐になり、それぞれ大きな館に続いている。誰かに尋ねようにも人の姿は見つからない。加えて柵の向こうは緑豊かな森が広がっていて、どこに行けばいいのかすらわからない。

館で道を尋ねるべきか、それともこのまま進むべきか。

見知らぬ庭園でぽつんと孤立して、まるで世界に取り残されてしまった気分だ。

いまさら慌てるような事態ではないが、私にはオルレンドルを支える役目がある。誰にも会えないまま彷徨《さまよ》うのは困る、と諦めず歩を進めたところで、おかしなものを見た。

柵の向こうに別の庭園が出現し、人間が現れた。

十人以上の従者を引き連れた女性が貴人なのは間違いない。毅然と胸を張る美しい人だが、目を見張ったのには理由がある。

白磁《はくじ》のような肌に豊かな黒髪。大きく開いた胸元に、ほっそりと身体の線を見せる裾の長すぎる衣装。簪《かんざし》を大量に挿した髪型は初めて見る民族衣装だ。

ただ、それはいまの私の話。

生まれ変わる前の知識と、いまの私が伝え聞く特徴から照らし合わせれば答えは導き出せる。

現代日本と中国を合わせたような意匠は、これはどう見ても間違いない。

「クレナイ？」

海の向こうにある大陸の国だ。

女性と目が合ったら、相手は私など意に介《かい》さず去ってしまった。追いかけても間に合いそうもなく見送るも、これには困惑を隠せない。

これまでの事例からてっきり精霊絡みかと思ったのに、人間と遭遇するのは予想を超えている。

一体何が起きているの？

別の庭園へ続く柵門を潜《くぐ》ると再び景色が変化して、今度はあちこちに東屋《あずまや》が出現し始めた。

色とりどりの花々に、小さな泉の上にかかった橋と、いずれも幻想的な風景なのは変わらない。オルレンドルだったら、庭の維持だけでも相当気を遣う風景だ。

ここでは庭園以外にも変化が生まれていた。私は意を決すると小道を進み、緑豊かな樹木の木陰が作る根元に寄る。

「お休みのところ失礼します。少々よろしいですか」

この庭園には多数の人がいる。

各々距離を取っているが、各集まりは貴人を囲んだ複数人になっていて、衣の雰囲気が私に近い女性に声をかけた。

栗毛の一部を赤く染めた女性はラトリア人のはず。

見当を付けられたのは、その人の侍女が赤毛だったためだ。他の東屋にもいくらか貴人の女性が休んでいたが、いずれもクレナイの人だから話しかけ難《づら》い。言語も異なるはずだし、だったら同大陸の人の方が良かった。

女性には幸いにも言葉が通じた。白魚のような真っ白い手を唇の前で重ね「まあ」と驚きに目を見張って立ち上がる。年は私と近そうだった。

「お見かけしたことのないお顔かと思っていましたら、もしかして新しい方でいらっしゃる？」

「新しい……とは、少々意味を摑みかねますが……先ほど来たという意味でしたら、そうです」

「わからないなら構いませんの。あら？　それならどうして案内役がいないのかしら」

大陸共用語が通じたのは助かったけど、ますます意味がわからないし、はじめから一人であったと告げると、女性にまたもや驚かれた。

「それでしたら、わたくしが説明するより直接話を聞くべきでしょう」

「聞く、とはいったいどなたにでしょうか」

「まあまあ、それは少しお待ちになってくださいまし。あちらへ真っ直ぐ進むと、ひときわ大きな館にたどり着きますから、そこに貴女様のお国の……」

言いかけたところで、はたと気付いたように目を見開いた。

「あら？　あらあらあら？　わたくしとしたことが、うっかりしていました」

何かに思い当たった様子で上から下まで私を眺め、好奇心いっぱいに瞳を輝かせる。

「あの、私に何かありましたか？」

「もしかしてですけれど、貴女様はオルレンドル人でいらっしゃる？」

「ええ、たしかに私はオルレンドル住まいですけれど」

動作のひとつひとつが可愛らしい人は、パン、と手を叩いて無邪気に喜びを露わにした。

「やっぱり！　ラトリアにはない珍しいお髪《ぐし》と、きらびやかな衣装！　わたくし、ラトリア人以外の

しい。

彼女は格好や振る舞いで深窓《しんそう》の令嬢とわかる。世間に擦《す》れていない貴人は、名乗るつもりがないらきゃあきゃあと喜んで、行くべき場所を教えてくれる。

「ああ、見知らぬ貴女。でしたらまたお目にかかる機会もあるでしょう。どうぞ、館に行ってくださいませ。きっと、そこですべてが明らかになるでしょう」

「ウィッア様！」

「侍女は気にしないで！　彼女達はうるさく囀《さえず》るしか能がないの！」

「ウィッア様、お行儀が悪うございます。それにオルレンドル人となれば……」

方と初めてお話しをしてしまったわ！」

ウィッアという名前だけを覚えて、指し示された道を行く。

示された館はどこを探しても見当たらないが、人智を超えた空間なら必ず見つかるはず。

そう信じて先へ進むと、道中は少し居心地の悪い思いをした。

何故ならここにはウィッア以外にクレナイの女性たちがいる。

彼女たちはそれぞれ距離を取っており、各所に主と複数の侍女のみで集まっていた。ただ最初に見かけた人より飾りや衣装の色味は劣っていて、全員が興味本位か、鋭い眼差しを向けてくる。

私は彼女達を知らないし、相手も同様のはず。謂《い》われのない敵意に応える必要はないので、澄まし顔で中央を通り抜けると、どうだろう。

門をくぐるとさあっと風が吹き、私はひときわ大きな館の前庭に立っていた。

それは五階建ての白亜の建物。ウィッアは館と話していたが、この大きさともなれば城と言っても差し支えない。建築様式的にはファルクラムに似ているけれど、細かな造りが違うものだ。

「――よし」

気合いを入れ直し、再び足先から指先まで意識して所作《しょさ》を正す。

――こうなったら、皇妃としてやれることをやるまでだ。

オルレンドルどころか、ラトリア、クレナイまで巻き込んで一体何が起こっているのか、事態を見極める必要がある。精霊絡みとなればいずれ白夜《びゃくや》に会えるはずだし、彼女との再会を期待し扉の前に立つと、やはりひとりでに開いてくれた。

中は広いホールになっており、赤い絨毯が敷かれている。

どこに向かえばいいのか迷うが、扉が勝手に開くから誘導してくれそうだ。自動開閉は便利だが、静かすぎて不気味さすら感じる空間に、この館の主は怯えて逃げられる可能性は考えなかったのだろうか。薄気味悪さを覚えながら進むと、唐突に暖炉のある待合室に到着した。

今度はラトリア人と、ヨー人がいる。クレナイの人はいないから、どういう法則性で集まっているのかは不明だ。

ここにいる人達は「みんなでなかよくする」といったつもりはないようで、彼らもまた、お互いに距離を取りながら殺気立っている。私が到着した際も厳しい視線を向けられ、ラトリア人の若い男の子が「女か」と忌々《いまいま》しげに呟いた。

彼らは何かを待っている様子で、奥にはひときわ大きな二枚扉がある。誰もそこに向かう気はない様子で、試しに扉へ触るもまったく動かない。

念のため確認しただけだが、もう一人のラトリア人に咎められた。

「おい、そこは決められた者以外は進入禁止だ。言われた規則は守れ」

「規則とおっしゃいましても、どういった規則でしょうか」

「……オルレンドル人に教えるものなどない」

ラトリア人は友好的じゃなさそう。

困ってしまったので、探るようにこちらを見ていた、ヨー連合国の男性に話しかけた。

「そこの方、この扉の先に何があるのか、よろしければわたくしに教えていただけませんか」

「この先、ですか……その前にお尋ねしたいが、貴女様はオルレンドル人で間違いないだろうか」

「その通りです。そういうあなたはヨー連合国の方でいらっしゃる?」

「ええ、自分はヨーの者で相違ありません」

ラトリア人とは逆に対応は丁寧だ。おそらくは彼らが凝視していた私の髪の色、ヨーの白髪信仰に起因するのだろうけど、この人は考え込んだ結果、深々と頭を下げた。

「もしご存じないとあらば、我々からお話しするのは避けた方が良い」

「そうですか……」

説明役は他にいるということか。

男性は一歩下がり、自分たちの後方に向かって道をあけた。

「ご婦人にずっと立っていろというのも酷だろう。そちらの椅子におかけになるといい」

「あら、ありがとうございます」

「いえ……おい、そこのヤガゥス族。こちらの女性に場所を譲れ」

「指図されなくとも空けている。……ご婦人、どうぞ」

「あなたが座っていたのではありませんか?」

「いいえ、自分は立つのは苦ではありません」

どちらも私には丁寧に接してくれる。

ありがたく座りながら思い返すのは、ヨー連合国の部族名だ。

ヨー連合国の部族名は必ず「ゥ」が入る。それにヤガゥス族といえば五大部族のひとつだ。

ここにいるのはラトリア人が二名、ヨー連合国の人が五名の計七名。

ヨー連合国の人といえど仲良しに見えないし、よくよく観察すれば、各々の衣装には部族の特徴が現れている。顕著な違いは頭と腰に巻いた帯の色で、その特徴は他の五大部族のものだ。特色の違いは私の婚姻式で覚えた。

まるで従順な従者の如き印象を受ける彼らが見守るのは、先ほど私が触っても開かなかった扉だ。ラトリア、ヨー連合国ときて連想されるのはオルレンドルだけど、ここにオルレンドル人は……いえ、それは私が該当するのかもしれない。

従者とくれば連想されるのは主で、彼らの主はどこにいるかを踏まえれば、ある考えに焦りが生まれる。

沈黙が苦しいくらいの中で、やがて二枚扉が重厚な音を立てて開く。

開け放たれた扉の奥には精霊らしき男性が立っているが、私が目を奪われたのは、退室した人間だ。彼らは予想していた通りラトリアやヨー連合国といった外国人で、最後の一人は……。

「ライナルト」

名を呼び立ち上がった。

軍服を基調とした装いに、右肩にかけた毛皮付きの外套。似て非なる世界で出会った皇帝そっくりの格好と、まとめて括《くく》った長髪が普段と違う雰囲気を醸《かも》し出している。

この人だけは間違えようがない。

私の声に、ライナルトもまたこちらに気付いた。

驚きに目を見張るも、早足に距離を詰め、手を取ってくれる。

少しひんやりした体温と、固めの手の感触が懐かしい。

「本物か?」

第一声にしてはあんまりな言葉だけど、疑ってくるところは彼らしい。この人こそ私の夫で間違いないと、詰め襟で隠れた首に触れていると、なぜか返事をする前に確信された。

「……本物で違いないな」

「どういう判断基準でしょうか」

判断材料が気になるが、やっと会えた嬉しさとこれまでの苦労が思い起こされ、感情は滅茶苦茶《めちゃくちゃ》だ。

「いえ、それよりその衣装はなんですか。私、そんなの見たことありません」

「……この服がそんなに不思議か？」

よりにもよって、私の心を掻き乱す平行世界の皇帝の正装だ。

違うのは若さと髪型くらいで、それ以外はほぼ瓜二つ。そんなのを突然見せられた私の心臓が、どれほどの痛みを覚えたか知る由《よし》もないのだろう。

「なぜ怒っているのか測りかねるが……」

「怒ってはおりません。それよりも、ここは一体どこなのですか」

「……聞いていないのか？　いや、そもそも何故……」

「聞く、とは誰に？　どういうことでしょう」

彼も私が何も知らないと気付いたらしい。指で私の唇を押さえると、後ろに振り返る。話しかけた相手は、懐かしい顔だった。

サゥ氏族の首長キエムだ。

頭部にターバンを巻いた浅黒い肌に黒髪の長髪。野性味を帯びた瞳に、細身ながらもしっかりとした体格を持つ偉丈夫《いじょうふ》とは、婚姻式典以来の再会になる。

「状況は見ればわかるな？　貴公との話は今度にさせてもらう」

「断らずともいい、どうせそうだろうと思っていた」

感心した様子で微笑むキエムも正装だ。顎に手を当てながら、ニヤニヤと口角をつり上げる。

「やはり奥方の有無で貴殿は違うな。その人の皮を被った鉄面皮が人間らしくなる」

からりと笑う姿は、やはり偽物だとは思えないし本物らしい。

「カレン殿も、こちらに来たばかりとみえる。であるならば、オルレンドルを代表する者として知っておくべきだろうからな」

「あなた様は、やはり本物のキエム様なのですか」

「無論だとも、カレン殿。俺のみならず、ここにいる五大部族の代表全員が本物だ」

キエムと、彼と同年代の女性以外は四十以上の男性で、先ほど椅子を用意してくれた人達も各々貫禄が備わっている。

彼らが五大部族の代表だとすれば、私は目の前で無視するなど礼を失する態度を取ってしまった。

挨拶し直そうとすると、キエムはくつりと喉を鳴らす。

「オルレンドルの皇后に対し、然《しか》るべき挨拶を行わなかったのはこちらも同じだ。であれば、この場は互いに不問としてもらいたい」

「ですが、五大部族の方々を前にして随分失礼な態度を……」

「どのみち誰も気にしていない。それに、我らも御身の混乱はわかるのだ。なにせ俺は御身よりも混乱し騒ぎ通しだった」

「キエム様も……？」

「ゆえに、いまさら礼儀程度気にはせんよ。貴女が俺の不躾な口利きを許してくれているようにだ」

キエムすら不思議なこの状況を容認しているのは、かなり慣れているようにも感じる。

「事態を把握されたのなら、またお目にかかろう。いまは貴女の手前平静を保っているが、我らも少し熱が上がっている。それに貴女の時間を拘束しては、我が親友殿が怖い」

彼の言うとおり、他の人々はもっと他のことに思考を取られている様子だ。年嵩の男性など、苛々《いらいら》した様子でキエムを促し、ヨー連合国の一同は行ってしまった。

ただ、彼らが去っても残っている人がいる。

背後の方から笑い声がして……。

「なるほどのう。その白髪の娘が、オルレンドルの竜使いで、そなたの妃《きさき》か」

時の重みが現れるような深い皺を刻む、白髭の老人。

鍛え上げられた重厚な体軀《たいく》を有しており、頭部には王冠と、身を包む王袍《おうほう》には深紅と黄金の刺繡。

手にもつ鋼《はがね》の杖《つえ》で足を支えているも貫禄のある佇《たたず》まいであり、先ほどのラトリア人達は恭しい態度で控えている。

ライナルトが私の肩を掴み抱き寄せると、老人はいっそう喉を鳴らす。その口元に広がる笑みは野獣めいており、目には冷たい鋭さが光っている。

老人の声は不気味な響きを持っていた。

「これはこれは、オルレンドルの新帝殿におかれては、噂に違わず随分な愛《め》でようだ」

感心したように目元を緩めるも、まったく場が和らいだ気がしない。

老王は親しみを込めてライナルトに語りかけた。

「若さ故《ゆえ》に側室を廃する……父王を弑逆した勇者にしては愚かな真似をと思うたが、その美しき花では納得できる。うむ、美貌と神秘を手にしているのであれば、一時であれども側室は廃さねばならぬだろうて」

「ヤロスラフ王。勝手に他人《ひと》を語るとは不快だと、はじめに言ったはずではなかったか」

「はてさて、最近物忘れが酷くてのお。自分の発言すらまったく記憶に残らん」

この人物がライナルトの言った通りの人物なら……。

剣呑《けんのん》な空気の中、ライナルトを押し退けドレスの裾を摘まむ。

「御身を存じ上げなかったとはいえ、失礼いたしました。ラトリア王ヤロスラフ三世陛下とお見受けいたします」

「ふむ？　左様、我《われ》がラトリア王ヤロスラフ三世。精霊の祝福を受けし者、偉大なる大国ラトリアの王である」

「……恐れ多くも、お目にかかれて光栄に存じます。わたくしはカレン。オルレンドル帝国は高潔なる皇帝陛下の忠実なる臣にございます」

無難に挨拶を交わせば、ヤロスラフ三世の機嫌は良くなった。

「竜を扱う者とは名乗らぬかね」

「ヤロスラフ王はオルレンドルの事情にお詳しくていらっしゃる。その慧眼《けいがん》には感服いたしますが、竜を扱うとは奇妙なことを言の葉に載せられます」

「奇妙とは異なことを言う。先の天まで届いた光の柱はそなたも覚えておろう。あれの出現以来、オルレンドルは強力な精霊の力を手に入れたと、我が国ではもっぱらの噂だ」

やっぱり無駄に警戒されていた。

ライナルトは老人の相手をしなくて良い、とは言わない。ただ早めに切り上げろと語っているのを肌で感じたので、そつなく告げた。

「少々誤解があるようです。わたくしの竜はオルレンドルにとって良き隣人であり、良き友人でございますので、使う、といった概念はございません」

「友人とは面白い回答だ。オルレンドルと親交を深めるためにも、精霊について是非を問うてみたいところだが……」

「その必要はございません」

真顔になった私に、側近がむっと眉を寄せた。一国の王相手に不躾ではあるが、返答に問題はない。戦争は避けるべき相手でも、ラトリアと親交を深める必要はないのだ。そもそも私はオルレンドルの皇妃であって、ラトリアの臣民ではない。必要だからヤロスラフ三世の相手をしただけで、私が笑顔で従う相手は夫だけ。要は面子と矜持《きょうじ》の問題だ。

ヤロスラフ三世は皺を深くすると、杖の底を床に叩き踵《きびす》を返した。

「いやはや、最近の若者は恐ろしい」

嫌味のように言い残し、老王はその場を後にする。

残るは私たち二人だけ。ほっと一息つくと、すぐにライナルトの首に腕を回した。

返ってきたのは力強い抱擁だ。

私はほぼ半泣きで、ライナルトが申し訳なさそうに袖で私の涙を拭う。

「すまない、その様子では苦労を掛けたのだな」

「そ、そのひとことで済むと思わないで。苦労どころか、私たちがどれほど心配したと……!」

「悪かった」

悪いどころの話じゃない。憎らしいけど、私がこの人に会えてうれしいと思っているのも本当。しょうもない気持ちが、彼の頬をつねるだけに留まらせる。

言いたいことはたくさんあるけれど、目下の問題は先のヤロスラフ三世だ。

私はライナルトの服を摑んで身体を揺すろうとする。

「というかあの方、初対面なのになんなんですか。竜のこととか、側室とか。大体側室を廃するのが一時ってなに? 失礼じゃないですか。なんであなたは否定してくださらないの」

「ヤロスラフが勝手に言っているだけだ。私とあれは思考が嚙み合わないし、まともに会話をするだけ無駄だ。そういう型の人間だとわかるだろう」

「わかるけど言いたいの」

「わかった、いくらでも聞こう。存分に言えばいい」

ヤロスラフ王は側室を廃したと言ったとき、明らかにそんなのが続くわけない、といった顔をしていた。あんなこと言われて不快に感じないはずがない。

「ヤロスラフ王は、私がコンラート領にいたって知らないはずがないでしょう。それなのに悪びれもせず……」

「悪びれるはずはないが……」

「いままであなたを見てきた私が、そんなこと気付いてないって思ってます!?」

「そうだな。わかった、私の一言は余計だった」

ヤロスラフに対し笑顔に徹しきれなかったのはもう一つ理由がある。

ファルクラム領コンラート家は前帝とラトリアの因縁によって廃絶しているために、自然と拳に力を込めた。

「ファルクラム領に侵攻してきたことといい、もう、もう、ラトリアって本当……！」

「それでも、ヤロスラフを前によく耐えた」

疲れもあって、なおさら感情的になっていたかもしれない。

激昂《げきこう》する私にライナルトは何を思ったのだろう。双眸には為政者としての厳しい側面を宿すも、一度それらをひっくるめて押し込める。

「尋ねたいことは私にもあるが、その前に確認しなければならない」

「確認ってオルレンドルの状況ですか？」

「それもあるが……」

彼の視線が私の背後、それも下の方に落ちるので、私もつられて振り返る。

するとどうだろう。先ほどまで何もなかった場所に、見たことのない男の子がいるではないか。

「それは貴方に何も言わなかったか？」

ライナルトがそれと称したのは、見た目十歳に満たないくらいの男の子だ。

人間ではないと一目でわかったのは、深緑の髪色と瞳、それに肌の露出多めのひらっとした装いで、裾が重力に逆らい浮いていたから。くせっ毛の長髪で片目を隠した精霊は、気まずそうに身体を揺らしながら視線を落としている。

「あ、あなた一体どちらさま？」

私がおそるおそる尋ねると、涙目になって逃げようとするので、すかさずライナルトが引き留める。

「待て」

「ひいっ」

ただ引き留めただけでひどく恐れ、青ざめながら両腕で頭を庇うような姿勢を取った。

少年は悲鳴の如き叫びを上げた。

「ごめんなさいごめんなさい！」

「謝罪だけではなにもわからん。謝る理由を言え」

「だ、だってへーかは、お妃さまは無害な人だっておっしゃったのに、その人ったら竜や怖い気配を漂わせてるのだもの！」

「だからどうした。怖いなどとふざけた理由で事情も説明せず放置したわけか」

「ゆ、誘導はちゃんとしたの。だからほら、間違わずにへーかのところへ来られたでしょう？」

胸の前で両手を組み懇願したが、ライナルトの怒気《どき》は収まらない。少年は足早に入り口まで下がってしまった。

「だから斬《き》らないでほしいの。いくら僕が精霊だからって、真っ二つにされたらくっつけるのは大変だって、へーかは知ってるじゃない！」

「知らん」

「嘘つきい！」

可愛らしく両手を振り回す姿は愛らしいけれど、ライナルトには逆効果だ。しかもこの子もわざとではなさそうなので、なおさら質《たち》が悪い。

「人の武器では傷つきもしないくせに、人の振りをするな。不愉快だ」

「傷ついてないわけではないのだけど！　だいたいへーかが知ってるような精霊は、僕たちのなかでも特別なの。一緒にしないでー！」

ライナルトは一度この子を真っ二つにしちゃったらしい。

……本当に手が早くてしょうがない。

彼の腕に手を置くと、安全を証明するように男の子へ話しかける。

「ねえ、そこのあなた。この人にはなにもさせないから、お名前を教えてくれないかしら？」

「……な、名前って僕のことを聞いているの？」

「ええ。私はカレン、あなたは？」

ただ名前を尋ねただけなのだけど、恥ずかしそうに俯いてしまう。

「…………ほ」

「ほ？」

「星屑《ほしくず》、です」

名前に硬直していたら、つまらなそうにしていたライナルトが教えてくれた。

「他の精霊には屑と呼ばれているそうだ」

「よしっ。スターちゃんと呼びましょう！」

咄嗟《とっさ》に転生前の知識がひらめくと手を叩いて提案していた。

転生前の人々の顔はもう思い出せなくとも、このくらいなら思い出せたことに自分で驚いている。

星屑あらためスターはパチパチと何度も瞬《まばた》きをした。

「ス？　スタァ……ですか。それが僕の名前かしら？」

「はいっ、私はあなたをそう呼ぶことにします。異論は受け付けないし、これで決定……ライナルト、だめです。あなたであろうと絶対にだめ」

不満いっぱいに見つめてこようが、誰かを屑呼ばわりはできない。

私の前でこの子を斬り捨てる真似はしないだろうが、彼の腕を押さえて話を続ける。

「あなたが私を、この人のところまで誘導してくれたのよね。危険もなかったから助かりました、ありがとう」

「あ、ううん。それが僕のお仕事だったから……挨拶が遅れてごめんなさい」

「こうしてお話しすることができたのだから、謝るのはなしにしましょう。それより、ここがどういうところか教えてもらえない？」

「それはもちろん説明します。ぼ……」

僕、と言おうとしたところで、頬を赤らめ、はにかみながら言い直す。

「……ス、スタァの役目なので」

スターがスタァになってしまったみたいだけど、喜んでくれるのなら良かった。よく観察すると、スタァの頭部から触角みたいに飛び出た髪が動いている。

館に戻りがてら話してくれるらしく、誘導に従おうとしたら、止めたのはライナルトだ。

「仮にもオルレンドルの皇妃がこちらに来たのだ。お前ではなく議会が説明すべきではないのか。少なくとも、私の時はそうだっただろう」

「あっ……そ、そうね。ちょっと待ってね」

スタァはライナルトの一挙一動を窺っている模様。きゅっと眉《まゆ》を寄せて目を閉じたが、数秒後には頬をひくつかせながら瞼を持ち上げる。

「じゅ、じゅうような議論に入ってしまったそうで、僕が説明するようにと……ひいっ」

「ライナルト、止まって。私は気にしませんから」

「私は歩こうとしただけだ」

「でも、お怒りです」

「そこの精霊にではなく、議会の連中に対してだ」

不快そうだが、異を唱《とな》えるつもりはないらしい。スタァについてはゴミを見るような目つきで……これでも平常なのが頭が痛いけど……一瞥《いちべつ》すると歩きはじめる。

スタァは歩く必要がないらしく、浮かびながら一定の距離を保ちついてくる。

「だけどお話って、僕はどこから説明したらいいのかしら」

「どこから、ではない。すべてを話せ」

「は、はいぃ」

「ライナルト、もうちょっと優しく。怯えさせては何も聞けません」

これでも彼は相当押さえ込んでいるのだろうけど、気分を害したか「任せる」とだけ告げて黙ってしまった。

歩調は私に合わせてゆっくりめ。つまりいつもの……私にとっては少し懐かしい歩き方。腕に向かって頭を傾《かたむ》けたら、額に口付けが落とされた。

帰り道の女性が集う庭園では、ラトリアのウツィアだけ姿がない。

私に向けられる敵意は相変わらずだがライナルトがいるので怖くはない。

「どこから、どこから、どこから……」

スタァは少し高い声音と、可愛らしい顔立ちが相まって言うこと無しの美少年だけど、感嘆している暇はなかった。

「あまり悩む必要はないから、まずはここがどこかを教えてもらえないかしら」

「あ、えと、そうね。ここは人の世界から離れた精霊達が住まう世界よ」

人の世ではないと思っていたけど、改めて言葉にされると驚きだ。

「ここが精霊郷だと言うの？」

私の疑問にスタァは目を見開いた。

「精霊郷……良い呼び方ね。僕達もこれからそう呼ぶわ。ふふ、とっても素敵な場所でしょう……どうしたの？」

浮世離れしているのは確かにそう。

だけどここが精霊郷と言われると少し疑問だ。

「精霊郷に人が住むための建物があるの？」

私は黎明に精霊郷を見せてもらったことがある。たしかに町や集落といった概念は存在していたけど、もっと牧歌的で、こんな立派な建物を作るほど文明は発達していなかったはずだ。

スタァはこの疑問への答えを持っていた。

「僕たちの住処《すみか》そのままだと、人は過ごしにくいのでしょう？　だから議会の手で、人が過ごしやすいように工夫したって言ってたの」

この語りようだと、スタァがこの空間を作ったわけではなさそうだ。

「な……るほど……？　それで、私たちはここに連れて来られた？」

「ええ、肉体は元の世界のまま、心だけを引き寄せた！」

聞くだけなら大変はた迷惑な話なのだけど、スタァに文句を言っても仕方がない。

各国の代表がいっせいに集うなんて大事件について、ここにきてやっと理由が判明した。

——人界への、精霊の帰還だ。

私とて平行世界に渡ったのだから、彼らの帰還を考えてなかったわけではない。でも、向こう側での始まりは、ライナルトの即位から六年後だった。

もしかすれば同じだけの時間が経てば……とは考えていたけれど、いくらなんでもこれは早すぎる。

「一応確認するけど、あなたたちの帰還は『大撤収《だいてっしゅう》』とは逆の、大陸への帰還で合ってる？」

質問にスタァは「わあ」と驚きに目を見開く。

「王様たちは『大撤収』を忘れてしまったと聞いていたけど、お妃さまはそこまで知ってるのね。なら『大撤収』の詳細は話さなくても大丈夫かしら？」

「……念のため聞かせてもらいたいかも」

「大撤収」の内容は私の知っているもので間違いないので割愛《かつあい》するけれど、話を纏《まと》める間に、仮住まいの建物に到着した。

オルレンドルに与えられている館は、緑に囲まれた三階建ての立派な屋敷だ。

鉄の柵門《さくもん》も、ひときわ大きな二枚扉も近づくなりひとりでに開いたけれど、中は閑散としていて人っ子一人気配がしない。

一面絨毯が敷き詰められており、ところせましと風景画が飾られている。絵画はどれも実際に動いて揺らめき、手をかざせば本当に風が吹いた。春の風景画からは花の香りが、冬のからは冷たい風が……まるで実際の風景を切り取ってしまい込んだかのようだ。

くつろげる椅子がある部屋では、茶器も、菓子類も、一瞬のうちに机に置かれていた。

席に座る間に、まとめていた考えを声にする。

「今回って、精霊がいきなり大陸に姿を現すと大騒ぎになってしまうから、共存のために人の王様に認めてもらいたいという話で良いのよね？」

「そう。でも、こちらから一国ずつ回るのは時間が掛かるから、こちらに人を招くことに決めました。はじめにラトリアを喚《よ》んで、次にヨー、最後にオルレンドルです」

「時間を短縮したいからって、王だけ招集するのはちょっと乱暴ではないかしら」

「乱暴……かしら？　僕はどっちも楽ができて便利って思ってたけど、人の考えは違うのね」

スタァにはいまいち理解し難いらしい。

精霊郷にはじめに呼び出せたのがラトリアのヤロスラフ王ならば、あの老人は一番の古株になる。なぜオルレンドルが最後になったかも教えてもらうと、これは魔法技術の差が原因らしい。端的に言えば王を守る防護が、精霊の招集を邪魔して時差が生じた。

この説明には多少引っかかりを覚えるけど、口は挟まずにおく。

唸りながら腕を組んだ。

「話が長引いてしまっているのなら、本末転倒じゃない？」

「僕にはどうしようもないから……」

「責めてるわけじゃないから落ち込まないで」

彼らの議題は三国の王が揃ってからが本題。

議題の内容はズバリ、〝精霊のどの種族をどの土地に迎え入れるか〟だ。

たかが土地と思うなかれ。

精霊には様々な種族がいて、強者と弱者がはっきりしている。

精霊側は共存料として、どの国にも平等に魔法知識の提供を行うと言っているが、強大な力を欲するのはどの国も変わらない。

これを競って会談は長引いている。

しかも色々拗《こじ》れており、ライナルトが頭痛を堪《こら》える面持《おもも》ちで教えてくれた。

「とりわけラトリアが欲しがるのは竜だ。これにヨーが反発してならない」

「それぞれ平均的に住んでもらうわけにはいかないのですか？」

「いくらかは単体でも生存可能だが、多くは群れを成す存在だから難しいそうだ」

黎明も竜は仲間を大事にするみたいなことを言ってたっけ。小竜は群れを成していたし、利用したい国の思惑もわからないではない。

「それは……大喧嘩でしょうねぇ」

「さらにヤロスラフは議会の精霊達の住処を提供したいと勧誘している。流石に私も容認し難い」

「フィーネみたいな精霊がたくさん増えるってことですものね」

竜の黎明を目の当《ま》《あ》たりにしているせいか、ライナルトですら「好きにしろ」とは言い難い状況。彼も渋々ながら、ラトリアやヨーに力が集中しないよう口を挟んでいるそうだ。

「ライナルトはどうお考えですか。精霊の帰還をお認めになるのです？」

「嫌だと言ってもあれらは勝手に出て来る算段だろう」

「まあ、精霊について理解が深くていらっしゃいますね」

「あの娘を見ていれば人の話など聞く気がないと嫌でもわかる」

フィーネを連れて帰ってきた効果はあったらしい。

「では、オルレンドルからも土地をお分けになるのですね」

「業腹《ごうはら》だが、北とヒスムニッツの森あたりならくれてやってもよい」

「ヒスムニッツは伐採中ではありませんでしたか。それに、結構広い土地ですよ」

「再生させればよかろう。開発を進めさせてわかったが、ヒスムニッツの森は渓流が豊かで、勾配が急な土地が多い。人が住めるようになるまでは時間がかかる」

あの土地を広げるよりは、別の場所を開発していった方が早いと……。

ものすごく嫌そうだけど、諸々《もろもろ》呑み込み考えてくれている。

スタァが申し訳なさそうにライナルトに詫びた。

「大変なのはごめんなさいと思います。もっと好きに行き来していたらよかったんだけど、全精霊が移る必要があったから……お詫びに魔法の知識を分けるのが精いっぱいで……」

「……全精霊？」

いまスタァがおかしなことを言った。

発言を呑み込みがたい私に、ライナルトが現実を伝える。

「残念ながら事実だ。精霊郷側は、全精霊の人界への移住を希望している。故に混乱が生まれるため、事前に相談を設ける選択に至ったらしい」

そうそう、と頷くスタァを一瞥するライナルトが、さらに一言付け足す。

「実に人間を理解していない生物らしい選択だ」

「へーかはひどいのー！」

精霊郷との扉を開き、自由に行き来するだけではない……。

おかしい。戻ってくる時期が早すぎる件といい、色々と違いすぎる。

「スタァ、一部が精霊郷に残るとか、そういうのはできないの？」

「ごめんなさい、僕はそういうのわからないの。議会がそういう風に決めたから……」

「ライナルトは？」

「私も何度も議会に問うているが、奴等は仔細《しさい》を語ろうとしない」

他国は気にしないのだろうか。

彼らの反応は私の期待するものではなかった。

「ヤロスラフは理由などどうでも良さげだな。ヨーも気にはなれど、あそこはもとより人が入り込めない土地が多いから、そこが潰せて、新しい技術が手に入るなら幸いといった具合だ」

思うところは多々あれど、まずはひとつひとつ疑問を埋めながら確認を進める。

「スタァに聞きたいのだけど、『話し合い』の対象は人界全体なのに、三国でまとめているのは何故かしら。単純に住む土地が違うため？」

「その通りよ、混乱を避けるために分けたの。向こうは向こうの大陸で行きたい精霊がいるから、クレナイという大陸がある国の人たちだけでまとめてるわ」

「……だとすると、私が見た人達はクレナイ人ばかりじゃない？」

「国も人も違うの」

私の見分けがつかなかっただけで、あの庭にいたのはクレナイの妃だけじゃなかった。彼らも絶賛会談中で、やはり取り分で揉めている。

大きく息を吐いて、背もたれに背中を預ける。

「それにしたって、あれだけの妃と使用人を呼び込むなんて大混乱だったでしょうに……」

「カレン、使用人は違う」

「なにをおっしゃってるんです？」

ここで新事実。なんと妃以外の使用人はすべて、記憶を基に作られた作りものらしい。

事の始まりはヤロスラフ王だった、とスタァが話してくれる。

「本当は王様達だけのつもりだったのだけど、あの人が配下とも話し合わないといけないと言ったらしくて、近しい人を少しだけでも呼び寄せる許可を求めたらしいの」

「じゃあ、本物の人間は各国の代表と、その側近に、あとは妃？」

「ですです。会議室の前に集まっていたのは、みんな人間よ」

それぞれが信頼できる重鎮と妃を呼び寄せ、残りは作りもので賄《まかな》ったそうだ。

……あれ？　となるとラトリアのウツィアって……。

疑惑の答えにたどり着く前に、スタァがライナルトに言った。

「へーかは、お妃さまも、配下の人の幻も望まなかったね」

「あら、だったらなぜ、私が呼ばれているのかしら」

「私もそれが知りたかったのだが、先ほど相手が回答を拒否した」

てっきりライナルトの要望だと思ったら違ったらしい。

「スタァは知ってる？」

「さ、さぁ？　でもこちらに来たからには議会が呼んだのだと思うわ、それしかないもの」

オルレンドルのお世話係の少年は、議会の考えがわからないらしい。しかしこれが誰の意図が絡んでいるにせよ、私は少し機嫌を悪くしながら夫を見上げる。

「私は必要ではなかった？」

「精霊が絡む議題など、本来は現実で吟味《ぎんみ》を重ね、調整を図るべき問題だ。こんなところに貴方を呼び寄せる必要はない」

「ちょっと言い方が悪かったです。あなた個人としては私と会いたくなかったのでしょうか」

「貴方は体が弱い。長らく目覚めないとあっては身体に障《さわ》る」

「私は会いたかったのに」

「許せ。離れがたいとは思っていたが、貴方以外に国事を任せられる者がいない」

「ええ、はい。わかってます。それを聞きたかっただけ」

このあたりでライナルトはスタァを下がらせた。

私も一気に疲れが襲ってきたから、いったん休憩……とはいかない。スタァがいないからこそ聞ける話もある。

「それであのお庭ですけど、女性の博覧会みたいな悪趣味の塊《かたまり》は何ですか」

「きっと気分を害したとは思っていた」

「わかってるのならよかった」

「あれはどの連中も頭が悪いとしか思えないのだが……」

悪趣味と評したのをライナルトも否定しないし、なかなかの酷評。

彼はスタァがいなくなると、一気に表情が豊かになる。

「カレン。我々のような者が古来、己《おのれ》の権威を見せつける方法として、まず端的にわかりやすいものはなんだと思う」

「まあ、第一に格好から入って、次に家来とか……」

すべてを言い終わる前に、自分でも「まさか」と口を開く。

「こんな状況で、各国の王は奥方を見せびらかしているとでもいうのですか」

「私には想像もできない場所で争いが起きていてな、奴等は見世物《みせもの》合戦で土地を奪えると信じているらしい」

前帝であった父を思い出したのか、理解できないものを語る皮肉がある。

私は私で、あの女性達になぜ睨まれていたのか、やっと合点がいった。異国の女性達はほとんどが側室で、彼女達は国の威信をかけて戦っていたのだろう。

「ヨーの女性は見かけませんでしたが、誰かいらっしゃらないの?」

「その手の見せびらかしが気に食わない者がいたようだな」

ヨーは女性の立場が弱い。奴隷制度も存在しているし、てっきりクレナイの思想に賛同するかと思っていたから、私のヨーに対する印象は持ち直した。

「五大部族には女の族長が入った。公平性を欠く上に、女は政に向かないからと側室の呼び出しを拒否した族長がいたと聞く」

「聞いたって、キエム様に？」

「ああ……安堵しているようだが、どうした」

「いえ、あなたに話し相手がいて良かったと思って」

五大部族も均衡《きんこう》を保つために大変らしいけど、今回はそれがうまく作用した。おかげでヨー連合国に対する心証は、ライナルトも悪くないらしい。

ますますヤロスラフ王の株が下がっていく中で、ぐう、と変な声を出しながら姿勢を崩す。

もうだめ、完全に気が抜けてきた。

ライナルトの支える手や髪をほどき梳《す》く手が三倍増しで優しい。このまま泣きつきたいけど、そうは問屋が卸《おろ》さない。

「ライナルト。あなた、ご自分がどのくらい眠っているか知っていますか」

「私も貴方に会えたからには、それを聞きたかった」

彼の瞳が剣呑に輝き、獰猛《どうもう》な笑みを浮かべた。

私たちはいくらか話の擂《す》り合わせを行うと、難しい話を置いてくつろぐ。

「カレンが望めば使用人を作り出せるが……」

「せっかく二人だけの時間なのに、そんな無粋《ぶすい》なこと言わないで」

服は勝手に鏝《こて》を当てられたものが用意されるらしいし、生活には困らないようなので私も同じようにさせてもらう。

「でも、呼び出されて仕方なしとはいえ、よく精霊の要求を前向きに検討されましたね」

比べるのはよくないけど平行世界の皇帝は頑《かたく》なに精霊を受け入れなかった。何が彼の考えを変えたのか、疑問は抱擁と共にもたらされる。

「難しい話ではない。私は貴方がいる間は、民を想う王らしく振る舞うと約束した。地盤を固め、貴方の望む平和を保つために必要な手順だ」

「殺し文句がお上手になりました。ご不在の苦労が全部許せてしまうくらいには、です」

「本当に許せるか？」

「戻ったら旅行と、ヴェンデルとフィーネに、弟達を加えたお茶会への参加を要請します」

「承知した。あとは？」

「仕事なしの、私のためだけの日を設けて」

いつになるかは不明だけど心置きなく言わせてもらう。

約束する、と囁かれる声は優しく、やっと皇妃としての時間が終わった。

「……疲れました。とても、とてもです」

顔をぐしゃぐしゃにしながら抱きしめ返した。


身動きが取れない不自由さに窮屈《きゅうくつ》を覚えて目を覚ます。

カーテンのない窓から差し込む朝陽は美しいが、陽射しが直《じか》に顔に当たるせいで眩しい。横向きに寝ていたけれど身体を動かそうとも、背後から回っている腕で拘束されている。

背中にはぬくもりがぴったりくっついている。

わざと大きく息を吸った。

「ライナルト、離してください」

反応がない。

腕を解こうとしても、予想できたとおり相手は動かない。

呼吸も一定でまるで眠っているようだけど騙《だま》されはしなかった。

「わざとやってるでしょう。離せとは言わないから、せめて仰向《あおむ》けにさせて」

「久しぶりに良い気分で寝ていたのだが」

「やっぱり起きてた」

拘束が緩み体勢を変えれば、すっかり見慣れた夫の顔がある。

相変わらず人の気配に敏感で、私が起きる前から目覚めていたに違いない。

「私はちゃんとここにいますから、睡眠くらいはしっかりとってください」

彼の体質を考えると睡眠がとれているのか心配になるけど、やっと会えたのだからと甘んじている私も問題だろうか。幸か不幸か、ここは現実から切り離された場所だ。普段なら政務が追いかけてくる時間でも、誰も何も言ってこない。おかげで時間も場所も関係なく一緒にいられるわけで、存分に惰眠《だみん》を貪《むさぼ》れる。

もう一度眠りについてから目を覚ました頃には、簞笥《たんす》には着替えが用意されている。

支度をすませた先では、ライナルトが新鮮なチーズを切り分けていた。お皿には様々な種類のパンに、牛肉の蒸し焼きの薄切り。香辛料類にバターやジャムも完備。季節感のないフルーツも山盛りで、それぞれ好きにとって、雑談を交わしながら長閑《のどか》な朝食。水差しの飲み物類は勝手に補充されるし、ポットの中のお湯も同様だ。焼き菓子の類も充実している。

すべてが至れり尽くせりで、なにもしなくても衣食住が保証されるなんて天国みたいな生活かもしれない。

それでもライナルトはここが好きじゃないようで、私が来るまで彼が求めていたのは最低限の生活と、わずかな本のみ。館が生け花や装飾で彩られるようになったのは私が訪れてからだ。長椅子の敷布も、クッション飾りも、お気に入りの化粧瓶もすっかり違うものに変化していた。

会談まではこんな感じでだらだらと過ごしていて良いらしい。

堕落の一途《いっと》をたどりそうな生活だけど、存分に心の疲れを取ったので、かねてから決めていた通りの予定を実行する。

その内容についてライナルトが確認を取ってきた。

「精霊郷を見て回りたい、でよかったか」

「ええ、ちょっと確認したいことがありますから、案内をお願いします」

「私も詳しいわけではないが、護衛役なら仰せつかろう」

懸念《けねん》していることがあって、今日こそ実行してみたい。ライナルトも私の真意を知っているから反対こそしないが、どこか浮かない様子でいる。

シャクシャクとした食感が固めの葡萄《ぶどう》を嚥下《えんげ》し言った。

「最初から行きますよと言ってたじゃありませんか。今度はどんな心配をなさってるんですか」

「何も言っていない」

「お顔にでています。そうやってご不満にだんまりを決め込むのは悪い癖です」

ライナルトはこうして促さないと話してくれないときがある。

今回もしばらく待ってから教えてくれた。

「この精霊郷は、出歩ける範囲であれば国や人種に境《さかい》はない」

「皆さん、特になにも気にされず過ごしていらっしゃいますね」

「さらに言えば、ここには私も知らぬ文化を持つ者も多い」

「はい、それが何か?」

「人を見世物と言い張り、飾り物として扱う人種がいると判明している。人のものであろうが、女は奪うものであると考える文化だ」

濡《ぬ》れ布巾《ぶきん》で汚れた指先を拭う仕草は、どことなく不快さを隠さんばかりだ。

彼の発言の意味するところとしては、私が他の男性に奪われないかを心配しているということか。

そういう嫉妬《しっと》深いところが可愛いけど、心配性なのが玉《たま》に瑕《きず》だ。

「私が心変わりするはずがないのは、信じてくださっていますよね」

「当然だ。そこは疑っていない」

「つまり自分で言うのもなんですけど、私がなにかしらの事故ではぐれてしまうか、あとは単純に巻き込まれるか、そのあたりが心配の種でしょうか」

「実のところ、そうだ」

遺憾ながら、これまでの経験を踏まえると、私も絶対の安全を断言できなくなっていた。さらに言えば使い魔たちも呼び出せないから心配もひとしおなのだろう。

ただ、だからって何も行動しない理由にはならない。

ライナルトと真っ直ぐに視線を交差させた。

「でしたらなおさら、傍《そば》で私を見ていてください」

この一言で彼は観念した。

「もとより止めるつもりはない。カレンと話したことで、私も大人しくしているわけにはいかなくなったからな」

「そのわりに諦めが悪かったですね」

「妻を案じる気持ちというやつだ」

「私は夫を信じておりますけれどね？　あなたなら必ず守ってくださいますもの」

意表を突かれたのか目を見開き、固くなっていた表情を和らげると口角をつり上げる。

「貴方は私の転がし方が上手になった」

「ふふふ、これからもっと上手くなりますからね」

「楽しみにしておこう」

本来であればスタァや精霊達を信じるべきだ。彼らは人間達との不和を望まない……と断じる場面なのだけど、ライナルトはもとより、私も精霊議会に疑問を抱いてしまっている。

支度はライナルトに髪を結ってもらい、飾り紐《ひも》と銀細工の簪を挿してもらう。揃いの指輪も嵌《は》め終わると、今度は私が物言いたげな視線を送る羽目になった。

問題は彼の服装だ。

「どうしてその格好なんですか？」

「正装を選んだだけだが、あのときも何か言いたげだったな。似合っていないか？」

「逆です。似合ってます、世界で一番男前ですけど……」

「問題があるならやめる」

「や、やめなくていい。そういうつもりじゃないの！」

平行世界の皇帝を彷彿《ほうふつ》とさせる意匠は、専属の衣装係が新しい正装として挙げていたものらしい。それなら同じものが作られていてもおかしくないし、納得だ。

屋敷の敷地を出れば景色が変わり、楽園のような庭が視界に飛び込む。唯一変わらないといえば澄み渡った青空くらいだけれど、空を仰いでいると、足元に注意を払っていないせいで注意される。

「転ぶぞ」

「あなたが助けてくれるでしょう。ところでもっと辺りを見渡せる場所はありません？」

「見晴らしの良い丘がある」

庭は移動するうちに緑の天蓋《てんがい》が広がる森となり、木の葉の隙間から陽の光が差し込む。緑のアーチを抜けた先はゆるやかな丘が連なり、石畳で作られた小路以外は青々とした緑に覆われた。いつの間にか標高が上がり小高い丘に立っていたが、見渡す限りの草原は物語の絵本から抜き出たかのようだ。

丘の上には一本の木が立っていた。

根元にピクニック用の敷布や軽食が並んでいるのは、休んで行けということだろうか。ライナルトは得体の知れないものを食したがらないが、単にもてなしのつもりだろうと私が飴《あめ》を舐《な》めれば、納得してくれる。

澄み渡った青空の下での小休止は、たしかな安らぎを与えてくれる。

「そういえば、婚約中に二人でこっそり宮廷を抜け出して以来、こんな風に出かけることはありませんでしたね」

「抜け出したと言ってもわずかな時間だったがな」

「そうそう。公園でヴェンデル達と鉢合《はちあ》わせして、結局お終《しま》い」

あの時は私が靴擦《くつず》れを起こして、街の散策は途中で終わってしまった。再びどこかへ行こう、と約束はしたけれどライナルトは忙しいし、宵闇の一件があって約束は叶えられないままだ。

「新婚旅行も近場で終わってしまいましたしね」

仕方ないとはいえ、ライナルトが即位して何年も経っていない。皇位簒奪後の即位にしては驚くほど安定した治世を保っているものの、予断は許さない状況だ。慶事であっても帝都を離れるのは難しく、近郊に出かけるのがせいぜいだった。

とはいえ、これは納得済みだ。

つい未練を口にしても本気で願いが叶えられるとは思っていない。

幹《みき》に背を預けながら寛《くつろ》いでいると、思わぬ人たちが丘へやってきた。

クレナイ風の衣装を纏った、別大陸の二人組だ。

長い黒髪や、ゆったりした重ね着が向こうの男性の正装らしい。

帯や靴に至るまで刺繍が細かく入っていて、ヨー連合国のキエムと初めて会った時とはまた違う異国感が漂っている。

似通った風貌を持つ二人はこちらに立ち寄ると、ライナルトと挨拶を交わした。

「西の果ての大陸は、もっとも雄大な国を治める大王と存じる」

向こうの大陸から見ると、こちらは西の果てに該当するらしい。彼らはある小国の王とその弟だと名乗ると、丁寧に同席を求めてくる。

「こちらでも西の噂は聞いている。キエム殿に貴殿の話を伺い、ぜひ話をしたいと思っていた」

ぞろぞろと家臣団を連れてもいないし、居丈高《いたけだか》な態度でもない。かといって下手《したて》に出るような真似はしないので、ライナルトと話す態度を弁《わきま》えている。

……これは、キエムに事前に話を聞いていたのかな？

私が増殖した茶器にお茶を注ぐと、茶葉が煎《い》り米の混じった香り高いものに変化していた。

これを歓迎と受け取ったか、向かいに座る青年は、私と同い年くらいの王様だ。簡単に自己紹介を交わすのだけど、彼らが求めたのは単なる雑談じゃない。

彼らの用向きは自国との貿易だ。

「我らは小国ではあるが、紅国《クレナイ》より素早く海を渡る技術を有している。香辛料以外にも生糸や真珠をはじめとした品々を、より良い品質でもたらすことができよう」

営業熱心な王様だ。キエムとも交流を図っているし、自分の足で出向くのも厭《いと》わない。この場を利用して貿易相手を獲得するため動くあたりが、小国ゆえの苦労だろうか。

異国からの直接の交渉にライナルトは私を見た。

「貴方はどう思う」

「わたくしですか？」

それまで在ってないような空気で座っていたから、突然話題を振られて驚いた。そつのない態度で取り繕ったけどバレていないだろうか。

相手の方々もなんで私に話題を振るのかと驚いてるが、一応彼なりの理由があった。

「交易品はたしかに価値があるが、クレナイの品々を誰よりも楽しんでいるのは貴方だろう」

「あら、そういうことですか」

ここで選手交代だが、同時進行でライナルトの真意を探らなければならない。なにせ興味がないことには一切関心を示さない人だから、断るときははっきり否だ。こうして私に任せる時点でなにかあるはずだった。

知らない国の王様ににっこり微笑む。

「クレナイよりも素早く、とおっしゃいましたけど、たとえば日数についてはどれくらいの短縮が見込めるのでしょう。真珠以外にはどんな特産品をお持ちでいらっしゃいますの？」

後は先方がこちらに何を望んでいるか話題を振らせてもらう。

会話を進めるうちに摑めたのは、相手は海洋国家であり、立ち位置的には昔のファルクラム王国に近そうということ。私の祖国と違う点があるとすれば、彼らの国はいまだ野心があり、生き残る道への模索《もさく》を感じさせる。

クレナイほど金銀は採掘できないものの、オルレンドルはファルクラム領を獲得したことで問題は解決している。金細工についてもヨー連合国との兼ね合いがあるし、そちらはあまり必要とはしていない。

私が興味を示したのは彼らの衣類だ。

「お召しになっている刺繡細工が素敵でいらっしゃいますね。触らせていただいてもよろしい？」

「帯飾りでよろしければ……」

「かまいません」

受け取った細工品は繊細で、糸は様々に染め上げた絹糸。だけど触り心地はオルレンドルで織っているものより数段なめらかだ。

「この青を見て、ライナルト。あなたと同じ瞳の色だけど、色合いがもっと淡いの」

「オルレンドルにはないものか？」

「もっと綺麗よ。ねえ、こちらどんな染料を使っていらっしゃるの？」

商談のような気軽さで尋ねると、オルレンドルにはいない貝の殻や植物を使っているらしい。

私が興味を示したとあって、先方も乗り気になった。

「我が国としては、すでに紅国が御国と取引している品々の他に皮や蜜蠟《みつろう》、香辛料を取引させていただきたいと思っている」

「あら、素敵」

「美しき御方にも、必ずや気に入っていただけるとお約束しよう」

売り込みが終わると、彼らはさっくりと話を切り上げて席を立つ。しつこく残り続けず、すぐさま返事は求めない。こちらの気を悪くするような振る舞いもない。ちょうど良い案配だ。

去り際には、こんな言葉も残していった。

「いずれ精霊達が帰還を果たせば、交流もさらに容易になるはず。親交を深めた暁《あかつき》には、互いに新しい魔道を学ばせてもらいたい」

若手二人を見送ると、私はライナルトに答えを求めた。

「向こうが欲しいのは火薬の製法でしょうか」

「そう思った理由は？」

「相手は小国家ですし、オルレンドルの特に優れている魔法技術といったらそれですから」

「私も同感だ。それで、カレンの心証はどうだった」

「悪くありません。女の私が相手になっても態度を変えませんでしたから」

戸惑いはしていたけど、女性が政に関わるのを良しとしない土地の人にしては上出来だと思う。この感想にライナルトは喉を鳴らした。

「まあ、カレンが私の皇后だとはわかっていなかったにしては、なかなか上出来だ」

「そうなの？」

「美しき御方、と濁すだけだったからな。作りものか本物か、区別がついていなかったのだろう。キエムには聞きそびれていたと見える」

あの人のことだし、あえて黙っていたとかもありそう。

相手の思惑はどうあれ、思いがけない出会いはオルレンドルに新しい流行を与えてくれそうだ。ただこれで喜ぶのは一部の人で、ライナルトではない。

彼はもっと他の部分に興味を示しており、私も答えにたどり着いていた。

「あなたは造船と操縦技術に興味がおあり？」

「ある。我が国の海軍は海賊行為を取り締まるだけで、ほぼ名ばかりのものだからな」

「いままでは遠出する必要がありませんものね」

「準備を整えておくのも悪くないかもしれん」

面白い出会いではあったが、どちらの王様も本当の目的は口にしないので、政のこういった部分は苦手だ。一気に気が抜けるとライナルトの肩にもたれかかる。

「それにしても、キエム様は色々な方とお話ししているのですね」

「私も色々話を聞かされたが、どの国も政に血を欲するのは変わらない」

ヨー連合国は限られた土地の中での民族紛争が絶えず、ラトリアは絶対の王政権。余所《よそ》の大陸でも血腥《ちなまぐさ》い歴史は変わらない。

ほう、と息を吐くと、ずっと代わり映えしない空を見上げる。

丘の上は想像より高さがあり、そこから見渡す景色はやはり素晴らしいの一言だけど……。

ライナルトの耳に唇を寄せ、そっと呟く。

「本題に移りましょう。やっぱり思ったとおりでした」

「間違いないか？」

「確信を持って言えます。やはり、このままキエム様のところへ行った方がよろしいかと存じます」

そうか、と相づちを打つ彼は、少しだけ楽しそうだ。

瞳の奥に鋭い光を走らせる様は、この状況に飽いていた証拠であり、ようやく事態が動き始めた喜びを見せている。

「やはり貴方がいると状況が動きやすい。退屈しなくて済むな」

この人にとっては最大級の褒め言葉なのよねぇ。

丘を後にして向かうのはヨーの一行が滞在している館で、訪ね人は笑顔で私たちを出迎えてくれる。

「貴殿から俺を訪ねるとは珍しい。しかも奥方を連れて来るとは、相変わらず仲がよろしいな……カレン殿も、ようこそおいでくださった」

「こんにちは、キエム様。初日以来でございますね」

「あの時は早々に退散し失礼した。それで親友殿は、奥方を見せびらかしに来られたかな？」

「冗談ではない」

「だろうな。惚気《のろけ》でも始められては、それこそ雷が落ちる」

茶目っ気たっぷりに笑う姿は、初めて会った時と変わらないものだ。

仰々《ぎょうぎょう》しい態度を取られるよりも安心できて、私としては微笑ましさが勝る。人によっては馴《な》れ馴れしいと言われそうだが、これがキエムだ。

彼は冗談交じりに肩をすくめた。

「まったく、貴殿の唐突な面会に応じるのも、五大部族の中では俺くらいだぞ」

「余計な手間が省《はぶ》けると喜んでいたのは誰だったか、覚えていないとみえる」

「自慢ではないが、俺の記憶は都合良くできているのでな」

館は外観と違いヨー式の内装で染まっている。歓待方法も分厚い絨毯の上に直に座る方式で、ライナルトの助けを借りながら腰を下ろした。

意外だったのはキエムに使用人がいなかった点だけど、彼は笑いながら教えてくれた。

「せっかくひとりにしてくれると言うのだから、そうさせてもらっている。こちらに喚《よ》び出したのも一人だし、そやつは男だ。身の回りを世話させる必要もない」

「こちらの館にはヨー連合国の皆様方が滞在していらっしゃるのですか？」

「ああ、族長とその側近だけだ。気に入った妾《めかけ》を呼び出そうとした者もいたが……」

話の途中で、ノックも無しに慌ただしく扉が開いた。

「おい、ろくでなし。昨日の続きだが……」

苛立たしげな女性だ。

褐色《かっしょく》の肌を惜しげもなく晒しており、室内にもかかわらず腰の両脇に鉈《なた》のような剣を下げている。

女性は私たちの姿を見るなり驚愕に目を見開き、瞬時に引き締まった表情になった。

「客人だったたか、失礼した」

「そうかしこまるなよ、イル」

踵《きびす》を返そうとした彼女をキエムが呼び止め、私に紹介する。

「カレン殿はもう察しがついているかと思うが、こちらがドゥンナ族のイルだ」

「こうして直接話すのは初めてですが、イル様をはじめとした、誇り高きドゥンナ族の話は伺っております。婚姻式にはお祝いをありがとうございます」

彼女こそがサゥ氏族と同時期にヨー連合国で下剋上を果たしたドゥンナ族の族長だ。

五大部族ではとても珍しい女族長で、当時はサゥ氏族とは反対に、反乱の予兆を一切見せていなかったと語られている。

少し幼さを感じさせる顔立ちは私に面食らった様子だったが、すぐに歩み寄ると目線を合わせて手を取ってくれる。

「こちらこそ、白髪の尊き方のめでたき日に参じることができず申し訳なく思う」

「ドゥンナ族が大変なのは存じております。素晴らしい黄玉の原石をありがとうございました」

「あれは我が地で採れる特産だ。お気に召してもらえたのならよかった」

私の両手を持ち上げ、深く頭を下げる仕草は儀式めいている。

この挨拶は私が白髪故か、ライナルトには丁寧に頭を垂れるだけで終わった。彼女の同席を求めたのは私で、イル族長は少し戸惑う。

「サゥ氏族の客人なれば、ドゥンナの私が同席するのはおかしく感じる。申し訳ないが……」

「此度《こたび》の用事はキエム様というより、ヨーの皆さまに共有しておきたかったのです。ねえ、そうですよね、ライナルト」

「ああ、私はどちらでも構わない」

「夫はこのように言っております。キエム様は如何でしょう」

「まあ、イルさえよければ構わんよ」

鷹揚《おうよう》に頷くキエムだが、イル族長は戸惑い気味で、その姿に彼は低く喉を鳴らす。

「普段のお前であれば遠慮なしにあぐらをかくであろうに、豪傑を絵に描いたイルであっても、白髪の魔法使い殿の前では可愛げも見せるか」

からりと笑うキエムは膝を叩き、嘘はない、と彼女に告げた。

「どのみちこの館においては秘密はなしと約定を交わしているからな。他の連中にも共有せねばならんとしたら、お前がいた方が楽をできる」

「……ろくでなしがこうも言うなら構わぬのだろう。ならばありがたく同席させていただく」

「では、オルレンドルの皇帝ご夫妻とドゥンナ族長が俺の客人か。誠心誠意、真心をもってもてなそう」

キエムの前には茶器一式と簡易竈《かまど》が備わっており、慣れた手つきで火を熾《おこ》すと、茶を濃いめに煮出して砂糖と乳を注ぐ。渡されたお茶は甘さが際立つも、香辛料のおかげで程よい味わいだ。

「キエム様、手慣れてらっしゃいますね」

「わかってくださるか。いや、どの連中も茶など他人任せでな。おかげで五人揃ったときすらろくなものが飲めん。イルでさえふんぞり返っている有様だ」

キエムとイル族長は仲が良いのかもしれない。

その証拠に、彼の発言に彼女はすぐさま反論した。

「誤解を招く発言はよしてもらおうか、頼んでもおらんのに貴様が勝手に淹れるのだろう」

「イルの言葉を聞いたかカレン殿。俺は真心を込めているのに、なんとまあ酷いことだ」

「それでも手ずから淹れてらっしゃるのですから、流石です」

「まあな。なにせ使用人を呼べないからしょうがない」

キエム達五大部族は絶えず互いの首を狙っている。いまは同じ館で国益のために働こうとも、互いを見張り合っているために、配下の召喚に制限をかけているのだった。

このまま本題に入ってもいいけど、先に確認しておこう。

「キエム様、キヨ様は元気にしていらっしゃいますか？」

「ん？　ああ、あの娘か……」

キヨ、とは異世界転移人のキヨ嬢だ。

オルレンドルの前皇太后クラリッサの義娘だったけれど、事実上オルレンドルを追放された乙女の名はキエムの口をへの字に曲げさせた。

まるで一気に老け込んだようだ。

「病気もなく健やかに過ごしておられるとも」

「そのわりには、お顔が芳《かんば》しくないご様子ですが」

「なに、元気すぎるのも玉に瑕《きず》だと思ったまでよ」

もしかしてキヨ嬢、なにかやらかしているのだろうか。

ところがキヨ嬢の名には、キエムとは反対にイル族長が声を弾ませた。

「ご心配召されるな。あの方はよくやっている」

「イル様はご存じなのですか？」

「無論です。キエムはヨーの男だから、男の立場が脅かされるのではと怯えているだけだ」

「……おい、イル」

「ふん。男の貴様にはわからぬだろうが、キヨ様の成された偉業は我ら女達にとって救いの光だ」

彼女はサゥ氏族の客人のはずなのに、他部族のイル族長に尊敬されるように語られているのが不思議だ。

「あの……キエム様？　キヨ様はサゥで一体何を……」

「カレン殿は、あの娘が行う医者の真似事……医療の知識を、どこから学んだかご存じか」

「いえ、キヨ様がどこで学ばれたかは……」

なぜそんな話題になるのだろう。

事情を知っているライナルトが教えてくれた。

「キヨは現在サゥの医師共と対立している」

うんうん、と頷くイル族長が更に付け足す。

「部族問わず、教養のある者を積極的に登用し、虐《しいた》げられた女達に居場所を与えているのです。その名声はサゥを飛び越え、他の部族の女達にも響いている」

なんとまぁ。

キヨ嬢は日本では大正時代付近の人間だったとはいえ、医師の元で看護師をしていた。あの時私を助けてくれたように、サゥの医療知識では我慢ならないところがあったらしい。

詳しく話を聞きだすと、はじめの頃のキヨ嬢はサゥの医師達に疎まれた。

なぜか弾むように浮かれているイル族長が教えてくれる。

「ヨーは女の立場が低い国。キヨ様は習わしや儀式ばかりを重要視し、まともに治療を行わない呪《まじな》い師達を真正面から糾弾《きゅうだん》されたのです」

「待て待て待て、なぜサゥの事情をドゥンナのお前が知っている」

顔を顰《しか》めるキエムに、イル族長は鼻で笑った。

「それほど彼女に注目している女が多いということだ。もしキヨ様が望むのであれば、我らドゥンナがあの方を保護してもよいと思うくらいにはな」

「……悪くないかもしれんな」

「おい、親友殿、冗談だろう」

ライナルトにぎょっと目を剝くキエム。

医師団と対立したものの、まともに相手にされなかったキヨ嬢。しかし彼女の性格的にも、それで黙っている人ではない。無視されるのならば勝手にやってしまえ……と彼女はオルレンドルからの援助金で診療所を開いた。

彼女の治療は病人優先だ。

痛がる人々には、従来ヨーでは呪《まじな》いを唱える間に診断や治療方を模索し、清潔な寝台に運んで寝かせる。完治までの指導を行い、家族にも理解を深めるよう説得を努《つと》めた。

ヨーでは一般的な月経小屋の撤廃も、目につく範囲で行っている。ただ独走するだけなら疎まれるが、地元の医師の元へ根気よく通って説得を試み、味方を作って折り合いをつけている。

彼女の行動が結果を伴うのはすぐで、同時にいよいよ厄介者扱いされる程度には名を広めているという。

イル族長がキヨ嬢に注目しているのもこのためだ。

これだけを聞く分には素晴らしい話だけど、サゥの医療を担うのは主に薬師や呪い師になるから、彼らの商売は上がったり。

サゥでは彼らからの苦情が殺到《さっとう》し、それがキエムの憔悴の原因だった。

「ライナルト殿には、少しだけでも、あの娘に控えるよう注意してもらいたいと頼んだのだが……」

「私が忠告したところで止める娘ではない」

このように我関せずのライナルトは、キヨ嬢が成果を上げたら、それはそれでオルレンドルの成果になるくらいは考えているはずだ。

恨みがましげなキエムは私に救いを求めた。

「ご覧の通りだ。カレン殿から何か言ってはもらえぬか」

「注意だけならできるでしょうが、あの御方はこうと決めたら突き進みますから、お力添えできるかは難しいかもしれませんよ」

「それだけでも助かる。あの娘は大変賢く有能で、存分にサゥを謳歌《おうか》されているが、その活躍のおかげで妻の実家が被害に遭い、出て行ってしまった」

以前キエムには側室にならないかと相談されたことがある。

横の繋がりを重視する国だから彼も例に漏れず正室持ちだが、彼の家庭は五大部族に成り上がったのを機に事実上の離縁状態。そしてこの一件で完全に別れてしまった。

ただ、キエムの惜しむ素振りは演技が含まれている。なにせ彼の妹シュアンによれば、彼の婚姻は目の上の瘤《こぶ》だったドゥクサス族に縁付けされたもの。はじめから夫婦仲は冷え切っていたと聞いている。

ライナルトがゆっくりと茶器を置く。

「キエムに同情は不要だ。この男に正妻への情はない」

「酷いことを言ってくれるな。貴殿と違い、世間知らずの女を無一文で放り出すことへの憐《あわ》れみくらいは持っている」

もしこの場にシュアンがいたら、この姿になんと感じるだろう。憔悴した兄の姿にがっかりするだろうか、それともキヨ嬢と仲が良かったし、喜んでいたかもしれない。

サゥの現場を荒らしたキヨ嬢だが、オルレンドルの要人である彼女に何かあってはサゥの面目《めんぼく》が潰れてしまう。それにイル族長が保護に乗り気だし、手放すことはできない。

そして私もキヨ嬢の立場を守るために、にっこり満面の笑みを作る。

「キエム様がいらっしゃるからこそ、キヨ様も安心して過ごせるのでしょう。ご苦労をおかけしますが、どうぞ彼女をお願いしますね」

「………………うむ。まぁ、カレン殿がそう言ってくださるのなら俺も努めてみるが」

「どれほど友好的な部族がいたとしても、やはり頼れるのはキエム様でございますから、これからも頼りにしております」

ろくでなしめ、と呟くイル族長の声は聞こえていても、キエムは無視する模様。苦渋をぐっと呑み込んだ表情で腕を組んだ。

「引き受けたからには責任を持って預からせてもらうとも。ゆえに重ね重ね申し上げるが、どうか目を覚ました暁には、一筆お願い申し上げる」

「他の方々と歩みを合わせるよう書かせてもらいます」

横に居る夫の目が険しい気がするので、キエムには見えないところで彼の腹をつついた。経緯はどうあれ彼女をオルレンドルとサゥの梯子《はしご》役にしたのはオルレンドルなのだから、見守る姿勢を見せてもらいたい。

キエムの痛手はこれくらいにして、それで、とキエムはライナルトを見た。

「ヨーと情報を共有したいとあらば、余程の話とお見受けした。貴殿におかれては、此度はどのような悪巧みを企てているのか、お聞かせ願いたい」

「悪巧みとは人聞きが悪い。後ろ暗い企みがあるとしたらヤロスラフくらいだろう」

「あの樽腹《たるばら》か。まったく、何を考えているのかは知らぬが年甲斐もなく元気なことよ」

お茶はライナルトの口には合わない様子だが、彼は黙ってキエムの持てなしを受けている。

「ただ、こちらについては私よりも彼女の方が詳しくてな。カレン、頼めるか」

「かしこまりました」

いよいよ本題だ。

この精霊郷で目を覚ましてからの私の意見、そして見聞きした情報をキエムやイル族長に伝える。

「――なぜ私が精霊郷について詳しいのか……私共の婚姻式に出現した竜をご存じでしょう。彼の竜が私の友人であり、私に正しい情報をもたらしているのです」

「竜がこの世界の生き物であることもはや認めざるを得ないが、竜が手の内にあると、正直に口になさるのだな」

「この際はっきりしていた方が良いでしょう？　キエム様とて、光の柱や竜について気になっていたでしょうから」

口元に笑みを浮かべるキエムは否定も肯定もしない。

これで多少は信憑性を帯びてくれるだろうか。

現実におけるサゥの動きの鈍さ、ライナルトが倒れた話……二人は黙々と耳を傾けるも、段々と獰《どう》猛《もう》な獣《けもの》じみた目つきになっていくのは見逃さない。

特に彼らが頭を抱えたのは、精霊郷と現実世界の時間の流れが数ヶ月単位で違う、と伝えたときだ。

キエムやイル族長だけではない。

ライナルトも同じように、ここの精霊には事実とは異なる説明をされており、いまやっと彼らは事実を知った。

キエムは細かく右目を痙攣《けいれん》させている。

「普段ならば信じられない話だが、この状況では信じるほかないな」

「現実側では、みなさまが思う以上の時間が経過しております。私も確認させていただきたいのですが、キエム様がこちらに喚び寄せられて、十日ほど後にライナルトが喚ばれたのですよね？」

「全員その認識だ。体感的な時間も……イル、間違いないか」

「私から言うことはないが……」

イル族長は、やや気難しげに私を見据えた。

「どうかこの疑り深い性分を許してもらえないか。なぜ貴国はそれを我らに教えてくれるのか、どうか聞かせてもらいたい」

「イル族長が一族を束ねる者として、隣国を警戒する気持ちは痛いほどわかりますが、どうかお考えください。いまのオルレンドルがヨー連合国を陥《おとしい》れる理由がございません」

私に同意したのか、キエムが明るく笑う。

「イルよ。オルレンドルが我らを謀《たばか》り挙兵した場合、真っ先に被害を被《こうむ》るのはサゥ氏族だ。その俺がオルレンドルを信じると判断したのだから、これ以上の理由は必要あるまい」

「精霊よりも信じると？」

「胡散臭《うさんくさ》い精霊共と白髪の魔法使い殿を比べるならば明白だろう」

相変わらずの白髪信仰が私の助けになってくれている。

助かると言えば助かるけど、いざ将来的に白夜なんかが姿を現したら、彼らは大変なことにならないだろうか。

ライナルトが改めて話を纏めてくれる。

「ではオルレンドル、ヨー連合国共に、こちらと現実世界の時間の流れは違うと教えられていた、そういうことで間違いないな」

「相違ない。ただ、俺達は目覚めてもせいぜいひと月程度だと聞かされていたから、こうも安穏としていられたのだ」

全員、現実への影響は少ないと思っていたからこそあった余裕だ。

キエムは背を曲げると、膝に肘をおいて周囲を見渡した。

「小間使いの小精霊が出てくるなら問い詰めてやろうと思ったが一切出てこん。なるほどなるほど、これは問い詰められては都合が悪いらしいな」

「こちらの精霊も同様だ。アレは姿すら見せん」

「……いや、貴殿の場合は、まっぷたつにしたからだと思うぞ？　いくら俺や短気が服を着ているイルといえど、精霊を斬るなど躊躇《ためら》ったというのに」

　ご立腹なライナルトに、思わず突っ込むキエム。

「まあ、貴殿の精霊嫌いがわかったからいいとして……カレン殿。貴女はサゥ氏族の動きの鈍さに気付いていた。俺の配下はそれほど動揺していたか？」

「はっきりと私にも伝わるほどには……」

「俺がどれくらい不在にしているか、概算でもよい、教えてもらえぬか」

　彼が倒れたのはライナルトが意識を失うより相当前だ。おおよその日数を教えれば、彼はうっすら微笑む。友好的なそれではなく、いつ牙《きば》を剝き出しにしてもおかしくない獰猛な類の笑みをだ。

「これは想像以上に大事な話を聞いてしまった。せっかく親友殿が自ら足を運んでくれたことだし、礼をせねばならんが……」

「貴公と友になった覚えはない」

「おおそうだった、心の友だものなぁ」

　からりと流すと、イル族長に目配せを行い、こんな話を教えてくれる。

「秘めておこうかと思ったが、そのように貴重な話を聞かされては黙っているわけにもいくまい」

　奇妙な語り口に、ライナルトが眉を寄せた。

「何を知っている」

「いやなに、俺は貴殿よりも社交的だから、国が違う者同士でも雄弁に語り合うことができる。おかげで様々聞けるのだよ」

「御託《ごたく》はいい、早く話せ」

　キエムの揶揄《からか》う態度は一気に潜まった。

「ヤロスラフ、あの樽腹の息子がこの精霊郷にいるらしいが、見たことはあるか」

そんな話は聞いていない。ヤロスラフ王に付き従っているのは、あの時出くわした人物のはずで、王子の存在にライナルトの表情が曇る。

「ヤロスラフの息子だと？」

「やはり知らなかったな」

「間違いないのか」

「嘘を騙《かた》るつもりはない。ヤロスラフめ、我らが到着する以前に別大陸の王と語り合っている。自ら子を紹介しているぞ」

キエムの前に酒が出現した。

強い酒精を喉へと流し込むと私へ杯を差し出すが、ライナルトに杯を奪われてしまう。

ヨーのお酒は好きだから飲みたかったのに……。恨みがましく睨む間に、キエムは続けた。

「息子はラトリア人の中でも、とりわけ深い血の髪の色をした男だ」

「名前は？」

「ジグムントだ。知っているか？」

「当代一の武人と名高い男だろう。だが長子ではなかったな」

内乱後、ヤロスラフ王が数ある息子達を差し置いて世継ぎに指名した人物だ。

キエムは少量の塩を口に含んだ。

二人は飲み比べでもしているのかと言いたいくらいの勢いで杯を傾ける。

ライナルトが注いだ酒をキエムが飲み干し、ニヤリと笑う。

「だが世継ぎがここにいるのはおかしな話ではないだろう」

「そうかもしれんが、先の内乱の原因は、ヤロスラフの権力を独占したがる悪癖のせいだ。それをわざわざ呼び寄せてやるなど、随分変わったと見える」

「変わってもらわねば、息子としてはたまったものではないだろうよ。仮に俺がジグムントの立場なら、己より信頼の厚い部下は手打ちにするぞ」

ばれないようにな、と付け足すのは忘れない。

しかしジグムントの存在が確認されたのはその一度きり。ヤロスラフ王がなぜ息子の存在を伏せることにしたのかは謎だ。

キエム達はヤロスラフ王の秘密主義に眉を顰《ひそ》めたものの、ライナルトに共有しなかった理由を語る。

「樽腹は不愉快だが、精霊の許しがない限り眠りから覚めん状況はヤツも同じだ。少なくともあの段階で教える必要はなかった」

仮になにか企んでいたとして、ラトリアの前にはオルレンドルという壁があるし、ヨー連合国の敵にはなり得ないから、わざわざ知らせる必要はないという算段もあるだろうか。

私はキエムに咎めるような目元を作る。

「キエム様……」

「すまんすまん。隠しごとがあるとは思っていたが、大事《おおごと》になるとは思わなかったのだ」

「オルレンドルとサゥ氏族の仲なのですから、次はもう少しお考えいただきたいですね」

「うむ。妹も世話になっていることだし、以後は気をつけるとしよう」

私はともかく、ライナルトはこれだけじゃ済ませられない。たて続けに強い酒を呷《あお》ったのに、顔色一つ変えずに杯を置いた。

「それが事実ならヤロスラフは必要以上の人間を呼び寄せていることになる。精霊も知らないはずはあるまいに、やはり精霊の恩恵とやらが大事か」

「だが俺もヤツの気持ちはわからんでもない。俺とて常に民族の未来を考えているからな」

「土地と資源に飢えた国らしい考えだ」

「さすがは平地に恵まれた国の王だ。発言一つ一つが嫌味にしかならん」

ライナルトが私の行動を咎めようとしたが……。

彼女も私の意を察してくれ、杯を手に取ると、私の注ぐお酒を飲み干した。

仲がいい二人の横で私も新しい杯を作りだし、お酒を取ってイル族長に合図を送る。

「嫌味だからな」

「知りません」

自分はがんがん飲むくせに、せっかくのヨーのお酒をお預けにされるなんてあんまりだ。

手土産にヨー連合国産のお酒をもらい、上機嫌で館を後にしたときには、頭の中はふわっふわ。足元は微妙に揺れて不安定で、笑い声は高くなり、手の動きは大きくなる。

キエム達の手前では平然を装っていたが、彼らの姿が見えなくなるなり、ライナルトは私を持ち上げた。

「わあ、抱っこだ〜」

「……楽しいか？」

「あははは、楽しくないわけないー」

お行儀良くしなきゃいけないと抑圧し続けた反動か、笑いが抑えきれない。呆《あき》れを隠せない夫がおかしくて、私は無駄に足を動かす。

「暴れるな」

「いーやー」

「……普段、飲ませなさ過ぎたか？」

たしかにいつもは酔うまで飲めない。結婚後は特にライナルトが飲酒量を制限してくるのもあって、ほどほどで止められてしまうし、皇帝業務を代行してからは一滴も飲んでいない。

子供っぽい抵抗だなあと自分でも思うけど、楽しくて楽しくて仕方がない。ましてライナルトがいて嬉しさ倍増だから、これも仕方ないというもの。

「ラーイーナールート」

「どうした」

「あなたがいない間、わたしはとっっっっても頑張りました！」

「知っている」

無理な体勢で抱きつきがてら、首をぐっと押さえつけて強調する。

「なので、お仕置きです！　わたしを部屋まで、ちゃんと運ぶように！」

「……別に仕置きされずとも運ぶ」

呆れられても、彼は私を見捨てないだろう。

オルレンドルの館まで戻った私たちを出迎えたのは見目幼い少年で、スタァは私の様子に狼狽《ろうばい》している。

あまりの愛くるしさに私はライナルトから降り、スタァに抱きついた。

「ただいま、スタァ！」

「あ、あわ、あわわ。おか、おかえりなさい」

「ライナルトのせいで出現を制限させてごめんねー」

スタァはライナルトに生活を邪魔されたくないからと、出現を制限されている。しかしそれではあんまりなので、館での出迎えをお願いしていた。

他にも彼の目が届かない場所で呼び出しては話し相手になってもらっているので、ライナルトが思うより、私達は親交を深めている。

「……カレン」

いまは夫よりお友達と話していたい気分だ。

彼にはにっこりお別れし、スタァの手を引き居間へ連れて行く。

戸惑うスタァの前に私が用意したのは、机の上いっぱいのお酒！

ヨーの発酵果実酒、ラトリア名産の蜂蜜酒、ファルクラム領の葡萄酒に、オルレンドルの蒸留酒！

目を丸くするスタァは瓶と私を交互に見た。

「え、え、え？　お妃さま、いったいどうしたの？」

「スタァ、あなた精霊だから、人間よりずうっと年上なのよね？」

「あ、う、うん。人よりは大分長生きだけど……」

「お酒は飲んだことある？」

「いちおう……」

「いける口かしら。好き？」

「……たぶん」

「よーーーし！　じゃあ一緒に飲みましょう！」

たぶんもう酔っ払っているけど、ヨーの館で飲んだだけでは、まったく足りないと思っていた。

それにせっかく楽しい気分なのに、簡単に酔いが覚めてしまうのは勿体《もったい》ない。

私は頼んでいないのに相席するライナルトをジロリと睨む。

「私のお客様を威嚇《いかく》するならあっちに行ってください」

「……カレン」

「あなたはキエム様と好きなだけ飲んだでしょ！」

「なるほど。普段飲ませないことが、そこまで不満だったか」

その通り！　でももう相伴相手を決めてしまったし、私はスタァに杯を持たせてお酒を注いでいる。

出て行こうとしないライナルトには、情状酌量の余地でこう言った。

「スタァを苛《いじ》めないなら一緒にいてもいいですけど？」

彼は無言で空《から》の杯を私に向けるので、了承の証《あかし》としてお酒を注ぎ、杯に口をつけようとしたスタァを止めた。

「えっと、僕はどうしたら……」

「んふふ。飲み始めはね、みんなで杯を掲げて乾杯って言うの」

「か、乾杯？」

「そう、私が言ったら真似をして飲みましょうね！」

見た目子供のスタァを飲ませて大丈夫なのか問題、いまはなーんにも気にならない。

私は声を弾ませながら杯を掲げた。

「新しいお友達と、楽しい時間に！」

「乾杯」

「か、かんぱい」

感情を消した夫と、戸惑いがちなスタァが杯を掲げ、私達はいっせいにお酒を喉に流し込む。

胃に染み渡るお酒が熱い。

視界はさらに霞《かす》み、周囲の音も微妙に響くようになっていた。酔いの心地よさに身を任せると、全てが楽観的に思えてくるから不思議なものだ。

私がはあ、と息を吐く姿に、なぜかスタァがライナルトに尋ねる。

「へ、へーか。お妃さまは大丈夫なの？」

「酔っているだけだ」

「こ、これが酔うってものなの……？」

スタァって酔った人を見たことがないのかしら。

強要は良くないので無理やり飲ませはしないけど、言葉通りお酒は嫌いではないらしく、ぐびぐびと杯を呷《あお》り続ける。

おつまみは胡桃《くるみ》といった木の実に定番のチーズやハム！

次第に言葉が不明瞭になっていく私を見ながら、スタァがはにかみながら呟いた。

「……僕、お友達、なのね」

お酒を注ぐ音が軽やかに空間に響く。

この瞬間でしか得られない貴重なひとときを、夜が更《ふ》けるまで楽しんだ。

4

精霊郷の異状

次の〝会談〟当日、ヤロスラフ王はずっと仏頂面だった。

理由は単純で、各国の代表だけが集える場に私が同席したためだ。初めは精霊郷側にも拒否されたが、無理を通させてもらった。

まったく、とヤロスラフ王はライナルトを睨《ね》めつける。

「かような場におなごを呼び込むとは、いくら可愛がっていようとはいえ、そなたも我が儘が過ぎるのではないか」

「必要なゆえに呼んだまで。貴公に言われる筋合いはない」

「わしは必要な人間しか呼んでおらんよ。それに大事な場に余計なものを呼び込む真似もせん」

口喧嘩が始まりそうなところへ「そこまで」と止めた者がいた。

円卓状になった席の中央に立つ男型の精霊だ。

血のように赤い巻き毛が特徴的で、涼やかな目元が冷たい印象を受ける。耳が大型犬のもののように変化していた。

「不要なお喋りは止《よ》してもらおう。たしかに余計ではあるが、オルレンドルとヨーが必要と言うのであれば、此方《こなた》は認めざるを得ないのだ」

「……ヨーもだと？」

「ヤロスラフ王はご存じなかったか？」

キエムをはじめとする五大部族は素知《そし》らぬ風で座っている。

初耳だったヤロスラフ王は一瞬身を乗り出すも、すぐに気を取り直し、その姿を認めた精霊「星の使い」は頷いた。

「それに新たな客人がおられるといえど、此方が其方《そなた》たちに望むものは変わらない」

この精霊、うわべは丁寧に見えるけど、そこはかとなく態度に尊大さを感じる。

「再度言っておこうか。其方達は各々が土地に受け入れる種の割合で揉めているが、此方が授ける恩恵はどの国であろうが均等だ。その点はゆめゆめ忘れずにいただきたい」

こうは言っているけど、精霊にも人型、動物型、不定形型と多くいるから、受け入れる種族によってその後の行く末は変わる。

どの国も有利に事を運びたいから会談が始まっても論点は竜に集中していて、聞いていたとおり、ラトリアとヨーが対立していた。

ヤロスラフ王の言い分はこうだ。

「やはり我がラトリアに竜種を集めるべきであろう。彼らには良い土地を提供できるし、精霊とも良い距離感を保っていける。オルレンドルやヨーには譲れぬ」

「未開の地の多さでいえばヨーも引けを取らぬよ」

呆れたようにキエムが反論する。

彼の表情はもう何度目だ、と言いたげだ。

「ご老体の要求は過剰すぎる。その言葉はあれを寄越せ、これを寄越せと要望ばかりだ。よもや竜の力をもってオルレンドルに侵略されるおつもりではあるまいな」

「まさかまさか。若者よ、それは大きな誤解というもの。我が国はあくまでも自国の発展にのみ注力するものである」

堂々と胡散臭い台詞を吐くのも指導者というもの。

ライナルトは辟易した様子を隠そうともしないし、イル族長は口をへの字に曲げて腕を組んでいる。

ヤロスラフ王の言い分はこうだ。

「オルレンドルは広く分布させれば良いと言うが、竜とは多くが群れを成す存在だ。生態系を考えれば分散は望ましくないと、そこな星の使い殿も申していたろう」

「再三意見しているが、我らがそれを了承できるはずがない。精霊の神秘、竜の力がどれほど強大か、知らぬとは言わせまいぞ」

なぜ竜を知らなかったはずの彼らが竜種に拘《こだわ》るのか、その理由は私。

平行世界からの帰還に伴う光の柱や、婚姻式の黎明だ。それにフィーネの存在は公式にしてないけど、調べればわかること。皆、口にせずともライナルトの様子を窺っている。

不可解なのは「星の使い」がだんまりを決め込んでいる点なのだけど——。

一息ついたところを見計らって全体に声をかけた。

「少々よろしい？」

他の人も私が最後まで黙っているとは思っていないはず。

不本意ながら、精霊を二体所有しているとみなされるオルレンドル皇妃の発言に場は鎮《しず》まった。

「新参でございますので、おかしな発言があってもご容赦くださいませ。『星の使い』様に質問がございます」

「……此方への質疑であれば後にしてもらいたい」

「いいえ、わたくしの疑問はあなたがたの帰還に関係しております」

人と獣を半々にしたような目がこちらを見つめる。

やっと私をまともに見たな——と私も見つめ返した。

「なぜわたくし共に決めさせるのでしょう」

「……と、言うと?」

「随分と人に対し譲歩してくださるではありませんか」

「それのなにが不服だろうか。我らからの歩み寄りの気持ちだ」

私の質問はそんなにおかしなものじゃない。

他の人達だって思っていたはずだ。

「わたくしはいくらか精霊を存じておりますけれど、竜種しかり、精霊にも種族の特性があるでしょう。いくら譲歩するといえど、人の定める道理に従うことができるものなのですか」

いくらなんでも精霊に不利すぎるというか、下手に出すぎているというか……。

いまのヤロスラフの主張だって聞けばわかるけど、各国が土地を提供できると言っているのだから、自分たちで好きな場所に分布して移り住めば良い。

私には決着のつかない争いを続けさせているようにしか聞こえない。

「土地の提供と共に、各々が住みやすい土地を選べばよろしいのではないですか」

「………我らの目的は移住のみであり、政に口を挟むつもりはない」

「精霊に決めさせては火種になると?」

「然り」

この精霊、想像以上に無愛想。

ヤロスラフ王が声を上げようとする前に、ライナルトが制するように老王に問いかけた。

「貴公には私からも聞きたいことがある。先の話を蒸し返すが、貴公は私達が存在を認めていない人間を精霊郷へ呼んでいるな」

質問には意表を突かれたらしくも、老体は堂々と居直った。

「糾弾するほどでもあるまい。確かに初めの頃は違う者を呼んでいたが、いまの者が確実だと思い、そこな精霊殿に頼んで入れ替えてもらった」

「わざわざ報告する必要がないと？」

「当然だ。そも、なぜ隣国の者であるそなたに我が国の事情を話さねばならん」

「私も貴国の事情など興味はない。だが、それがオルレンドルに損害を与えているなら話は別だ」

ここでライナルトは私から伝え聞いたラトリアの動きに言及する。

「我が后《こう》より、ファルクラム領近くを多くのラトリア人が行き来しているのは聞いている。私が眠りにつくのを知った上で、外と連携を図り一計企んだのではないか」

「言いがかりだな。ファルクラム領といえば、我がコンラート領のある場所。資源の少ない我が国にとって、命綱となる領地の復興を急げと命じたに過ぎん」

「その言葉が真実であると、どうして証明できる」

「事実を述べているに過ぎんよ。そなたの皇后は随分と我が国を疑っておられるようだが……そうか、たしか以前はコンラート領に嫁がれていたのだったか」

ちくり、と刺してくるのは忘れていない模様。

嫌味は予想していたものの、コンラート領のあの日が脳裏を過《よぎ》ると、目線を「星の使い」に送る。

「疑いたくもなりましょう。わたくしとしては、まだ星の使い殿に疑問が残っておりますから」

私たちの間で人間相手はライナルト、精霊は私が相手をすると話がついている。

私は星の使いにある質問をしたかった。

「白夜はいまどこにいますか」

私にとってはフィーネの対《つい》、人にとっては、かつて大撤収を率いた精霊の王の名。

ここで初めて星の使いの表情に変化が生まれ、若干《じゃっかん》ながらも動揺を示した。

つぶさに観察の目を離さずにいると、相手は落ち着いた呼吸で見返してくる。

「……どこでその名前を知った、とは言わぬ。貴女様は我々の見立てが間違いないなら、神々の海より帰還された人。稀《まれ》なる御方ゆえ、我らすら与《あずか》り知らぬ事情を抱えておられる」

「それをご存じなら話は早い。では答えていただけますか」

「何故」

「わたくしはあなた方が、なぜこのような回りくどい手段を用《もち》いているか、いまだ満足する答えを得ておりません」

「回りくどい、とは」

「白夜ならいちいち呼び出しせずとも、人界を訪ねるでしょう。もっと早く話も纏まったはずです」

疑問の眼差しを向けてくるライナルトや他の人にも説明する。

彼女は昔起こった大撤収の際、精霊側を率いた最初で最後の精霊の王役だった、と。

だんまりを決め込んでいた星の使いは、嘆息をついた。

「白夜はすでに役目を降りている。いまは此方が人と精霊の繋ぎ役だ」

「彼女とは個人的に話してみたいことがあります。呼べますか？」

「……生憎《あいにく》と」

「どうしてでしょう。白夜ならば私を訪ねるのも難しくないはずですね」

「話す必要はない」

「語らぬならば結構。次へ行きましょう」

納得はしてない。

精霊は長命種だから、良くも悪くも月日の流れに鈍感だ。彼らの体制が容易に変わるはずないし、白夜が代表を降りた理由が気に掛かるが、この話題を引っ張り続けるつもりはない。

どことなくだけど、私を避けたがっていそうな星の使いに首を傾げた。

「あなたはラトリアやヨー連合国の質問には出向いてまで答えてくれているようですが、オルレンドルにはあまり答えてくれないと聞いています。わたくし共とは話したくありませんか？」

「そのような事実はない」

「ならよかった。オルレンドルだけ扱いに差があるなんて、あって良いはずがありませんからね」

「無論、差などつけていない」

「そうでしょうか」

「声の端々《はしばし》に棘《とげ》があるようだが、其方は何が言いたい」

星の使いは、これまで会った精霊の中でも特に人間臭さを感じる。

少し首を傾け、彼をのぞき込むように見た。

「あなたがたの事情は考慮しています」

ここからだ、と内心で自分に活を入れる。

「大陸どころか、世界規模で起こる精霊の帰還とあらば混乱は必定。不必要に国を乱すような真似はしないと信じたいのですが、であるならば、わたくしは何故、と問わねばならない」

「なるほど、そちらが本題か……伺おう」

「なぜ時間の経過を誤魔化し、各国の要人を長時間拘束しているのですか」

ライナルトも腕と足を組み尋ねた。

「現実においてラトリアが我が国に干渉していたことは確認している。少なからずヨー連合国において、混乱が生じていることもだ……そうだな、我が后《こう》よ」

「左様です。これは精霊の集合によって被った被害も同然。知らなかったとは言わせません」

腰を浮かそうとしたヤロスラフ王を制したのはキエムで、強めの口調で言った。

「ご老体、これはオルレンドルのみならず、我々の疑問でもあるのだ。黙っていてもらいたい」

「若造、お主《ぬし》は——」

「ここで止めたとあらば、ラトリアに意図があったものとみなす。事と次第によっては、我が国もオルレンドルへの支援もやむなしと考えていると知ってもらいたい」

この場においては、ヨー連合国はこちらの味方だ。

なにせ私の証言で、現実世界の混乱が公にされてしまった。

全員同時に眠っている点だけが救いだけど、絶対君主制のオルレンドルと違い、ヨーにおける彼らの敵は五大部族同士だけではない。いくら精霊の協力を得るためといえ族内で下剋上されては元も子もないし、近年はサゥ氏族をはじめとして体制が入れ替わったばかりで、族長達の緊張は続いている。

イル族長など、ことさら不機嫌にヤロスラフ王を睨《ね》めつけていた。

ヤロスラフ王もヨーを敵に回すのは得策ではないと考えたか、鼻息荒く口をへの字に曲げる。

場が落ち着くと、私は黙して答えない精霊に再度尋ねた。

「わたくしは責めているのではなく、理由をお伺いしているのです。納得のできる回答はいただけませんか」

「時間の経過については謝罪しよう。たしかに、こちらとあちらでは多少差異が発生する」

意外とあっさり認めるが、ただ、と言い切る。

「本来であれば差異はもっと小さかったはずであり、無用の混乱を避けるために黙っていた」

「それを黙っていた理由はなんでしょう」

「此方は人の考え方を甘く見積もっていた。人がかように、我らの配分で揉めるとは、理解し難い思考だったのだ」

人間が欲深いせいだと言いたいらしい。

それに時間の経過については、こともなげにこう言った。

「其方達には謝罪する。此方には霞《かすみ》ほどの時の経過が、人にとっては重要であったと失念していた」

不愉快そうに口を開いたのはライナルトだ。

「時間の価値観を、種族の差だけで言い逃れるつもりか」

「言い逃れるも何も此方はそうとしか申し上げられぬ」

「それで共存などと口にするには無理があろう」

「信じていただきたい、としか言い様がない。そのための見返りは充分に用意するつもりだ」

……ああ、これは、言い分を通すつもりか。

私はため息を吐く。

「わたくし共と共存するに当たっては、もっとも考えなければならない部分でしょうに」

「その通りだ。この通り謝罪する」

私が質《たち》が悪いと感じたのは、星の使いが潔《いさぎよ》く頭を下げてしまったことか。

責めるだけならいくらでもできるが、これ以上は無意味になりそうだ。

ヨー連合国側からの援護もあてにできないし、相手からまっとうな言葉を引き出すのは諦めた。彼らも星の使いに不信感はあれど、新しい魔法の概念や力は欲しいので、あまり強く言えない立場であるせいだ。

でも少し恨みがましく相手を睨んだのは、ライナルト不在の苦労を思いだしたためである。

「あなたがたとわたくし共では考え方、まして流れる風ひとつすら、すべてのものにおいて感じ方が違う。違う生き物なのだから感性の違いは仕方ありません」

「ご理解痛み入る」

「ひとまずは、そういうことで納得いたしましょう」

……相手に効く効かないはともかく、私もちくっと一言刺すようになっちゃったなぁ。

「ですがそれを聞いても、まだ解《げ》せぬことがあります」

「それは？」

「ここはどこですか」

この質問には今度こそ、ライナルト以外の全員が眉を顰《ひそ》めた。

「どこ、とは如何様《いかよう》な問いだろう」

「あなた方が精霊の住まう場所と呼称するこの空間です」

「質問の意図を摑みかねている。たしか其方はここを精霊郷と称したはずだが、その精霊郷ではないと申されるか」

「その通りです。ここは精霊郷ではないでしょう」

むしろまったく違う場所だと断言できる。

「なぜならここはあまりに人の知る景色に近すぎる。わたくし共が考えるような絵物語、理想郷そのままでしょう。都合が良すぎるのではありませんか」

あの透き通るような青空なんて、見知り過ぎて違和感がない。

指と指を絡ませ、かつて黎明を通して視させてもらった精霊郷を思い出しながら語る。

「あなた方の世界の天空を覆うのはあらゆる色彩。浮かぶ岩群に、雲から流れ落ちる滝。竜が羽を休める、かつて人界から持ってきたという空中城……」

「どこでそれを……」

「知っていること自体は大した問題ではないのです。重要なのは、あなたが精霊郷と語るこの場所に、一欠片《ひとかけら》さえあの景色を見出せないこと」

実はここがどこなのか……については見当がついている。

既に経験があると述べようか、悲しいかな、私はもう何度も経験していたためだ。

星の使いへ確認するように言った。

「もしかしなくとも、この場所、わたくし共の『心』に見せているのは、あなたが作り上げた幻なのではありませんか」

視界の端で反応を示したヤロスラフ王はどこまで知っていたのだろう。

老王はあえて語らずを決めたようだが、ヨー連合国の五大部族は殺気立った。彼らは一見理知的に見えるけれども、その気質は血を厭わない。ライナルトが制してくれなかったらしばらく騒ぎになっていただろう。

ざわついた空気に星の使いは眉を顰めた。

「オルレンドルの尊《とうと》き方、それはあまりにも失礼ではないか」

「間違っているのでしたら謝罪いたします。ですがその前に、ここが本当に精霊郷であるかどうか、わたくしを納得させてくださいませんか」

私は真実を語っているだけなので焦る必要がない。

ゆったりと語りながら相手と視線を交差させていると、折れたのは星の使いだ。

「残念ながら……証明する手立ては、ない」

「では精霊郷ではないと認められますか」

「それもできぬ。だが、此方が貴女方に、精霊の受け入れを認めてもらうための場を提供したということだけは事実である」

……微妙な線だけど、こう言いきるのは豪胆とも言えるし、彼の真意が摑みきれない。

私は表情を隠すように扇子《せんす》で口元を隠した。

「星の使い殿は、さぞかし人の世が簡単に進まぬことを思い知られたのでしょうね」

新しい知恵という、強大な力を得られる機会を国が簡単に逃すはずがないから、会談が終わりを迎えるはずがない。

ただ、こんな状態がずっと続くのは困るので、状況を変えねばならない。

「ですがあなたの同胞と、わたくし共のことを考えるのであれば、やはりこの夢は覚ますべきではありませんか」

「なるほど。オルレンドルの尊き方は要求があるとみえる」

「徒《いたずら》に時間の消費を許すなど認められるわけがありません。この世界で過ごす一方で、民が如何ほど苦労しているか、あなた様も精霊の未来を背負う立場なれば、わからぬはずがありません」

「……ではどうされよと言うのか」

「わたくし共を全員解放してください」

要求は難しくないはずなのに、たったこれだけで星の使いは難色を示した……ように感じる。

「しっかりと理由はありますのよ?」

悪戯っぽく笑う。

「人の政の話は、人の世界で行うべきなのです。ここでわたくし共だけで結論を導き出したとして、国に話を持ち帰っても簡単にはまとまりません」

オルレンドルは主の一声で話が進むといっても、各所をまとめるには時間がかかる。星の使いも、人の欲深さを知ったと語るなら実感しているはずだ。

「精霊の帰還となれば、個人ではなく国として話を進める方が精霊を受け入れる心構えが育つはず。わたくしにしてみれば、ここで無為《むい》に時間を消費する方が、意味がありません」

ここでいよいよ身を乗り出したのはヤロスラフ王で、ライナルトに苦言を呈した。

「いくらなんでもオルレンドルの妃に好きにさせすぎではないか」

「どこがだ」

慇懃無礼《いんぎんぶれい》な若造に、ヤロスラフ王はこめかみに青筋を作る。

「政とは王が担うべき役目ぞ。そして精霊の帰還とあらば、なおさら我らが決めるべき事柄に妃が口を挟むとは何事だ」

「私の后は精霊の有り様と、会談の場所について問題提起しているに過ぎん。それともラトリアはただの提言に良心に恥じる部分でもあったか」

老人は苦虫を噛み潰すように皺を寄せる。

「いままで口を挟みなどしなかったくせに、そなた、妃が来てからは随分な変わり様だな」

「どこぞの欲深き王ほど、眼前にぶら下げられた餌にかぶりつきはしないだけだ。口を挟む瞬間は弁《わきま》えているのでな」

ライナルトが皮肉を飛ばすと、今度こそ老人は黙りこんで傍観の姿勢を決め込んだ。

それにしてもラトリアのヤロスラフ王って長い間ラトリアの治世を続けた、やり手の王様という印象だったのだけど……。

二人の応酬が落ち着き、再び私と星の使いの会話に戻る。

「人間は人の世での話し合いを望まれるが、あなた方の国と国は離れすぎている。わずかな会話を行うだけでも時間を消費していては、到底時間が足りぬ」

「国と国との移動でしたら、それこそ精霊が力を貸してくだされぱよいのではありませんか」

「……我らが？」

「精霊郷に住まう、生けとし生ける者の問題ですから、それこそ協力し合うべきでしょう？」

などと言ってみるが、これはライナルトの提案で、私と選手交代だ。

「私はこれまでの話を総合した結果、貴公が精霊郷を代表する存在であるか疑っている」

「オルレンドルは此方を疑われるのか」

「嘘でないと言うのであれば証明できる精霊を立ててもらいたい。我らの世話役のような小物ではなく、貴公と同じだけの身分を持つ者をだ」

ライナルトにしてみれば、星の使いは人智を超えた力で話を誤魔化すだけで、本人の証明には何にもなっていない。たとえ相手に嘘をつく理由がなかったとしても、信じられないのが本音だ。

星の使いは、ライナルトの提案を拒否した。

「事情があって、いまの彼らは精霊郷を離れられない」

「であれば、やはり移動手段の提供だな。我らを謀っていないと証明したいのであれば、そのくらいの協力はあるべきだ」

私もちょっと申し添える。

「他の精霊が精霊郷を離れられないといっても、乗り物代わりの生物を貸すくらいはできるのではありませんか」

「……ヨーから意見は上がらぬが、オルレンドルと同じ意見ということか?」

「わたくしから重ねて申し上げますが、あなたの足りない言葉で被害を被ったのはオルレンドルだけではありません。彼らとて、待っている臣民がいるのです」

キエムなんかはまだ星の使いを疑っているが、引き際は弁えている人だ。精霊を刺激するのはオルレンドルだけでいいとも考えているだけあって、私たちに任せている。

星の使いが私たちをここに捕らえ続けるなら反感を抱かれるのは必定だし、呑んでもらえないのなら、これまでの話し合いは徒労に終わる。

星の使いはしばらく考えるそぶりを見せた。

「であれば、オルレンドルの皇后に対し条件がある」

「お伺いしましょう」

「目覚め次第、いまなお此方に干渉を続けている精霊を止めさせてもらいたい。攻撃を加えられているわけではないが、雑音となり此方の邪魔をしている」

「よいでしょう、伝えます。他には?」

「……それだけだ。此方と敵対しなければ構わぬ」

この様子ではフィーネがなにかしているっぽい。

スタァの発言からもしやと考えていたが、やはりあの子は、他の精霊にとって軽んじられない存在なのだ。

「自分から話せばよいでしょうに、なぜ彼女に会おうとしないのです?」

「其方には関係ない理由だ」

私も疑問を明かしてくれるとは思っていない。重要なのは早々に現実世界に戻してもらうことで、ここが本当に精霊郷かなどは二の次だ。

星の使いはゆっくりと首を振った。

「異論がないのであれば、皆には数日内にでも現実に戻っていただく。後日改めて話し合いを行っていただく形で進めるがよろしいか」

「構わん……が、どこで話を進めるかが問題だ」

ヤロスラフ王の発言に一同の視線がライナルトに集まるも、彼は無言を決め込んでいる。

首脳部が一堂に会するとなれば各国の要人が集まる。

言い出しっぺ兼地理的にも集合場所はオルレンドルが最適だが、ライナルトは乗り気ではない。星の使いもオルレンドルに場所の提供を求めなかった。

「此方も人の世を見ておきたくある。移動手段と場所については追って連絡しよう」

彼が手を叩くと、目の前にあった机がかき消えた。

これで話し合いは終わりと言いたげで、席を立った順から椅子も消えていく。どうやら物理的に追い出したいらしい。

彫像のように佇む星の使いにはヤロスラフ王が文句を言いたげだったが、足音を立てて部屋を出て行ってしまう。

続いてヨーの面々、最後に私たちが席を立ち、私は帰り際に振り向いた。

「なぜ白夜は出てこられないのですか？」

「……深い事情がある。貴女であっても明かせない」

「わかりました。いつか互いの信頼関係が結ばれることを祈っております」

ライナルトに腕を引かれてその場を後にする。

謎にまみれた会談は一旦の収束を見せたのだけれど、帰り道で私はしきりに首を傾げていた。人もいないため、ライナルトが問いかけてくる。

「先ほどからしきりに不思議がっている。なにか気に掛かることがあっただろうか」

「ヤロスラフ王なんですけど、すごくわかりやすいのが意外で……」

「気にかけるほどか？」

「当然です。聞いていたヤロスラフ三世像と違いすぎるんですから」

私はほとんど星の使いに意識を集中していたけど、できる範囲でヤロスラフ王も観察していた。その上で抱いた所感なのだけど、あの王様は短絡的《たんらくてき》すぎやしないだろうか。

具体的に述べると、在位期間の長い王にしては表情がわかりやすい。むしろわかりやすすぎる。ヤロスラフ王にとってオルレンドルは取り繕う必要もない相手なのか、こちらが悩んだくらいで、あからさますぎるために、何か誘導でもされてるのではないかと疑ったくらいだ。

もちろん私がラトリアの風習や国に詳しくないのは、ある。力でねじ伏せてきた可能性だっていくらでもあるけど、これが玉座に就いたばかりの新王だったらともかく——。

……私は隣の夫を見上げた。

「私の顔に何かついているか」

「いいえ、あなたは色々と規格外だったなと思っただけ」

「含みのある物言いだ」

「とんでもない、出会いからいままでにおける、あなたの武勇伝を思い返しているだけです」

「思い返した感想はどうだった？」

「私のためにも、もうちょっとご自分を大事にしてほしいですね」

足元の石畳を睨み付ける。

「いくら考えても噂に聞くヤロスラフ王の人柄と噛み合いません」

「あれにはどんな印象を持っていた」

「野心家である分だけ狡猾《こうかつ》ですけど、あのヤロスラフ王は我慢の利かない子供みたい。まだその辺の、コネ作りにやってくる商人の方が、お顔を作るのが上手ですよ？」

などと言えば、声を低くして笑う。

「我が妻にしてはなかなか手厳しい意見だ。やはりコンラートを取引の材料にされた恨みは晴れんか」

「わかっているならおっしゃらないで」

その辺の後ろ暗い感情も、ライナルトなら受け止めてくれるから正直に出せるだけ。たとえばヴェンデルの前でだったら、こんな態度は表に出さないだろう。

ライナルトはしばらく笑みを絶やさない。

「私怨《しえん》は切り離せんか。まあ、それも良かろう」

「馬鹿おっしゃらないで。ここは喜ぶところではなく、あなたが私を咎める場面ですよ」

「普通ならそうするところだが、生憎と、その恨みも受け入れてやりたくてな」

夫は私を駄目にするのが得意すぎではないだろうか。

やはり私を律《りっ》するには、自分自身で気をつけないとならない。

「しつこいようですけど、ライナルトはヤロスラフ王の人柄は気にならない？」

「たとえ長い年月がヤロスラフの理性を蝕《むしば》み、安寧が知性を奪ったとしても、あれがオルレンドルの敵であることには変わるまい」

「……利用できない限りは興味ないってことですね」

彼の微笑みは肯定だ。

組んでいた腕を離すと、少しほつれていた私の髪を指で撫でつける。

「理由を考えても仕方ないからな。ただ、牙を隠す方法すら忘れたヤロスラフをつまらないとは思っている」

ともあれラトリア王ヤロスラフについては世間の評価に対して、実物との乖離《かいり》が大きすぎるとの意見は合致した。

私は平行世界での出来事を思い出しながら、状況を整理する。

「ラトリアと精霊が組んでいるのは、きっと間違いありません」

その裏付けは白昼夢で出会った謎の二人組。

精霊と思《おぼ》しき青い男性とラトリア人と考えているけど、疑問はまだある。

「ヤロスラフ王はどんな手段を用いて精霊を組み込んだのでしょうか」

「わからん。だが普通に考えれば、自ら時間稼ぎを買って出ているのは間違いあるまい」

「そこは同意見ですけど……それよりも、私には精霊が何を考えているのかが理解できない」

私の考えるヤロスラフ王の企みはこうだ。

星の使いに招集されたヤロスラフ三世。あの老王はなんらかの手段を用いて精霊と手を組み、世継ぎのジグムントに後事を託すと、彼を現実に帰した。素知らぬ顔で三国会談が始まると他国が呑めない条件を出し、自らは囮《おとり》となって時間稼ぎを行い、皇帝不在で政が麻痺《まひ》したオルレンドルへ攻め入る作戦だ。

こう考えるのは、唯一ヤロスラフ王だけが玉座を危ぶんでいる素振りを見せなかったためだ。昨今謀叛《むほん》を鎮めたばかりなのに、覚めない眠りに対して不満一つ漏らしていなかった。

不可解なのは、もし二カ国で戦争が勃発した場合、精霊はどこに利を見出せるのかという点。

自然と声に力が籠もり、人さし指の関節を唇に押しつける。

脳裏を過《よぎ》ったのはコンラート領での別れだ。

「たった数年足らずでファルクラム領まで狙ってくるなんて」

「腹立たしいか？」

「当たり前です。ラトリアのせいでオルレンドルが瓦解《がかい》していたかもしれないんですよ」

「私たちが眠っていようと、オルレンドルの体制は易々《やすやす》とは崩れない。その程度で崩れるような、やわな配下を持った覚えはないからな」

「わかってます、でも……」

「感情的にならなくてもよい。コンラートは取り戻すと約束したろう」

私の怒りと焦りを見抜いている彼に、八つ当たりのように腕を摑む手に力を込める。

帰るに帰れない状況が一種の諦めをもたらしているが、現実は厳しい状況に追い込まれているのを忘れていない。

私が眠りに落ちる前、オルレンドルは姿を見せない皇帝に不安を隠せなくなっていた。ファルクラム領への対処だって残したまま、皇帝と皇妃が覚めない眠りについているなんて、まったく笑えない。

それでも帰還の約束は取り付けたから、悩んでも仕方ないが、それで感情を制御できるなら苦労しない。

胸のつかえが取れない私に、ライナルトは帰り道の分岐路で足を止める。

「貴方の要望もあって、現実では外周の湖に船着き場を作っているところだが」

「それがどうかなさいました？」

オルレンドルには帝都グノーディアを囲む湖がある。

かなり広い湖だから船で遊ぶなりできるのに、数代前の皇帝によって遊覧船は一切禁じられている。防衛の観点でいえば制限は正解なのだけど、ライナルトは外周の都市拡大のため、資材の行き来に使えるからとこの制限を大幅に緩めたのだ。

私はおこぼれに与り、皇室用遊覧場の完成を待っている。

船は大きくなくていいし、ライナルトが漕《こ》いでくれるとの約束だ。

何を言い出すのかと思っていたら、彼は薄く微笑む。

「この作りものの世界にも湖はある。貴方がよいのであれば、私に船を漕ぐ予行練習をさせてもらいたいのだが、どうだろうか」

「……船、慣れてるんじゃないの？」

「小舟なら簡単とは聞いたことはあるが、実は乗ったことがない。そもそも私は陸育《りく》ちだ」

そんなお誘いを受けて断れるはずもない。

我ながら単純だけど、すっかり元気を取り戻して夫の腕を引っ張った。

「よく考えたら、二人だけで過ごせる時間も少なかったんですね」

せっかくだから楽しまねば損だ。

憂鬱《ゆううつ》を晴らすべく向かった船着き場は、意外にも人で賑《にぎ》わっていた。湖は流石に現実離れしていると言えようか、太陽の光を反射し煌めくだけではなく、季節外れの色とりどりの花が浮かんでいるから見応えがある。

船着場はクレナイ人で賑わうが、彼らが群がっているのは足元の安定した、しっかりとした造りの遊覧船だ。

私は自分の衣が入りきればいいし、ライナルトの手を借りて小舟に乗り込む。

「足元が揺れる！」

「無理に立つな、落ちてしまっては元も子もない」

故郷のファルクラム領にも湖はあるけど、船なんて私は幼い頃に乗ったきりだから慣れていない。ライナルトは初めての小舟のはずなんだけど、すぐに櫂《かい》を使いこなせるようになってしまった。

彼の漕ぐ船で、手首まで水面に浸して水の流れる感触を楽しむ。

他にも船に乗っている人はいるが、湖は広いので気にならない。機嫌を良くした私に、湖の中央で小舟を止めた彼が言った。

「楽しそうだな」

「この青く透き通った湖だけでも見応えがあるのに、あたり一面が花で埋め尽くされてるなんて、すごいと思わない？」

「確かに景色だけなら見応えはある」

私達の小舟は質素だった。

他の遊覧船の如く小さな宮殿のように豪華でも、磨き上げられた木材でも、手彫りの装飾が美しい模様を描いているわけでもない。いくらか使い古した、でもまだ充分使えるくらいの年季の入った、二人乗りがせいぜいの小さな船だ。

ここは思うとおりの物が出現する世界。

豪華で乗り心地が良い船にも作り変えられたはずでも、ライナルトが選んだ船はこれだ。彼の船に乗せてもらえるのが嬉しい気持ちは、イマイチ伝わらないらしい。

ただ私が「嬉しいから」ライナルトが喜んでいるのは少し寂しいけれど、それでも良い。

私は水を弾き飛ばしながら名も知らぬ桃色の花を掬《すく》い上げる。

「次はオルレンドルで船を楽しみましょうね」

「少し先になってしまうが……」

「いいの。わかってるから、約束だけしてください」

少し間を置いて交わされた言葉に、この憂鬱はすっかり晴れてしまったのだった。


船遊びを終えた私たちを出迎えたのはスタァだ。

館の正面玄関を開けた先で正座になり、肩まで縮み込ませた少年は、私たちを見るなり泣きながら頭を下げた。

「ごめんなさい」

私は慌てて剣を抜いたライナルトを止めた。

「謝っただけなのに、いくらなんでも斬り捨てようとするのは早計です！」

相手が人でないだけあって決断が早すぎる。

夫を押さえて前へ出ると、一見私が彼を庇っているように見えてしまう。スタァを守るため、ライナルトを睨み牽制《けんせい》するが、猛獣と対峙している心地だった。

「カレン、それは斬っても血は流れない」

「出血しなければよいというものでも、私へ配慮すればよいという問題でもないです！」

油断するとすぐ手っ取り早く済ませようとする！

ライナルトには待ったをかけるも、肩を落とすスタァがしくしくと泣き始めてしまう。この子とライナルトの相性が悪い原因の一つに、スタァの感情に素直な部分があった。

「ありがとうお妃さま。でも、へーかのお怒りもごもっともなの。僕は斬られてもおかしくないわ」

「スタァも落ち着いて、まずはなんで謝るのか理由を教えて！」

このままだと床から動いてくれそうにない。

スタァの肩を抱いて居間へ連れて行くと椅子へ座らせ、私もライナルトの腕を摑みながら腰を下ろした。果たしてまだ押さえる必要はあるのか、答えはスタァからもたらされる。

「あのね、僕、星の使いを通して、みんながこれから現実に帰るって聞いたの」

「ええ、そうよ。でもそれがどうして、ライナルトが怒っても仕方ないなんて話になるの？」

「……お妃さまだけは、すぐには戻れないの」

「ライナルトは落ち着いて。話が進まない！」

彼の腕に力が籠もり、思いっきり押さえつける。

結婚後のライナルトは色々とわかりやすくなったが、同時にわかりやすいときほど怒りを解くのが難しい。加えて相手は精霊の、しかも使用人的位置づけの子だけあって容赦がない。

私は泣き続けるスタァに優しく声をかける。

「スタァ。どうして私だけがすぐには戻れないのかしら。怒らないから理由を教えてもらえない？」

「あの、その……」

いざ話すとなると気まずいのか、言いにくそうにしていると、ライナルトが靴底で床を叩く。

びくん、と肩を痙攣させたスタァが叫んだ。

「お妃さまは星の使いが呼んだのではないの！」

「……はい？」

「星の使いじゃなくて、僕がお妃さまを呼んだの。だから帰してあげたくても、僕、とても弱いからすぐには帰してあげられない、ごめんなさい！」

「……ライナルト、だめ！」

手を振りほどかれそうだったので、走ってスタァを抱え込む。少年と言っても体格や容姿はかなり幼いので、もっと年下と錯覚してしまいそうだ。

一周回ってライナルトは冷静になったのか、力に訴えるのを止めてくれたが——両腕と足を組んで、たまらず萎縮《いしゅく》してしまう威圧感を放っている。

質問を間違えたら引き剝《は》がしてでもスタァを斬り伏せるかもしれない、私は冷静に問いかけた。

「スタァ。さっきの言葉は本当なの？」

「間違いないわ。彼が喚んだのはへーかだけで、お妃さまを喚ぼうとは欠片《かけら》も考えてなかったの」

「それがどうして私を喚ぶことに？　こう言ってはなんだけど、私とあなたは知り合いではなかったわよね」

「うん。僕とお妃さまは初対面よ」

「いまその話をして、星の使い様に聞かれたりはしない？」

「彼は盗み聞きなんて、はしたないことはしないの。仮に聞かれてたとしても、僕でもあなたたちのお話を誤魔化すくらいはできるんだ。これまでもそうしてきたの」

これはライナルトも知らなかったらしく、スタァはかなり気を遣ってくれていたらしかった。

「……スタァって、実はけっこうすごい精霊だったりする？」

「ち、違うの。腐《くさ》った葡萄みたいって言われる僕だけど、これでも星の使いの半分だから……」

「それって宵闇の半分が白夜だったみたいに、あなたが彼の半身ってこと？」

宵闇の名を出した途端、スタァはぶるりと身を震わせた。

「宵闇は……僕たちに最後の眠りを与えてくれる子ね。僕が白夜さまの半分みたいな大きな存在なんて、おこがましいくらいだけど……うん、そう。僕と星の使いは一緒に生まれたの」

「そ、そうなんだ」

「………でも、僕は端切《はぎ》れなので、半分ほどの力もありません」

半身となればてっきり力関係も一緒かと思ったけど、違うらしい。

自信に満ちあふれた星の使いと、俯きがちで弱気なスタァ。言われてみれば二人の容姿はどこか似通っている。

気落ちした少年にライナルトは容赦ない。

「お前の感情や生《お》い立《た》ちに興味はない。本物の屑になりたくなくば説明責任を果たせ」

ライナルトは圧が強いし口も悪い。

咎めようとしたら、これでなぜかスタァは気を持ち直した。

「僕はね、みんなみたいに凄いことはできないけど、星の使いの半身だから、ちょっとだけなら彼に干渉できるの」

「だから私を招集できたのはわかるのだけど……」

「その、ヨーの人とのお話で、へーかはお妃さまが大好きだって言ってたのを聞いて……」

「盗み聞きか」

ライナルトはお怒りだけど、私はちょっと許しちゃう。

萎縮したスタァは私に隠れながら続けた。

「へーかはお妃さまに会いたいはずだから、星の使いに気付かれないよう、ちょっとずつ干渉したの。

だから時間はかかったけど……」

「つまり、ライナルトのため？」

「……はい」

しゅん、と肩を落とすスタァ。

「その、ね。はじめは星の使いが、へーかに意地悪して、お妃さまを喚ばないだけと思ったの。だって他のみんなが会いたい人を呼んであげてるのに、お妃さまだけは呼んであげてないから」

「だからスタァが叶えてくれようとした？」

「うん……こっそりこっそりやったから、星の使いも気付かなかったの」

……まさか私の存在が予想外だったから、星の使いは私と話したがらなかったのかしら。それにもしかしたら、星の使いは私が自力で精霊郷に干渉したとも思っていそう。

新たな事実が判明する中で、スタァはさめざめと泣き続ける。

「でもね、成功したら、竜とか、怖い気配がたくさんした。星の使いがお妃さまを喚ぶのを渋った理由がわかったの」

「……私を喚ぶまでその怖い気配の正体はわからなかったの？」

「星の使いはわかってたみたいだけど、僕はそういうの疎くて……」

ライナルトは迷惑そうな表情を崩さない。そんな露骨にしなくても……と思うけど、これで私が時間差で、精霊郷で目を覚ました理由がはっきりした。

ぐずぐずと鼻を鳴らす少年にライナルトが言及する。

「私が望んだからとお前は言うが、私はひとつも頼んでいない」

「……はい、そうです」

「なぜ頼んでもいないのに勝手に行動した」

「そ、それは、半身が、僕に頼むって言ったから」

ライナルト式の問答だと、その返事は回答にならない。

案の定、彼は眉をつり上げてしまった。

「具体的に言え」

「半身が僕と目を合わせてくれたのは百年ぶりなの。久しぶりに外に連れて行ってくれるっていうのが嬉しくて……」

「話にならん」

「え、ええと、星の使いに、オルレンドルの世話を頼むって言われたのが嬉しかったの。だから、お世話を頑張りたくて、へーかに喜んでもらいたかったの！」

「つまり半身の期待に応えようと分不相応《ぶんふそうおう》に張り切った結果、私の願いを勝手に導き出し、半身に干渉してカレンを喚び出した。これで相違ないか」

「は、はい。へーかも喜んでいたし……」

「だからなんだ。私は迷惑を被っている」

「ライナルト、流石に言い過ぎです」

容赦なさすぎる。

スタァはズバリと言われてしまったせいか、さらに大粒の涙を零す。それは胸が痛くなる姿なのだが、子供が泣く程度でライナルトは心を動かさない。

それどころかあからさまに嫌悪感を滲ませた。

「幼い見目《みめ》は人間の同情心を煽るのに打ってつけだ。カレン、貴方はこれが私たちの何倍も生きている生物だと忘れてはいないか」

「辛辣にしてよい理由にはなりません」

「理由にはならなくとも、私は言えるだけの立場だ」

さらにこの状況を不満と言わんばかりに睨《ね》めつけた。

「それと貴方は少しばかり人でないものに寄り添いすぎだ」

嫌悪感が重なっているので私の前だと隠しがちな語気が強い。

「お怒りはごもっともですが、ここで争うことではないでしょ！」

ライナルトを牽制してスタァに目線を合わせた。

「ねえ、スタァが星の使い様の半身というなら、彼とヤロスラフ王がどんな話をしていたのか知らない？」

踏み込んだ質問をしたのは我ながらうかつだったが、心配は杞憂だった。

疑うことを知らないスタァは素直に答える。

「ラトリアの王様は半身が直接お世話しているから、僕は教えてもらえないの」

「それって本当？」

「うん、他のお世話役の子と話そうと思ったけど、いる感じがしないし、半身がよく話してるから、間違いないわ」

彼《か》の国だけ特別扱いときて、ライナルトが声を上げる。

「三国の扱いは平等のはずだが、やはりラトリアだけ別格か」

「へーか、違うの。きっと何かワケが……」

誤解を解くため私が口を開いた。

「スタァ。この人はラトリアを疑っているだけであって、あなたに怒ってるわけではないの」

「星の使いの件では怒るほど期待していない」

「あなた？」

だからそう苛めないでってば！

スタァのような精霊もいるが、そちらは星の使いの指示のもとで動く子たちばかり。彼らは星の使いの指示は聞くけれども、スタァとは仲が良くないし喋らない、と寂しそうに言われてしまった。ほぼ蚊帳《かや》の外状態らしい。

「僕は弱っちくて……駄目な精霊だから」

「せ、精霊同士なんだし、もっと協調性を持ってもよいのではない？」

「仕方ないの。だって、なんで僕が半身の半分なのか、みんな疑問に思ってるくらいだから」

ひょっとして、スタァは私たちが考える以上に周囲から邪険《じゃけん》に扱われていたのかもしれない。

星の使いに黙って行った行動も半ば暴走のようなものだし、だから努力が空回りしていたのも頷けるけど……。

でも、元をたどれば星の使いがスタァを無下《むげ》に扱っているのが原因なのでは？

私は純精霊を白夜と宵闇しか知らないし、精霊の半身同士はもっと仲睦《なかむつ》まじいものと考えていた。

話を聞き終えると、ライナルトの目線がスタァへ移った。

「お前の事情は理解した。では、それが何故、カレンだけ目覚めが遅れる理由になる」

「彼に気付かれないように喚んだから、ここにいるお妃さまは正式な招待じゃないの。ちょっと仕組みが複雑だから、また僕が戻してあげないといけなくて……」

「お前が不可能であれば、星の使い自身に戻させればよかろう」

スタァの表情が歪《ゆが》む。

「それは……」

「まさかできないと？」

「はい。だって、僕、役立たずなのに、また失望されてしまう」

「お前が頭を下げれば解決する問題に、何故私達が付き合わされねばならん。大体その頼みは、お前の隠蔽《いんぺい》に黙って頷いてくれと言っているも同然だろう」

これはスタァの心にぐっさり刺さったらしい。

言い返せもせず、涙も止まって声をなくしてしまっている。

けれど頼みの内容はとにかく、この子の性分は素直だ。ライナルトの言葉は伝わったのか、小さく「はい」と呟いた。

「……迷惑かけてごめんなさい。彼には僕から謝って、ふたり一緒に戻れるようにするね」

去ろうとするスタァの手を私が摑み引き留めた。

「ねぇ、私の戻りが遅れるって、具体的にどのくらいの時間差が出てしまうのかしら」

「……カレン！」

悪い予感を覚えたライナルトが腰を浮かす。

本当は、スタァの頼みには頷いてはいけないのかもしれない。

スタァの言動から窺える半身との関係に憐れみは覚えるが、同意してしまうと家族やオルレンドルに迷惑がかかる。なのでここまでの経緯はどうあれ、少年には素直に星の使いに私を帰すよう話してもらうべきなのだけど、ここで私は思いついてしまった。

そう、悪い大人のひらめきであり、私はいま、とても悪い大人になろうとしている。

夫は不快そうに探る視線を寄越すも、私はスタァの髪を撫でて涙を拭い、対する少年は必死に指を折って計算していた。

「ええと、時間、時間は……」

「焦らないで」

「でも、上手く計算できなくて、えっと」

打算があっての行動だが、泣き止んでほしいのも本当だ。

ライナルトはスタァを毛嫌いしているけど、私はこの子を嫌いになれない。

星の使いの頼みもあるけれど、ここで快適に過ごせるよう計らってくれているのはスタァだ。スタァはすぐに答えを出せない自分にもどかしさを覚えるのか、焦りを隠せない。

「ごめんね、ごめんなさい。すぐに計算するから……」

「スタァ、私はこちらに喚んでくれたことを嫌だったとは思わないの。だから怒ってないし、慌てなくてもいいのよ。ちょっとくらい目覚める時間が遅れても構わないのよ」

ライナルトの眉間《みけん》の皺が深くなるが、でも事実だ。

現実側で皆に必要とされているのは皇帝陛下の方。皇妃がいらないとは言わないが、私の不在くらい、彼は上手に取り繕ってくれる。

——だから、重要なのは私の帰還じゃないし、知りたいのは別のこと。

私が怒ってないと知ると、スタァは目に見えて安心し、ライナルトからは隠れるようにそっと教えてくれる。

「さんじゅうにち、くらい」

「あら、思ったより早い」

「そうなの？」

「私がこちらにくるには、もっと時間がかかったから、それに比べたらね」

「それは僕もこんなことするの初めてで、手探りでやってたからなの。いまはちょっとだけコツが摑めたし、集中してがんばるから、そのくらい……」

スタァは初めて会った頃のヴェンデルよりも幼い見た目だ。ゆるいくせっ毛をつまみ、毛先で頰を掻きながら尋ねた。

「待ってる間、私はどんな感じになる？」

「僕が隠すわ。起きていてもいいけど退屈だろうし、眠っててもらう方が良いと思うの。そうしたら次に起きたときには、現実でちゃんと目覚めてる」

この世界の仕組みが気になるけど、そこは大した問題じゃない。内緒話を続けた。

「私はね、あなたがやったことを隠すことについて協力してもいいと思ってる」

「……いいの？」

「ええ、向こう側で頑張りすぎてしまったから、少し休んでもいいかしらって気分」

ちらりと見た夫は機嫌が悪いが、一緒に目覚めたところで、溜まった仕事に追われるのは目に見えている。それこそ個人的な時間がなくなってしまうくらいには忙しいはずで……だったら、私は落ち着くまでサボらせてもらおうかしら、という考えが頭を過《よぎ》るのだ。

そのくらい皇帝代行は大変だったし、二人きりの時間はここで幾ばくか取り戻せたのだから、少しは満足だ。

私はスタァと目を合わせながら首を傾げる。

「だけどその前に、ちょっとだけお願いというか、確かめたいことがあるの」

「……どんなお願い？」

「私を本当の精霊郷に連れて行ってもらうことはできないかしら」

我ながらトンデモな提案をしたとは思っている。その証拠にびっくり、と言わんばかりにスタァは目を見開き、何度も口を開閉させた。

「あ、あ、ほ、本当の精霊郷って……その、ここは……！」

「隠さなくていいの。私はもうここが精霊郷じゃないって気付いているから」

私は表向きだけ、申し訳ないと言わんばかりに目を伏せた。

「精霊達を疑いたいわけではないのだけど、これまで隠されてしまった事実を踏まえると、私たちはどうしてもあなたの半身を信じきれないところがある」

「そんな！　僕たちは信じてもらえてないの？」

「信じたいとは思ってるの」

嘘は言っていない。できるものなら精霊と敵対なんかしたくない。

「でも、私たちはなにもかも隠された状態で話を進められている。そう思わない？」

「それは……僕も、同じことは思ったけど」

「私はね、あなたの半身を信じたい。争いたくないから、ちょっとだけ精霊郷を見せてほしいの」

この言葉にスタァは揺らいだ。

「信じるために……？」

「それとも人を連れて行ってはいけない法でも精霊郷にはあるの？」

スタァは端的に言って、すごく騙されやすい子だ。対話の経験が滅多になかったのかもしれないし、純朴《じゅんぼく》な子供を騙している気分になる。

いえ、実際詭弁《きべん》を弄《ろう》しているのだけれど……。

「僕たちは勝手に人の世界に行ってはいけないとは言われてたけど、逆は知らない……というより、そんなのは聞いたこともない」

「難しいのね」

「だって、見つかっちゃったらお妃さまがどうなっちゃうか、わからないし……」

「見つかっちゃったら、か。なら連れて行くだけは可能なのね？」

「それは……こ、『心』だけだから、生身より簡単だと思う」

流石に簡単に受け入れられないのか、良い返事を得られない。しかしスタァにとって、星の使いが信用されないのは認めがたい葛藤もあるらしい。

「お妃さま、半身を信じてはもらえない？」

「残念だけど、できないの。ごめんなさいね」

「僕はへーかやお妃さま達が好き。それでもだめ？」

「私もあなたが好ましいと思ってる。だから個人的には信用したいけど、それを国を率いる人の答えとしてはならないの」

「人の世界は難しいのね。そういえば、半身も個人と率いる者としての考えは分けなきゃって言ってた気がする」

困り果てるスタァは、かなりの時間を思考に費やした。

安易にできると言わないだけ、この子は誠実だ。

次第に頭を抱えるようにしゃがみ込み、私に尋ねる。

「あなたは精霊郷で何を知りたいの？」

「知りたいというより、会いたい精霊がいるという方が正しいかしら」

「……だれ？」

「白夜」

ぱちりとスタァは目を開く。

唇は「ああ」と小さく呟きを漏らした。

「お外を見て回りたい、ってお願いだったらみんなを誤魔化せないけど、白夜さまだけだったらできるかも」

「本当？」

「ちょっと『門』を潜って精霊郷に行けばよいだけだし……白夜さまなら黙っててくれるはず」

「私が帰れなくなる事態には陥らない？」

「それはない、と思う。白夜さまはお優しくて人が好きだし、どんな精霊にも耳を傾けてくれる御方だもの。それはいまも変わってないって聞くの」

「うんうん、なら決定かしら。私たちがあなたの今回の行動を見逃す代わりに、私を精霊郷へ……」

顔を綻ばせる私をライナルトが呼び止める。

彼は私の意図を探るために黙っていてくれたが、実行を容認してくれるかは別だ。

私はライナルトの右頬を押しに行き、にっこり笑顔で言い切った。

「ただ帰りが遅くなるだけじゃないですか。ちょっと寝坊しますから、あなたはお仕事しながら、私が休める環境を作って待っててくださいな」

「容認できない」

「容認できなくとも必要です」

腰に手を回される。

私達は至近距離で、譲れないものを守るために見つめ合った。

口火を切ったのはライナルトだ。

「どうしてそう無茶をしたがる。必ず無事に戻れる保証はないというのに、貴方が精霊郷に行く必要はない」

「でも人間で白夜を知っているのは私だけですし、確かめるのは大事なことです」

「私は貴方の方が大事だ」

「だったらなおさら許して。あなたが大事にしてくれる私は、あなたの隣に在るためにオルレンドルの民を大事にしたいの」

正直言って、この口論は不毛なやりとりだ。

なぜってライナルトなら絶対に、夫のために働きたい私の意見を通してくれるとわかっているし、もしかしたら彼自身もわかっていて止めているのかもしれない。

その証拠に、ほら、すごく嫌々ながらも渋面《じゅうめん》を作る。

「……貴方は本当に私の思い通りに生きてくれないな」

「でも、そのくらいがあなたには丁度いいでしょ？」

問いの返答はこめかみへの口付けで返される。

我ながら波瀾万丈《はらんばんじょう》な皇妃生活だ。


目覚めたとき、時間がゆっくりと流れているかのような感覚があった。

知らぬ間《ま》に平坦な地面の上に立っていた。

あたりは薄暗く、けれど澄み通った水の中にいる不思議な視界。目の前ではゆらゆらと小さな魚が動いては岩の間から出たり隠れたりしている。

遥《はる》か頭上にあるのは水面だろうか。

そこから射し込む微《かす》かな光が、揺らめく波紋《はもん》を作り出し、水底《みなぞこ》の岩や植物に幻想的な模様を描き、冷たくも穏やかな世界が広がっていた。

まるで転生前に経験した水族館のような場所で、私の顔をのぞき込むのは浮かぶ少年だ。

「起きた？」

「スタァ？　ここは、一体……」

「精霊郷よ。僕たちは湖の底にいるの」

「じゃあ無事に成功したのね」

「ええ、お妃さまが眠った後に、僕が隠して連れてきたわ」

「よかった。あ、ならライナルトは向こうに帰れたのよね」

あれからしばらく後、私はライナルトに見守られながら眠りについたから、どうなったかを知らない。彼は無事現実世界に帰ったのかを問いかけると、スタァは身震いした。

「お、お妃さまになにかあったら容赦しないって言ってたけど……無事、帰ったと思う」

「……なんか、ごめんね」

眠る前にも、スタァを苛めないでってあれほど言ったのに……。

深い眠りから唐突に目覚めた感じだから、重い頭を振って眠気を追いやる。改めて目の前で魚が泳ぐ姿には驚きを禁じ得ない。

水中で呼吸をできているのも不思議だが、よく考えたら本当の肉体は現実側で眠っているのだから、呼吸もなにもない。

「隠れたといっても、スタァはどうやって星の使いを誤魔化したの？」

「……半身は、僕のことは気にしてないの。勝手に帰らないで大人しくしてろって言われてたけど、僕の動向までは気にしてないから」

寂しそうに呟くが、すぐに笑顔で隠して私の手を引いた。

「行こう。白夜さまはこの先にいるわ……お妃さま、どうしたの？」

「あ、ううん。順調だなって思ったから」

「順調だと、なにか問題があったの？」

「なんでもないの。それより、白夜の住まいはこんな水底なの？」

もしかしたら一筋縄では行かないと思っていたから、簡単に事が運んで驚いた。悪いことじゃないのに、これまでの運の悪さから、もう一段階何かあると思っていたし……。

私の懸念を吹き飛ばすように、スタァは自慢げに胸を反らしている。

「僕も水中とは思わなかったけど、白夜さまが住まいを変えず、ずっと生まれ故郷にいるのは有名な話なの。運も良かったし、すぐにたどり着けたわ」

「白夜に会うのに運が必要なの？」

一歩踏み出すと、砂がゆっくりと水中に浮き上がる。

「水の中にも仲間がいるから、お妃さまが見つからないためにも、できるだけ静かにする必要があったの。誰もいなかったから簡単だったわ」

簡単に事が進んだのは助かるけど、他の精霊がいないのは気に掛かる。

スタァも眉を寄せながら周囲を見渡していた。

「でも、ここまで誰もいないのは……」

「私には違いがよくわからないけど、そんなにおかしいの？」

「静かすぎるの。普通ならどこにいたって声が聞こえてくるはずなのに……」

「誰か喋ってるとか？」

「ううん……声と言うよりは、命のきらめきみたいな……ひとには感じ取りにくいかもしれない」

精霊には同胞の気配が感じ取れるので感覚的な話を伝えてくれるが、いつかのフィーネと同じく、人の言葉にたとえるのは難しいために言葉はたどたどしい。それでも一生懸命説明する姿はどこか楽しそうで、だからこそ少し不思議だ。

「スタァは話すのが好きなのね」

「……僕が？」

自分でも気付いていなかったらしく、ひどく驚かれた。

この子は半身に頼まれた理由以外でも、怖がりながら人に話しかけてきている。応えれば嬉しそうに寄ってくるし、つたないなりに歩み寄ろうとしていた。邪険に扱ってくるライナルトに食い下がっていたのも、半身への献身以外に、交流を楽しんでいたのではないかと思うのだ。

そんなことをつらつらと喋っていると、スタァは恥ずかしそうに俯いた。

「仲間ともあんまりお喋りしたことないから、お話しできたのが嬉しかったのかもしれない」

「……あなたのことを聞いても大丈夫？」

「隠すほどでもないの。僕は、半身以外にはほとんど会ったことないわ。普段はひとりだけで、深い深い森の奥にある、泉の底で眠ってるだけなの」

それはこの子の生い立ちだ。

スタァは『大撤収』の頃には生まれていた精霊だ。私にしてみたらかなり年上だが、幼い見た目同様に、精霊郷ではかなり若く分類される。

試しに『大撤収』当時の話を知っているか尋ねたら、幼すぎて知らなかったと言われた。

「眠ってなきゃいけなかったのは、たとえば人間みたいに成長が関係しているとか」

「ううん、半身の邪魔になりたくなかったから、自分でそうしたの」

スタァと星の使いは、元々強い精霊じゃなかったらしい。それどころかかなり弱い部類で、下から数えた方が早かった。星の使いはとにかく上昇志向が強い精霊で、弱い己が嫌いだったらしい。スタァはそんな彼について、こう漏らしている。

「半身は、お日様を浴びながら生きるだけでは自分を許せなかったの。精霊がもっとよくあるために、導く必要があるんだって言ってた」

「だからってスタァが眠らなきゃならない理由がよくわからないのだけど……」

「僕はのろまだし、弱いわ。隠れるくらいしか取り得もないし、一緒にいても、いつも笑いものになっちゃう。半身にも、僕が隣にいたら恥ずかしいから眠った方がいいって言われちゃった」

「……彼の言い分は、私はちょっと理解できないかも」

「誤解しないで。彼は僕のことが大事だから言ってくれてるの」

スタァは半身を好いているから黙るけど、聞けば聞くほど二人の関係に疑問が生じる。しかも「眠るのは嫌いじゃない」と付け足すのに、寂しそうな微笑を零すのだ。

「半身は僕に心を閉ざすけど、時々起こしに来てくれるの。会話がなくても外の景色を見せてくれるし、起きたときは森の動物が傍にいてくれる。寂しくはないわ」

他にもあの疑似空間に連れ出されるまで眠って過ごしていたこと、そのため活動時間は、実年齢の半分にも満たないと教えてくれる。

……もしかして、それが二人の成長に差がある理由だろうか。

さらにスタァはぐっと手の平を握り込み熱弁した。

「彼は、小さな小さな欠片から議会の一員に選ばれるまでのぼりつめたすごい精霊よ。だから人界と精霊郷の狭間《はざま》に人の心を集めることもできたんだから」

「そうね、あなたの半身がすごい精霊っていうのは、私も異論はない」

「今回のお役目だって、半身なりにみんなのことを考えてるはずなの」

スタァがこうまで言っているので、スタァの『星屑』なんて呼び方を放置している現状はいただけなくとも、悪い精霊ではないと思いたい。

とはいえ私は彼に喧嘩を売るような形になってしまったし、向こうも良い気はしていないだろうから、次に会うとき、友好的な態度で接することができるかは不明だ。

スタァにとっての身内は星の使いだけで、接触していた仲間も多くない。

そんな生い立ちで「必要だ」と言われて連れ出されたのなら、必要以上に意気込むし、失態を隠したいとも思うだろう。

スタァの生い立ちにかつてのフィーネ――宵闇を想起したせいで、少し気分が悪い。

「……気を悪くしないでね。半身を持つ精霊って、大体片方と距離を取っている印象なのだけど、皆そんな感じなの？」

「ううん。ふつうは一緒にいるのが当たり前」

「あと精霊って必ず半身……人で言う双子で生まれるの？」

「対《つい》を成す精霊は多くないわ。生まれる場合は、必ずそれぞれに役割があるの。僕たちもそうよ」

「だとしたらスタァにも役目があるのよね。ふたりの役割はなんなの？」

役割とは、白夜と宵闇が生と死を司るようなものだ。

しかし尋ねても、スタァは顔を赤らめて進む速度を早めるばかりで教えようとはしない。私は引っ張られて歩を進めると、少年はある場所を指差した。

「白夜さまはあそこよ、力の流れを感じるわ」

目をこらせば、蔦《つた》で格子《こうし》状に覆われた球体を遠くに見つけた。

光を放つ球体の中には少女の影が認められる。水にうねる長い髪やドレスの裾は、近寄るごとに姿を鮮明にし、私の知る白夜の姿を作り出した。けれど私も、そしてスタァも距離を詰めるたびに足の動きが鈍る。

蔦の檻《おり》に到着すると疑問が戸惑いに変わり、スタァの小さな唇から呟きが漏れた。

「び、白夜さま、どうして？」

私は蔦を摑むと内部に目を凝らす。

「白夜……白夜！」

叫んだのは彼女の姿が異常だったせいだ。

目を瞑る少女は眠っているというより、囚われているという表現に近い。蔦は彼女の手足に絡みつき、強固に彼女を拘束している。

よりによって拘束具が蔦なんて、私にとって最悪の組み合わせだ――！

呼びかけが功《こう》を奏したのか、白夜は明らかに衰弱した様子でも、うっすら瞼を持ち上げた。

彼女ははじめ、私たちをうまく認識できなかった。

まるで童女のように、唯一自由な首を少しだけ傾け、口からごぼりと気泡を吐き出す。

「星の……」

はじめにスタァを認識し、次になぜか私を知っている様子で言った。

「汝《なれ》は、海から帰還した娘、か？」

「私を知ってるの？」

「宵闇を解放した娘を、我が知らぬはずが――」

続きを喋ろうとしたところで、唐突に俯き、苦しそうに咳き込んでしまう。その姿は、まるで重い病に侵された病人が、唐突に動かされて苦しむようだ。動きたくても蔦が邪魔して、私は黙っていられない。彼女の痛々しい姿に蔦を剝がそうとするも、強度があって上手くいかなかった。

絶対に眠りについているなんて姿じゃない。

「ぼ、僕も手伝うわ。なんで白夜さまがこんなことになってるの」

スタァも手を貸そうとしたら、白夜が身じろぎする。

「やめよ、精霊はそれに触れてはならぬ」

忠告は間に合わず、少年の指が蔦に触れた瞬間に高い悲鳴が響く。

「ひっ……え、なに、なんなのこれは」

私が触ってもなんともなかったのに、スタァが触れた瞬間に蔦が活性化した。球体の内部で光と同等のものを放ち、白夜の厳しい声が飛ぶ。

「離れよ、星の子。それに触れては力を吸われる」

「吸わ……？」

「ここはそういう繭《まゆ》になっている。ともあれ早く下がれ」

「スタァ、私の後ろに下がって」

足が竦《すく》んで動けないスタァを私が下がらせれば、白夜も安堵し力を抜く。

「それで良い……これは精霊にとって毒だ」

「触らせないから安心して。それより、あなたは私を知っているの？」

「神々の海より帰還した航海者だろう。それに宵闇を連れ帰った……」

精霊郷にいる白夜が、私にまで気遣う眼差しを送るのは不思議だ。

彼女は苦痛を堪《こら》える面持ちで、私たちにここから離れるよう忠告した。

「なぜ人が精霊郷にいるのか、その是非は問わないでおく。安全のためにも、疾《と》くこの場を離れよ」

「いいえ、その前にあなたをここから離さないと」

「我を気遣うな」

呼吸するのも苦しそうなのに、彼女を置いて去れという。

スタァも焦った様子で言い募る。

「白夜さま、すぐに助けるわ」

泣き出しそうな少年の姿に、白夜も悲痛な表情を浮かべながらスタァを憐れんだ。

「そうか……汝の半身はなにも語らなかったか」

「え……?」

「その方が良い。時には知らぬ方が幸せな場合もあるのだから」

「待って、白夜さまは何を知っているの」

白夜の言葉は最後まで聞けなかった。

突如私たちの足元が崩れ、均衡が取れなくなってしまったのだ。私は倒れるスタァを支えたが、そのため白夜から視線が逸れてしまう。

砂地の地面が、私を中心に揺れて波を描いている。

白夜、と彼女を呼んでも悲痛なスタァの叫びが耳を打つ方が先だった。

「どうしよう、どうしよう、見つかっちゃった!」

「落ち着いて。誰に――」

スタァをなだめる間に、地面にぽっかり穴が開いて空洞《くうどう》が生まれてしまった。地面がえぐれてしまえば落下するのは必然で、私たちは諸共《もろとも》暗闇の中に放り出される。

球体からこちらを心配そうに見下ろす白夜が――。

「びゃく……」

手を伸ばしても間に合わない!

中はまるで黒い海のようだったが、息苦しさを覚えたのは一瞬だけだ。

気が付けば私はどこかにしゃがみ座り、ぐらぐらする頭を片手で支えている。

視界は定まらず、耳鳴りが酷いし、うまく力が入らず立つこともままならない。時間をおいて五感を取り戻すと、真っ先に回復したのは聴力だ。

スタァが誰かに怒っている。

「だめ、絶対、それだけはだめ!」

「お前は……」

「お妃さまを連れて行くって決めたのは僕。だから僕の責任であって、規則を破ったなんてお妃さまに怒るのは違うでしょう」

怒りながら私を庇うため盾《たて》になっている。

恐怖を隠しきれていないのに、頑張って勇気を振《ふ》り絞《しぼ》っている相手は星の使いだ。スタァの半身たる彼は痛ましいものを見る様相で、私が視力を取り戻したと気付くなり、はっきりと苛立ちを露わにした。

彼は一人ではなく、彼に付き従う精霊と共に私たちを囲んでおり、その中には、いつか見かけた二人組もいる。

ひとりは黎明の関係者と思われる、異国情緒溢れる青髪の人。彫刻じみた肉体に刺青《いれずみ》を彫っており、顎に手を当てながら難しい表情をしている。

もう一人の深紅の髪色を持つ人は、腰に光沢のある使い込まれた両刃斧《りょうじんおの》を下げている。服装の特徴はサミュエルから聞いたラトリア人のものだ。

スタァと星の使いが争いを続ける。

「叱るのなら僕に言って。お、お妃さまにだまされたって僕の半分は言うけど、そんなことはないんだから」

「馬鹿なことを。世間を知らぬ其方が欺《あざむ》かれたのは明白だ」

「違う！　僕だって考えるくらいはするの！」

彼らの諍《いさか》いの原因は私にある。

説明なりしてスタァを助けなければならないが、この時の私が気を取られたのは青髪の人だ。

つい場を忘れて訊いていた。

「あなた、もしかして黎明の関係者？」

その人は落ち着いた物腰が年嵩を思わせたけど、目を見開く姿はかなり若い。

精霊は見た目通りの年齢であった試しはないが、彼は黎明より年下なのかもしれず、極力私を無視しようとしていた態度は軟化《なんか》した。

「やはり、ぬしは……」

せっかくの対話の機会に、水を差したのは星の使いだ。

青髪の人に対し「青の」と鋭く割り込む。

「どうかその娘と言葉を交わすのは自重してもらいたい」

「しかしだな、星の」

「此方との約束を忘れたか。自重してほしいと申し上げている」

星の使いは相手を厳しく言い含める。

「これは其方達のためでもあるのだ」

青の、と呼ばれた彼が渋々ながらも引き下がることから、力関係は星の使いが上らしい。スタァの半身は重苦しい息を吐いた。

「皇妃を警戒しなかったのは此方の不徳とするところか。神々の海を航海された人ならば、我らの決まりを無視する不躾者であるのは想像に難《かた》くなかったというのに」

「……不躾者とは心外ですね」

「違うのか?」

睨み合いに発展する寸前に、スタァの叫びが木霊《こだま》する。

「お妃さまに酷いことを言うのはやめて。僕の半分は、どうして僕の話を聞いてくれないの！」

激昂したスタァだったが、まともに相手にされる様子はない。少年が怒れば怒るだけ、星の使いの、私への嫌悪感が募るようだ。

「此方の半身は世間知らずとはいえ馬鹿ではなかったというのに、随分言葉巧みに欺かれた」

「違うわ。僕に親切にしてくれた人に、そんな悲しいことを言わないで」

「黙れ星屑よ。この深刻な状況すら理解できぬ愚かものは眠れ」

星の使いが手をかざすなり、スタァは意識を失った。

糸が切れた操り人形のようにふらりと倒れると、私の手は届かず、細い身体は星の使いに奪われてしまう。

「その子をどうするおつもりですか」

「これは此方の半身である。人に答える必要はない」

「私は単にその子の身を案じているのです」

「どの口が……」

「この口が言っております。それほど私の言葉が信用なりませんか」

「詐欺師《さぎし》に傾ける耳はない」

計画を実行した時点で覚悟していたとはいえ、やはり彼の心証は悪化の一途をたどったと窺える。

私は地面を摑むように拳を作った。

「あなたがたは私どもに説明する義務があるのではないですか」

「戯《ざ》れ言《ごと》を言う。そんなものはない」

「白夜の状態を見れば普通ではないのは明らかです。あれで何もなかったと言われて、誰が納得できるのですか。たとえばあなたが議会を乗っ取ったと疑われないとでも？」

私の言葉は星の使いを刺激した。

殺意が乗った眼差しに貫かれたが、私は強気を崩さない。

「疑われたのは心外ですか？　しかし、それが人の世というものです」

「勝手に乗り込み、我らの事情に首を突っ込んでおいて疑われてはたまらぬな」

「それ以前に秘密を抱え、オルレンドルに不利益をもたらしたのはあなたでしょう。それともヤロスラフ王との企みを話してくれるのですか」

「彼の王とは、かような企みなど示し合わせてはおらぬ」

お互いに言い分があるから、この話は平行線をたどるだけだ。

少なくとも簡単に解決はできないし、引き下がれないと続けた。

「いまの精霊郷がどうなっているのかを明らかにしてもらわねばなりません。なぜ、あなた方を率いる立場だった彼女が囚われているのですか」

「勝手に精霊郷に踏み入っただけでは飽き足らず、無粋な質問をする。人が口を挟んで済まされる問題ではない」

「いち精霊が閉じ込められているだけならば、その是非まで問う資格はないでしょう。けれどあなた方は、人間に、精霊郷に住まうすべての生き物の移住を訴えられているのです」

「それがどうした」

「すでに問いました。なぜ故郷を捨てるのか、人間に対する説明が不足しています」

もはや個人じゃなくて種族の問題。

私も皇妃というより、いち人間として問うている。

彼らにも事情があるのかもしれないが、あの白夜は放っておけない。訴えを続けた。

「それに……私は宵闇の現保護者です。白夜と無関係ではありません」

星の使いの意図に迫るべく咎めると、彼は忌々しそうに顔を逸らし、物騒な言葉を吐いた。

「あの皇帝とはしばらく穏便にやりたかったが、もはや其方は邪魔だ」

その声には背筋が寒くなる、いやな薄ら寒さがあった。

控えの精霊も彼の苛立ちを感じ取ったのか、止めに入ろうとする。

「お待ちを、星の使い。いまオルレンドルを刺激するのは良くありません。忘れてはいけません、この娘の背後には宵闇が――」

「黙れ」

声にした途端、見えないなにかに上から押しつぶされそうになった。

「あ、ぐ……」

両手で身体を支えようとして失敗し、重力に耐えきれない首が地面に落ちる。額が地面にぶつかった瞬間に目に火花が飛び散った。

「なりません、星の使いよ！」

「此方に指示するな！」

星の使いの怒りは増し、さらに重みが身体に加わる。

身体の内側から軋《きし》む音は、骨が圧に耐えきれなくなっているから、だろうか。

——殺される。

そう思った瞬間、助けが入った。

「それは困る」

星の使いとも違う男性の声と共に、見えない重圧が解かれた。

顔を上げると、沈黙を保っていたラトリア人が斧の先端を星の使いに向けている。

その刃はぎりぎりスタァを外して星の使いの指を落としていた。血が出ていないから凄惨《せいさん》な光景を避けているだけで、えげつない行為を容易《たやす》くこなしている。

精霊を傷つけた赤髪の人間は言った。

「断りもなくその女に手を出すのならば俺は手を引かせてもらう、それでも構わないなら続けろ」

ひとつひとつの発音に重みのある、地響きのような低音に、星の使いは表向きだけでも苛立ちを引っ込めた。深く長い息で気持ちを落ち着けたのか、私に向かって指を鳴らす。

『『門』を勝手に潜ったこと、一度だけなら見逃そう……が、二度はないと知れ」

パチン、と軽い響きだったのに、鉄鍋で打たれたような衝撃が頭に走る。

ただ、痛みを感じたのはあくまで気のせいだ、実際はどこにも痛みはなく、気怠《けだる》さだけが全身を支配している。

私は寝台に仰向けで寝ていた。

目に飛び込む見慣れた寝台の天蓋と繊細なレースのカーテンは、間違いなく私たちの部屋のものだ。大きな窓から、双子の満月が黄金色の光を放っていた。

少しだけ開いた窓から夜の冷たい空気が部屋に流れ、かすかに聞こえる風の音だけが夜の静けさを破っている。

明るすぎない室内灯は静寂を優しく照らし、壁に人影を投じたのを認めた。

指一本動かすのも億劫だけど、影の正体に向かって喉から声を絞りだす。

「ライナルト」

掠《かす》れ声でも無事届いた。

紙束が落ちる音がして、続いて力強い足音が床を鳴らす。乱暴にカーテンを捲《まく》って顔を覗かせたのは、金髪の見目麗《みめうるわ》しい皇帝陛下。

私の愛しい夫だ。

彼は珍しく言葉に迷うも、指が顔をなぞり、しかと私が目覚めているかを確かめる。

億劫ながらも彼の指をなぞり微笑んだ。

「起きてます」

優しく応えたのに、彼から放たれたのは「おはよう」でも「会いたかった」でもなく、やや物騒なお言葉だ。

「毎度思うのだが、容易に私から離れる提案をしないでもらえるか。こうも手に負えない事態ばかりになると、閉じ込めておきたくなる」

「……無理じゃない？　あなたは自由に動き回る私が好きなんですもの」

「貴方が私を愛するようにか？」

「ええ、その通り」

たったこれだけで全身の力を使い果たしてしまったかのよう。

喋り疲れてしまったので口を閉じる。

自分の見積もりの甘さへの謝罪と、思ったより面倒くさい事態になっていそうだと伝えたかったが、ひとまず欲しいのは休憩だ。

「ただいま」

…………体力を戻すまで、どのくらいかかるのかしら。

5

皇帝陛下の悪巧み

キン、と鋼を打ち合う音があたりに響く。

私の近衛隊長が踏み出し、振るう一撃は重い。軽快な足取りで相手取っていたのは赤毛の幼馴染みで、げぇ、という叫びが聞こえてくる。

下がるアヒムにジェフは逃げを許さない。アヒムは上段からの一刀を受け止めても、まともに刃を交わすつもりがないのか、手首を翻し、しなやかな動きで刃を逸らして弾く。

一連の動作は惚れ惚れするほど滑《なめ》らかで、見学していた近衛からも感嘆の声が上がった。

宮廷にある自室の庭で、私は傍で控える女性に尋ねる。

「マルティナ的にはどちらが一本取ると思う？」

「現状ではアヒムさんの分《ぶ》が悪いですね」

「経験の差って意味で？」

「剣を扱う型の意味で、でしょうか。ジェフさんはどちらかといえば真正面から斬り合うことを好む方ですから、絡め手が得意なアヒムさんは……」

「さんは？」

じっと目をこらし、彼らを凝視していたマルティナが呆れ顔で首を振った。

「訂正いたします。まともに打ち合うのを避け、逃げ回っているだけにございます。あれは勝ちにいく姿勢ではありません」

「私にはさっぱりなのだけど、わかるものなのねぇ」

「……アヒムさんは、わかりにくいようでわかりやすい方ですから」

同じラトリアの血を汲み、かつ自身も優れた武を誇るマルティナの意見なら納得だ。

私は庭の長椅子でクッションにもたれかかり、寝そべりながら試合を観賞しているけれど、決して不真面目な気持ちでいるわけではない。

先ほどまでは真面目に諸々の報告を聞いていたが、ひと月半にわたる眠りの弊害がここにきて現れている。寝ている間はまともに食事を摂《と》っていなかったから痩せてしまっていたし、身体はずっと鈍重で疲れやすく、体調を崩しがちだ。

私を宿主とするルカの助けで回復も早めでも、その補助があってもこの身体は頑丈《がんじょう》とは言い難いために、こうして休養を取っている。表向きは長い政務が祟っての休養扱いだ。

目覚めた翌日から寝台に仕事を運ばせ、精力的に動き出したライナルトとは正反対だ。彼は今も仕事の鬼と化し、部屋には夕餉と睡眠だけを摂りに来るようになっていて、私とはろくに時間が合わない状態にある。

彼が眠りから覚めた折は、あの宰相がわざと遅参して登城し、待っていた者達で誰がいの一番に報告を行うかを押しつけ合ったほどには近寄り難かったと聞く。

オルレンドルの政はぎりぎりの状態だった。

皇帝陛下が無理に身体を動かし、臣下の前に姿を現した際の安堵感といったらなかった……そう胸をなでおろすニーカさんの姿を思い出すたび、私はヨー連合国を思わずにはいられない。彼らの政の混乱はどこまで及んだのだろう。

体勢を変えると、すかさずベティーナがクッションを脇に差し入れてくれる。

とにかく、私は正真正銘の休養期間だ。夫が怒濤《どとう》の勢いで仕事を処理しているので、やっているのは報告の確認だけ。やっと調子を取り戻したところで、お見舞いに来てくれたアヒムがジェフに目をつけられて腕試しとなった。

腕試しを楽しんでいるのは私だけではない。

近くではルカが薄堅焼きの芋を齧りながらアヒムに檄《げき》を飛ばしている。

「何してるのよ、そこよ、そこ！　がら空きの胴を狙いなさい!!」

「罠だってことも見抜けねえ素人《しろうと》は黙ってろ！」

アヒムは逃げ回りながらもルカに返事ができるし、本当に余裕がありそう。一方で素人呼ばわりされた子は腹を立てた様子だけど、一瞬で鼻を鳴らし、腕を組んで見せた。

「ふん。ぴょんぴょん逃げ回って、マジメに小ずるい手を使わない方が悪いんだわ」

「ルカはアヒムを応援してるのね？」

「それはそうよ。ワタシだってジェフが強いのは認めるけど、牙を隠してるのは間違いなくアヒムの方なんだから。だから勝って実力くらい見せたらいいのに、なんのための騎士称号よ！」

「アヒムなりの考えがあるんだから、ちょっとくらい許してあげたらよいのに」

「だめよ。そんなんだから馬鹿な貴族に舐められるの」

これは意外な答え。気になる回答に頬杖を付いた。

「貴族が彼を悪く言うの？」

「妬《ねた》みよ。ヴィルヘルミナの配下だったのにライナルトやマスターに呼び出されるから、重宝されてるって思われてる。アイツの実力なら当然なのに」

「そっか、アヒムは言い返さないのね」

「ええ、それがすっっっごくムカつく！」

これも好意の表れだろうか。

つまるところ、アヒムが悪く言われるのが嫌だから、そんな人達を見返してほしいのだ。

ルカの気持ちはわかるけど、彼女が熱くなることで私は逆に冷静になれる。

「彼なりの考えがあるんだから、そういうこと言うんじゃありません」

「イヤよ。ワタシは舐められる人間を見るのが一番嫌いなんだから！」

足元の黒い子犬がワン、と鳴いたのが相づちを打ったように感じられる。どことなくエルやエルネスタを彷彿とさせる様子が微笑ましかった。

ただ、彼女を諌《いさ》めたのは私だけではない。

マルティナが上体を曲げてルカの顔をのぞき込んだ。

「ルカ様、アヒムさんは考えがあっての行動でございます」

「マルティナはあっちの肩を持つワケ？」

「どちらに味方するわけではありませんが、きっと目立ちたくないのです。わたくしも目立つのは好みませんので、ああなる気持ちはわかります」

「ド派手にバーンと目立った方が一目置いてもらえるのに、なんでアナタたちってそうなのかしら」

「そういう人間もいるのでございますよ」

それぞれの好みというやつだ。

マルティナの言うことはもっともなのだけど、私はつい突っ込んでしまった。

「あなた達二人がアヒムを対戦相手に推したんじゃなかったかしら」

暇と呟いちゃった私が原因だけど、手合わせを言いだしたのはルカで、実は当初、彼女が話を振った相手はマルティナである。

彼女はさらりと躱しながらアヒムを推薦した。

「いやですわ、皇妃殿下。わたくしはジェフさんに並ぶ剣士といったらアヒムさんの他にいないと、心から信じているのです」

などと言い張るも、マルティナの実力はシュトック城の一件で知っている。この鮮やかな笑顔は大変胡散臭いけど、彼女は武より文を信じているから、護身でない限りは剣を抜きたくないのだ。いまはジェフ同様、私の警護のため傍にいるが、下手にいい勝負をしたら注目を浴びてしまうし、既に複数から武官として仕官しないか、と声が掛かっているとも聞いていた。

ルカの頭の上では黒鳥が転がっていて、この子は私が眠りに誘われている最中、始終落ち込みっぱなしだったらしい。

ルカ曰く、いつどこへ行くにも私に同行していたのが自慢だったから、今回に限ってそれが叶わなかったからだそう。相手は精霊だから落ち込む必要はないのに、使い魔心は難しい。

「まったくもう、せっかくワタシがいけると思って推薦してあげたのに！」

ルカの声だけは届いたアヒムが、目元を絞って彼女を睨む。

「聞こえてるかんな、覚えとけよ！」

「だからなんだっていうのよ、そんなの知らないワー」

二人の仲良しぶりに気を取られていると、隣にいた娘が顔を上げた。

「おかあさん、もうちょっとそっちにどいて」

「あ、ごめんね。体重かけちゃった？」

「違う、重くはない。身体の向きを変えたかったの」

実はフィーネも最初から一緒にいる。

彼女は身動きしても耳に掛かった髪を掻き上げるくらいで、打ち合いには一切興味を示さず、手に取った本を注視している。ヴェンデルを真似して眼鏡をかけているが、大きすぎる眼鏡は顔に合っておらず、美しすぎる容貌をやや親しみの持てる面影《おもかげ》に変えていた。

熱心に読んでいる本は、最近できた新しい友達から借りた本。

エミールも読んでいた、冒険活劇の作者が書いた恋愛小説だ。

上からのぞき込むように文章に目を通す。

「それ、だいぶページが残ってるけど、まだ止められない？」

「もう少し。あとちょっとしたら区切りがよさそうだから、そこでお話を聞くね」

「はいはい。止め時は誤っちゃだめよ」

「わかってるもん」

これは絶対わかってない返事。

護衛や、改めて相談があるために宮廷への滞在をお願いしたフィーネ。

本来この子を宮廷に置くのはライナルトが良い顔をしないのだが、いまは特例だ。

ジェフ対アヒムの練習試合はジェフが勝利を収めたが、勝者はいまいち納得しておらず、戻ってくるなり不満顔で頼まれてしまった。

「カレン様からアヒムに本気を出すように言ってはもらえませんか。このままでは、いつまでも私は本気の彼を見られないままです」

「そーよそーよ」

さりげなく援護するルカ。

「……ですって、アヒム」

「なーに言ってるんですか。おれが本気出してないとか、この汗を見やがれって話です」

往生際《おうじょうぎわ》の悪いアヒムに、ジェフは嘆息をつく。

「君は以前からそうだ。私にくらい本気でかかってきてはもらえないだろうか」

「あんたは近衛になってから妙にふっきれたというか、変わりましたねぇ！」

「そんなことはないと思うが」

「んなこたねぇ。そんな強さを求めるみたいな台詞を吐くとは思いませんでしたよ」

それはねアヒム、彼は庭師メヒティルおばあさんに三戦負け越し、そしてニーカさんにも腕試しで敵《かな》わなかったから、彼女と同じラトリアの血を引くあなたと勝負したいと思っているの。

マルティナもその本意を悟ったから、アヒムに無理やり振ったのだけど……あえて口にしない。だって彼女が意味深な目でこちらを見てるもの。

アヒムはジェフが変わったと言ったが、それはたぶん当たっている。

ジェフは元々ファルクラム王子殿下の側仕《そばづか》えだし、整形をきっかけとして、コンラートの皆やゾフィー一家の支えが、本来の彼をまた表に出した。

「ベティーナ、あとは……」

「かしこまりました。ご入り用であればお呼びくださいませ」

運動も終わったし、息抜きはここまで。

ここからは秘密のお茶会であり、そのお客様をもてなすのは私の役目だ。

侍女には下がってもらうと、お茶を淹れようとする私にアヒムは肩をすくめた。

「皇妃殿下にお茶を用意していただくとは、なんとまぁ光栄なことで……」

「嫌味じゃなかったら、普通に言ってもらえた方が嬉しいのだけどな」

「違うわマスター。アヒムは恥ずかしいから憎まれ口を叩くしかないの、大目に見てあげて」

「こいつ……」

「素敵な翻訳者がいてくれて助かるわ」

この面子で集まるのは珍しくないが、アヒムが来てくれるのは久しぶりだ。腕の上がったところを見せるため、とびきり美味しいお茶を淹れてあげよう。

アヒムは観念して背もたれに思い切り体重を預ける。

「つまみは塩気があるもんにしてください」

「胡椒《こしょう》が利いた木の実はどう？　お砂糖は一杯でよかった？」

「最高ですね」

やりとりの傍らで、本の虫となったフィーネの妨害をするのはルカだ。

「いい加減こっちを向きなさいよ」

「やめてよ。ひとの妨害をするなんて、あなた生意気だわ」

「はっ。事前にお呼ばれがあるってわかってるのに本を読み続ける方に問題があるのよ」

彼らの席以外にも空席が目立つが、その人達はフィーネが本を畳《たた》む頃に到着した。

新しい客人はいとこのマリーと、その恋人未満友人以上のサミュエルだ。

会うたびに新しい衣を纏うマリーは形式的な挨拶を省き、見舞いの花束を渡してくれる。

「調子はどう、ちょっとはまともに動けるようになった？」

「全快じゃないけど、なんとかかな。サミュエルを見つけてきてくれてありがとう」

「摑まえるのが大変だったわ。宮廷からの呼び出しから逃れられるはずないのにねぇ？」

「俺ァ忙しかっただけなんで、逃げちゃイマセン」

「マリーは彼をどうやって摑まえたの？」

「簡単よ？　私の呼び出しに応じないなら他の男と遊ぶだけだから、って教えてあげるだけ。あなたも旦那が応じないときは試してみなさい」

それは実行したら血の雨が降るやつ。

明るいマリーとはうらはらに、サミュエルはあきらかに嫌々といった様子だったが、アヒムを見るなりおかしそうに唇の端をつり上げる。

「そこにいるのはシス副院長と仲良しと噂のアヒム殿じゃないっすか。あのめんどくせぇ半精霊の面倒をよぉぉく見てくださってるそうで、感謝してますぅ」

サミュエルはあえて対象に自身を小物に見せる気質で、物言いが人の神経を逆撫でする。

初対面だと彼の挑発に乗りやすいが、アヒムは彼の気性を見抜いたのか、面倒くさそうにサミュエルを指差した。

「カレン、こいつがいる理由は？」

「残念だけど、とても使い勝手の良い人だから……ところであなたたち、もしかしたら仲良くなれるかもってマリーと話してたんだけど……」

素直じゃないところとか、物事を皮肉って見るところとか……。

案外ウマが合うかも、なんて思っていたら、彼らの反応は違った。

お互い見事に声を重ねて顔を逸らしたのだ。

「冗談じゃない」

「冗談じゃねーですね」

気の合う二人を尻目に、自身の爪を眺めながらマリーが呟く。

「似たもの同士、嫌悪感が勝るのかしら」

「マリーまで勘弁してくれよ、俺はこんな兄さんほど情けなくないし、入る陣営だって間違えちゃいない」

先の皇位簒奪の件を指しているのだろう。サミュエルは弁明するが、彼の言葉はマリーの機嫌を損ねた。

「あんたと違って生きるより情を選んだだけでしょ。私は間違えてはいないと思うんだけど、それってアヒムが私の古なじみと知っての言葉なの？」

マリーとアヒムも幼い頃から顔を合わせている。しくじったサミュエルは、賢明にもそれ以上は語らずお茶を啜《すす》った。

茶菓子をつまみながら私たちは本題に入った。

「フィーネ。私たちが眠っていた間の話も含めて、オルレンドルが置かれた状況を改めて説明するから、あなたの意見を聞かせてもらえないかしら」

アヒムやサミュエルに加わってもらったのは、彼の国に精通しているためだ。サミュエルは魔法院との連携に欠かせないし、マリーは細々《こまごま》と自由が利《き》く。

私たちは机を囲みながら、ライナルトの眠りに始まり、精霊郷と偽られた場所での出来事に加え、精霊郷での白夜の状況を説明していく。

これらの話はライナルトと吟味を重ね、オルレンドルの重鎮以外には話していない内容で、魔法に詳しくない人は話半分に聞くだけだが、ルカなんかは露骨に引いている。

すべてを聞き終えたとき、重苦しいため息をついたのはサミュエルだった。

「やっとわかった。副院長が来たがらなかった理由はそれですかい」

「シスはやっぱり逃げたのね。アヒムは行き先を知らない？」

「行き先は知らないですが、調べるだけなら簡単ですよ」

どう簡単なのだろう。

アヒムは、答えはコンラート家にあると言い、ルカが続きを引き継ぐ。

「どこかでツケが溜まるか賭けで負け越してるから、あっちに請求が行ってるってコト」

「……お金の使い方は相変わらずね」

「請求されるままに払ってあげるのがワタシは問題だと思うんだけどね。ウェイトリーったら、あのろくでなしに甘いったらありゃしないけど、ま、いまその話はいいわ」

アヒムもルカに同意した。

「あいつが呑気に構えてるってことは、フィーネ嬢ちゃんがいるから大丈夫って判断だ。いざってときの対処は間違えないヤツだから、大丈夫でしょうよ」

二人とも、すっかりシスの理解者になっている。

お嬢ちゃん呼ばわりされたフィーネは、子供扱いにやや頬を膨らませた。

「記憶も見せてもらってるし教えるのはかまわないけど、わたしはオルレンドルの政に関わっちゃだめって、おとうさんが決めたはずよね。助言だって同じことだけどいいの？」

今回、相談するにあたり記憶を開示できたのはフィーネだけ。

理由は不明だがルカとは記録の共有ができず、彼女もまた、その部分の記憶を覗けなかった。

フィーネの疑問は、私も従来であれば取り決めのままにしただろうが、答えは出ている。

「私たちも話し合ったのだけど、それは人だけの国で、人が統治を行うことが前提だった。でもラトリアが精霊と手を組んでオルレンドルを害するのなら話は変わってくる」

「どう変わるの？」

「人は人という脅威に備えはあっても、精霊に対する対処法への記録は失われてしまった。選択を間違えれば、多くの命が失われる……かしらね」

たとえば平行世界で壊滅させられてしまったオルレンドルのトゥーナ領のように。

皮肉にもあちらで見聞きした経験が、私を決断させ、ライナルトの背中を後押しした。

私だってこの国を統治する人の伴侶だ。

コンラート壊滅の私情を抜きにしても、徒《いたずら》に民の命が失われるなんて事態は見過ごせないし、許せない。私たちの務めは被害を未然に防ぐか、あるいは問題が発生しても被害を最小限に留めること。それがこの間の孤児院のように、親を失った子供の数を減らすことにも繋がる。

自分の首を人さし指でなぞった。

「ライナルトが目覚めてもなお、星の使いから連絡がないのも気になっているの」

私が目覚めるまで時間があったのに、音沙汰もないとあれば疑いたくもなる。

すでにオルレンドルはヨー連合国と協議を進めており、ファルクラム領への大規模な派兵準備も整えた。銃の量産は日に日に加速し、魔法院も慌ただしく動き回っている。オルレンドルは変容を遂げるべく慌ただしい毎日を送っていた。

国の総意を答えれば、フィーネは小さく頷いた。

「あくまでも防衛体制を整えたいということね。そういうことなら、相談くらいはのってあげる」

「ありがとう。じゃあ早速聞いていきたいのだけど、フィーネはいまの精霊郷の状況はわかる？」

「いいえ、さっぱり」

これは少々意外な回答だ。

「一度は行ってみようかと思ったけど、侵入を許されてなかったから引き返したの」

「それはやっぱり、フィーネと宵闇は別人だと区別されているから？」

「違う。出入り自体を強く制限してて、誰であろうと精霊郷に行き来するのを嫌がってる」

フィーネがこちらに来た時点で既に〝門〟は閉じられていたらしい。

ただそれが大撤収の時期からなのか、異常が生じてからなのかは不明と聞き、ルカがぼやいた。

「ソレはもっと早く言いなさいよ」

「〝宵闇〟には入って欲しくなかったんだろうから、わたしも別にいいかなって」

フィーネは同胞に思い入れがないから淡泊な反応になるけど、この答えでもわかったことはある。

精霊郷の〝門〟は決して開かれないからこそ、星の使いはあんな面倒な空間を作り上げた。

「門よりも、わたしが気になるのは星の子たちかな」

フィーネが口にしたのは星の使いのことだ。彼の正体も気になっているが、たち、と言うからにはスタァも含まれている。

フィーネは温めた牛乳に蜂蜜を垂らし、ぐるぐるとかき混ぜた。

「いまの〝門〟は封鎖状態だけど、小さいの《スタァ》がおかあさんを精霊郷に渡せたのは変よ。わたしの半分どころか、どの精霊でもできない権限を有してる」

「あなたでも無理ってことは、スタァがすごく強い精霊か、全権を渡されてるってこと？」

「強い精霊ではないわ。星の使いも、私の半分にようやく追いつけたくらいの実力だとおもう」

けれど特別ではある、と言った。

〝特別〟な理由は、星の使い達の出自に関係している。

「ふたりとも〝星〟の名前を冠してるから、きっと前の〝星〟がいなくなってから生まれた、人間風にたとえるなら、あたらしい世代の子たちね」

これに反応したのはルカだ。

フォークで苺《いちご》を突き刺し、溶かしたチョコレートに浸した。

「ってことは、アナタは先代に会ったことがあるワケだ」

「ええ。わたしたちよりもずうっと強かったけど、すごくすごく長生きだったから、わたしが人界にいる間に、次に託しててもおかしい話じゃない」

フィーネ曰く、上位に相当する精霊の名にはそれなりの意味が込められている。

たとえば生死の概念が白夜と宵闇。彼女達が世界において生死にまつわる潤滑油の役目を果たしているのだとしたら、〝星〟にも相応の役割がある。

それを聞いて、スタァに名前の意味を問うたとき、恥ずかしがって俯《うつむ》いてしまった姿を思いだした。

宵闇が〝門〟から拒絶され、星の使いに連なるスタァが私を精霊郷へ渡せたのなら、現在〝門〟は星の使いに制御されている。

フィーネが疑問を感じているのは門を封鎖するにしても、精霊たちが〝星〟だけが権限を有する事実に黙って従っている点だ。

「スタァって子は、片割れに力の殆《ほとん》どをとられて生まれてきちゃったのかしら。普通、そんなことはあり得ないはずなんだけど」

「でも、嘘を言ってるとは思えないけど」

「直接会ってないから、なんとも言えない。どちらにせよ、星の使いも、星屑も、わたしにしてみたらお子様ね」

他に黒幕がいると考える方が妥当だろうか。

これらの話に身を乗り出したのはサミュエルだ。

「興味本位で聞くけど、もし戦ったらどっちが勝つんです?」

「ねえ坊や。なんでわたしが負けるって思ったかを聞かせてくれない?」

「……失礼しました」

少女に真っ直ぐ見つめられ、両手を挙げる成人男性。

精霊の実力はさておき、彼女は星の使いとは戦いたくないと答える。

「星の使いは簡単に引かなそうだし、まちがって死なせてしまったら次の『星』が生まれるまでが大変なの。人界にも影響が出るし、ゆっくり本も読めなくなってしまう」

「……たとえばどんな影響？」

と、ちょっと興味ありげなマリーに、フィーネは人さし指を立てた。

「普段は守られている大地に、お空の星が落ちてくるかんじ」

「ふーん。素敵じゃない」

「……冗談じゃないわね」

ぽつりと呟くルカに私も同意。

転生前の知識がある身とすれば、隕石《いんせき》が地上に激突する、という意味として捉えられる。フィーネがこの意味をどこまで知っているかはともかく、彼女は改めて決めたようだ。

「うん、やっぱりおかあさんが本当に大変なとき以外は、わたしは国のもんだいに介入しない」

誰彼構わず傷つけていた頃と比べたら、なんて理性的に育ってくれたのだろう。

次に気になるのはフィーネの半身である白夜だが、やはり争わないと決めた以上は、彼女は動かないと告げた。

それというのも水底の檻は力を奪うだけで、命を奪うものではないからだそう。

「なんでわたしの半分を捕らえる必要があるのか不思議だけど、力を奪うだけで死なせる気はないなら、いまはそれでいいわ」

「……無理してない？」

「してない。ただ、門が通れるようになったら向こうに渡ってみる」

……そっけないけど、一応気にしてはいるんだろうな。

白夜の話題から逸らすように、フィーネは早口になった。

「全精霊の移住も含めて、普通じゃ考えられないことが起こっているのは確かよ。でも、おかあさんの精霊郷の記憶は画像でしか読み取れなかったから、それ以上はわからない」

「水底に精霊がいなかったのはどう思う？」

「変。ふつうはもっとたくさん騒がしい」

私は唸りながら腕を組んだ。

「精霊郷って、議会があるだけで支配者はいないのよね。ちょっと極端な話だけど、精霊が精霊郷の支配を目論《もくろ》むとか……そういう目的はありそう？」

「おとうさんじゃあるまいし……」

「…………そうよねぇ」

「マスター、一応アナタの夫だし、庇ってあげたら？」

アヒムは頭の後ろで両手を組みながら背中を伸ばす。

「いっそ人界を侵略するとでも宣言してラトリアと組んでくれたらわかりやすいってのに、わざわざ呼び出して調和を図ろうってのがわからんなぁ」

これに薄ら笑うのがサミュエル。

「組んだはいいけど、お互いの目的が嚙み合わなかっただけじゃねーですかね」

「じゃあその目的はなんだよ。ラトリアの人間が、カレンに何の用事があるってんだ」

「ンなもん知らねーですけど、どうせ精霊絡みなのは間違いないでしょ。うちの皇妃サマは黎明なんつー竜まで抱え込んでるんだから」

黎明といえば青い髪の男性型の精霊なのだが、彼の素性《すじょう》を明らかにする方法はひとつしかない。

フィーネを呼び出した本題その二の理由だ。

「わたしがおかあさんに魔力を渡して、手を貸せばいいのよね」

黎明を無理やり起こすのだ。

彼女は椅子の上で体育座りをするように両膝を立て、カップを口元に運ぶ何気ない動作の間に、私の爪先から全身にわたって熱い湯が流れるような感覚が襲いかかり、背もたれに上体を預けた。

「カレン!?」

いち早く声を上げたアヒムと、腰を浮かせたジェフをルカが制する。彼女は目眩を起こしているのか、強く目を瞑り、その傍らで、黒鳥は目を回しひっくり返っている。

「マスターなら、急な魔力に身体がびっくりしただけ——なんだけど、手加減しなさいよ。アナタの力ってとんでもないんだから、人には毒なのよ!」

「これでも気をつけたんだけど……」

「まだまだ配慮が足りないわ、おばか」

「ばかじゃないもん」

ふてくされるとお茶を一気飲みし、お代わりを要求しはじめる。

青ざめる私にサミュエルが頬杖をつくが、

「……そんなにすごい魔力なのかねぇ」

と言った途端、頭から机に昏倒した。

食器にぶつかり合うとお茶がこぼれ、食器が地面に落下する。彼の顔に傷は付かなかったが、やがて持ち上がった顔は蒼白だった。

そんなサミュエルにフィーネが小首を傾げて尋ねる。

「どんな感じだった?」

「……俺に魔力流すなら、事前にひとことともらえるとうれしいですねぇ、お嬢ちゃん」

もう一度昏倒した。

今度は勢いが余ったせいか額が赤い。

「感想は？」

「流石は皇妃殿下の麗しの姫君だなって、俺、感服」

「よろしい」

褒めてほしかったらしい。

サミュエルは元々優れた魔法使いだ。

精霊の魔力でもすぐに慣れ、指を鳴らすとカップの紅茶で渦《うず》を作る。すぐに魔力を使いこなしてはしゃいでいるのは、やはりエルの弟子だっただけある。

対して私は目眩《めまい》が続いている。

心配そうなルカがそっと話しかけてきた。

「……マスター、大丈夫？」

「平気、やってみるから、補助よろしくね」

ゆっくり意識を研ぎ澄ませて呼び出すのは、いまなお私の奥深くで眠っている黎明だ。

微睡《まどろ》み続ける彼女へ呼びかけ続ければ、足された魔力が真綿が水を吸うようになくなっていく。

段々と実体を伴っていくのは藤色の髪の女性で、フィーネの空けた席に座っている。たおやかな優しい風貌に、なめらかな布地で作られた衣。スカートが重力に逆らい微かに浮いていた。

かつて受けた仕打ちの影響で彼女の瞼は閉じられたままではあるが、視力は損なわれていないので支障はない。

まだ眠たいのか、うつらうつらと頭を動かしていると、フィーネが痺れを切らして腕を摑み、やっと黎明は覚醒した。

「宵闇……いえ、フィーネですね。これはどういうことでしょう」

状況も把握できておらず、周囲に気付いて深々と頭を下げた。

「みなさま、おはようございます。黎明、ただいま目覚めました」

「おはよう、れいちゃん。結婚式以来ね」

「わたくしのあなたは、その後の生活はいかがですか、番《つがい》と仲良くやっているでしょうか」

「色々ありましたけど、喧嘩もなく無事にやっています」

「うふふ、よかった。みなさまも……ええ、つつがなくお元気そうで何よりです」

皆の姿も一瞥して安堵の微笑みをこぼすと、フィーネにもの申した。

「この強制的な目覚めはどういうことでしょうか。彼女に無理をさせてはなりませんよと教えたはずですね」

「そこはわたしが話すことじゃないの、おかあさんから聞いて」

フィーネは指の一振りで使っていたカップ類を移動させ、もう出番はないと言わんばかりにお菓子に集中し始める。

「ごめんね、れいちゃん。フィーネの言うとおり、やむを得ず起こすことになりました」

「やむを得ず……わたくしのあなたに、一体なにが起きたのです？」

「見てもらう方が早いかも。記憶を見てもらって構わないけど、できる？」

説明を省こうとしたら、彼女もルカと同じように私から記録を読み取れない。かいつまんで説明すると、黎明の表情はみるみるうちに曇り出した。

「……全精霊の移住？」

「やっぱり、れいちゃんが聞いても信じられない話かしら」

「信じられないどころか、あり得ません。そもそも、わたくし達の中には人界を嫌っているものもいる。いくら議会なるものが総意と言われても、承知できる話ではないでしょう」

世界は異なっても、最近まで精霊郷に住んでいただけあって説得力が違う。

ただ、フィーネに相談したときと同じく、精霊郷側の事情は不明である。

黎明はなんとも複雑そうに胸の前で両手を重ねた。

「これからは平和な時が過ぎるだろうと思っていたのですが……その、わたくしのあなた？　こちらは随分と騒がしいのですね」

「そうね、なんでこんなことになっているのか……」

そして青髪の精霊だけど、彼の特徴に黎明は眉根をキュッと寄せてうつむく。

「わたくしのあなたは、その青年が精霊だと感じたのですね？」

「間違いないと思う。それに、あなたを妻と呼んでいたものね」

「人の形に覚えはありませんが、人の世に介入してまでわたくしを探していたとなれば……」

彼女の心が揺らぐ。悲しみ、破壊、果てない絶望という、かつて味わった喪失感が伝わり、私の胸にも痛みを覚えさせる。

彼女によって彼《か》の精霊の名が明らかになった。

「蒼茫《そうぼう》、でしょうね。彼《か》の竜も、やはりわたくしの番だったのやもしれません」

同じ世界に同一の者は存在できない規則《ルール》は以前知った通り。

私の黎明が消失していない以上、こちらの黎明が既に亡き存在なのは明らかで、蒼茫の反応からして疑いようがない。

私も平行世界で皇帝にまみえたときは複雑だったから、彼女たちの気持ちはいくらかわかるつもりだが、黎明の立ち直りは早かった。

「なぜいまになって姿を現したのかも気になるのですが、それよりも、あの子は本当に人と並び、人の姿を象《かたど》っていたのですか」

「おかあさんが嘘を言ってどうするの。星の使いはおかあさんに関わりたくなさそうだったし、あなたに会いに来たのは独断なんじゃない？」

「蒼茫が……」

黎明はそれこそが信じられないと言いたそうで、私も気になる発言を拾っている。

「その感じだと、れいちゃんの旦那さまも人の形をとったことがない？」

「一度たりともありません。蒼茫は竜の例に漏れず、矜持がとても高かった。わたくしが諌めなければいつまで経っても暴れん坊で……」

困った子供を語るような口調で、ほう、と息を吐く。

「竜ですからおかしな話ではないのですが、わたくしのように守護竜として任されるには長い時間が必要ですし、人と理解し合えるとは、とても思えません」

「つまり人間を見下してるのね。知性の高い竜としては普通よ」

反応に困る補足を行うフィーネだが、黎明も否定せず、それどころか人間の危機に警告を行った。

「竜が爪を持たぬ人と足並みを揃えたとなれば、相手に相応の力があった証拠でしょう。もし彼の国《ラトリア》があなた方の国に攻めてくるとなれば……」

「ええ、それも含めてあなたには聞いておきたかったの。酷だとは思ったけど、その……」

「わかっております。蒼茫はこの国と相対する者に並び立っている。ならば、あなた方はもう少々、わたくし共について知っておくべきです」

竜が人に及ぼす被害を伝えられるのは、彼女か私しかいない。

彼女が落ち込む必要などないのに、申し訳なさそうに胸の前で手を組み合わせた。

「蒼茫には同盟の契《ちぎ》りを交わしていた眷属が多くいます」

「喧嘩すると力を貸すぞーって大軍が押し寄せてくるってコト」

「フィーネの言うとおりです。わたくし達と敵対する可能性が生まれた以上、あなた方はすぐさま対策を練るべきです」

黎明の番だけあって、思ったより面倒な相手らしい。

私はサミュエルに向き直る。

「あなたを呼んだ理由、わかっていますね？」

「へいへい、竜の話はしっかりシャハナ老に伝えさせていただきますよ。その上で長老方の尻を叩きゃいいんでしょう」

「それだけじゃだめよ。マイゼンブーク卿とも連携を取って、牙と爪に対抗する術《すべ》を見つけてちょうだい」

「……あの方も結構忙しい身なんですけどねぇ」

マイゼンブーク卿はサミュエルの扱いに苦労していると聞くが、なんだかんだでサミュエルに心配されているので、上手くやっていそうだ。

黎明とフィーネにも確認を取る。

「まだ対策を練る必要があるし、これからしばらくれいちゃんには起きていてもらいたいのだけど、協力してもらえる？」

「わたくしのあなたの魔力量に頼るだけですと、人の身には負担が……」

「そっちはわたしが手伝ってあげるけど、竜体化はおかあさんが倒れちゃうからやめてね」

蒼茫が星の使いから私を助けたのは黎明がいたから。

彼の求めていた平行世界の番の登場で、竜と対話する準備をひとつ進められたと思いたい。

今後は竜対策については魔法院と軍に任せるとして、蒼茫の正体がはっきりすると、いよいよ次の謎に悩まされる。

こちらの黎明が亡くなった理由だ。

宵闇は精霊郷に反乱していない。従《つい》って黎明が死ぬ要因は別にあるはずだが『明けの森の守護竜』の命が簡単に潰えるとは思えない。

この答えが白夜拘束の問題にも繋がっているのではないだろうか。

とはいえ、この疑問は思うばかりでなにも進展していない。マリー達の前で「なんで黎明は死んだのかしら」なんて話すわけにもいかず、心で思うだけだ。

「で、アヒムを呼んだ理由なんだけど……ライナルト達から頼まれた調べ物は終わった？」

「やってるのは聞き込みや連絡係なんで、忙しいってわけじゃない。で、なんです？」

「シスを守ってあげてほしいの」

「あいつを？　いや、必要ないって」

彼の反応はもっともだが、シスの素性は一般公開していなくとも、もはやバレていてもおかしくない。私が警戒されている以上、彼に注目が集まっていると考えるべきで、半精霊だから大丈夫……ということはない。

彼が大昔に『箱』に封印されたのは、べろべろに酔っ払ったのが原因だから、私は心配を隠せなかった。

「ライナルトも似たような反応をしたけど、油断してると何が起こるかわからない。だけどシスはあからさまに囲おうとすると逃げるでしょ？」

「あー、まぁ、たしかに、あいつ警戒しているようで、口車に乗せたらチョロい時が……」

すかさずルカが付け足す。

「チョロいなんてものじゃなくて、完全にバカになるわ」

対精霊となれば、半精霊のシスでは太刀打《たち》ちできないかもしれない。アヒムには現状を知ってもらう必要があり、実際、彼は了解してくれた。

「ライナルトからも色々押しつけられてるんですが……ま、引き受けますよ」

「うん、忙しいのにごめんね？」

「いいですよ。頼りにされないよりは余程マシってもんです」

「ありがと」

彼相手には形だけで謝っているのもばれているが、これで許してくれるのもアヒムだ。

なぜかルカの口にクッキーを突っ込むアヒムの他に、私はマリーにも用事があった。

「それでね、サミュエルだけじゃなくてマリーにもお願いがあるんだけど」

「サミーだけじゃないわけ？」

「彼では難しい。マリーにしかできないお願いよ」

サミュエルを連れてくる要員だと思っていたらしいマリーが目を見開く。

私達も星の使い達を待つだけで終わらせるつもりはない。今回呼んだ人達にそれぞれ役目があって、すべてライナルトには相談済みの内容である。

いつ何時《なんどき》、何があっても良いように備えるのが政。ライナルトが表で忙しいなら、私は彼が動きやすいよう裏での働きを助けるのが与えられた役目だ。

私からの頼みは一言だった。

「ファルクラム領へ行ってほしいの」

「……ふーん。聞きましょうか？」

彼女にとって故郷は最悪の思い出の地だ。それは私も承知しているとマリーも知っているから、続きを促してくれるだけでも幸運だ。

「オルレンドルはファルクラム領への派兵準備を終えてる。もう命令に躊躇《ためら》いはないけど、判断をくだすのは慎重にしたい」

ただでさえヤロスラフ王とライナルトは仲が宜《よろ》しくないし、機を見誤って戦を仕掛けたとみなされるのは避けたい。それに現実問題として、日数が長引けば派兵のための費用もかかる。ファルクラム領に負担をかけることになるだろうし、長引いたら印象の悪化を辿る悪循環に陥る。

「最初の手紙から時間が経ってしまっているし、姉さんに私からの便りをもう一度渡してほしいの」

「手紙だけなら他の人間から渡せばよいわよね」

「ファルクラム領は王家の血を引く次期総督を消されるのではないかと不安がってる。そんなことはないって、マリーからも励ましてほしいの」

「つまり万が一、戦争が起こったら私に渦中のファルクラム領にいろって話よね？」

「ええ、そう。だから私のいとこであるあなたが行けば、安心材料が増すでしょ」

姉さんの励ましなら父さんが最適だけど、ライナルトに反対された。あの反応を察するに、きっと父さんは彼の期待に応える働きをしている。

マリーの指は左手の指に嵌まった、古くて安っぽい指輪をなぞっている。たまに彼女が身につけている愛用の指輪を、サミュエルは真剣な様子で見守っていた。

「……皇妃殿下は私にどんな権限を与えてくれるつもり？」

「キルステンの名代として、許す限りで欲しいだけ」

欲しいだけ、といっても彼女は賢いから、請求する範囲は弁えている。

これを聞いたマリーの返答はこうだ。

「じゃ、サミーを私に付けて」

「それは……」

「なら行かないわ」

サミュエルには残ってもらいたいが、私が渋ると彼女はそっぽを向いてしまう。

この行動に何故かサミュエルが感動していたら、その額はマリーにぺちん、と叩かれる。

「向こうで捜しものがあるの。あんたは便利だから連れて行くだけよ」

……彼女の捜しものがなんであれ、サミュエルの代わりなら見つかるか。

「わかった。マイゼンブーク卿には私から話をするから、好きに使って」

「いいわ、それなら引き受けてあげるから、頑張ってゲルダを励ます手紙を書いて、甥《おい》っ子への贈り物を見繕いなさい。木剣でもなんでもいいから、ちゃんと数年先に使えそうな物を選ぶのよ」

「いくらなんでも木剣は早くない？　持つことだってできないじゃない」

「ばか。見捨てないって伝えたいのなら、未来に期待してるって意味を込めとくのよ」

「あ、そっか」

マリーがいると、細かい気遣いが勉強になる。

細かい内容は後で詰めるとして、ひととおりの話は終えたつもりだ。あと、なにか話し忘れていることはなかったか……考えていると、マリーの興味が黎明に移った。

「ところでずっと気になってたんだけど、黎さんの旦那様って年下なの？」

一気に空気が変わってしまった気配がする。

どこか浮き立った軽やかな問いかけに、フォークを置いたのはルカだ。爛々《らんらん》と輝く目に、アヒムが二人に待ったをかけようとした。

「いまはそういう話はあとにしろ。仮にも国事に絡む話なんだから、もうちょい真剣に聞いとけ」

「相変わらず固い頭ねぇ。でもイヤよ。私、気になって仕方なかったんだもの」

「そうよそうよー。敵を知るためにもワタシの情報に加えておくべきだわ」

「知るにも意味が違うだろうが。おっさん達も言ってやれ」

アヒムはジェフやマルティナに救いを求めたが、彼らの反応は芳しくない。

「すまないが、女子の話題に私のようなおじさんが口を挟むのはよろしくない」

「ならマルティナはどうだ！」

「……すみません。わたくしも気になります」

これらを加勢と受け取ったか、ルカは止まらない。

「黎明が嫌って言えばワタシは引き下がるし！　大体アナタだって、黎明が蒼茫をあの子って言ってたとき、ちょっと反応してたじゃない。ね、マリー」

「アヒムどころか全員だったわよね、私も見てた」

否定はしないけど口にしなくていいの。

それに黎明の番の件は繊細な話だ。亡くした子供達にも繫がってしまうので聞けずにいたら黎明は答えてしまった。

「……蒼茫がかなり若いのは事実です」

居心地が悪そうに身を捩《よじ》らせる姿は、まるで少女のようで、私の悩みは一瞬で吹き飛ばされてしまった。かなり若い、の言葉に、特に女性陣が反応を示し、私たちの形相《ぎょうそう》にジェフが諦めの表情でカップを口に運ぶ。

皆に注目された黎明は、膝の上で人さし指を絡ませている。

「その、あの子は事情があって母竜に卵を放棄された子なのです。それを『星』からわたくしのもとへ預けられ、卵が孵《かえ》るまで見守りました」

……星？

あれ、と思わず声を上げる。

「話の腰を折ってごめんなさい。れいちゃん、その星ってまさか星の使い？」

質問の答えは是《ぜ》。

ただし、話を聞く限り、その『星』は先代らしい。

「星は卵を預け、すぐに大地に還るべく眠りにつきましたから、蒼茫と面識はありません。ですが、蒼茫にとって恩人であるとは知っています」

「な、るほど。あの二人ってそういう繫がりがあるかもしれないんだ……」

それを教えるため、黎明もこの話をしてくれたのだ。これは留意すべき点だと頭の隅に置いて、話を続けてもらった。

「竜は本来、卵が孵るまで時間がかかりますが、蒼茫は特別つよい子でした。わたくしが母代わりとして慈しみを与える暇もなく、すぐに殻を破り産声を上げたのです」

「……ってことはほんとにガキっぽそう」

フィーネの口は私が塞ぐが、黎明も彼女の言いたいことには気付いており、ぽっと頬を赤らめる。

「わたくしもあの子の成長は己《おのれ》の子のように感じていました。子供……みたいなものでしたし、役目があるので、番を持つ気持ちはなかったのですが……」

私をはね除けたフィーネがぷはっと息を吐く。

「そこはちょっと不思議。わたしの知る限り、あなたとっても竜にもててたじゃない」

「フィーネ！」

「でも本当なのよ、おかあさん。明けの森の薄明を飛ぶものは、竜の中でも特別人気だった……ってわたしですら耳にしたくらいなの。白夜が教えてくれたんだから」

「……白夜が？」

「そうよ。明けの森には今日も雄竜が複数いたとか、薄明を飛ぶものの寵愛《ちょうあい》を得るために競い合っていたとか、振り向かれることはないだろうから賭けにならないとか」

賭けの対象になるほどとは、まさかの情報。

けれど明けの森における竜の諍いは御法度《ごはっと》。激しい喧嘩で森を騒がせたら最後、黎明によってその雄たちは気絶させられ、まとめて森の端にポイ捨てにされる。

黎明は森のために雄竜を叱ったのは認めたが、もてたのは否定気味だ。

「彼らの求愛行動は、わたくしが森を任された竜だからです。明けの森は新しい精霊達が生まれる生命の森でもあり、そこを任されるだけでも名誉ですから」

だけど、とマリーは突っ込む。

「その求愛してきた竜たちを、黎さんは全員振ったのね」

「振ったのでしょうか。気が付いたら他に番を作り、いなくなっていたのですが」

「純粋な疑問なんだけど、なんで番を作ろうと思わなかったの？」

「単に、求愛に心動かされなかっただけなのです。それに竜と番うよりも、森の生き物たちと在る方がわたくしは楽しかった。それに……」

「……に？」

「昔、番になりたいと願った相手はおりましたが、すでに土に還ってしまいました」

少し寂しそうな笑みに、私も我慢ならず興味が首をもたげてしまった。

「れいちゃん……それってもしかして、初恋だったりする？」

「恋？」

彼女は意外なものを聞いたような表情で、手を唇に押し当て、はじめて思い至ったと言わんばかりに驚いた。

「たしかに初恋なのかもしれません……ああ、それで彼《か》の竜の話をするときの蒼茫は、怒ってばかりだったのですね」

繁殖《はんしょく》に興味のない黎明だったけど、それを変えた存在がいた。

ご存じの通り、彼女の唯一の番である蒼茫だ。

ただ、これまでの話から察することができるように、黎明は長い間、蒼茫の求愛に応えなかった。

全員が固唾を呑みながら黎明の馴れそめ話に耳を傾ける。

「蒼茫がわたくしを番にしたいと申し出たときは、子供の戯言《ざれごと》だと聞き流したものです。けれど幾年月を跨ごうとも、あの子はわたくしを番にすると言ってききません」

「れ、れいちゃんは断り続けたの？」

「埒《らち》があかなかったので知り合いに相談し、美しい雌竜を紹介したこともあります。実力がある分だけ、己に見合う竜を求めているのだと思っていましたので」

この言葉に、サミュエルとアヒムが顔を見合わせる。

「そいつはなんというか……」

「酷だな」

「おだまり男共……黎さんは気にしないで続けて。蒼茫の反応はどうだったの？」

マリーに促され、当時を思い出した黎明はため息を吐《つ》く。

「しばらく口を利いてくれませんでした」

「あらぁ……気にならなかったの？」

「番に夢中で、小煩《こうるさ》い年寄りなどに話しかけたくないのだろうなと。ですが優しい子ですから、子供ができたら会わせてくれると……そればかりを楽しみにしておりました」

ルカがわあ、としか感想を言えなかった気持ちもわかる。

本当に蒼茫は恋愛対象外だったのが伝わる逸話に、ジェフでさえ気難しげに腕を組んでいる。

それからというもの、蒼茫の努力はおよそ五百年続き、彼は黎明と明けの森に寄り添い、求愛し続けた。

その熱い気持ちに、とうとう黎明も心揺り動かされ、番になったという。

これを聞いたルカと私は顔を見合わせる。

「五百年も諦めなかったヤツもだけど、ワタシ的にはまったく振り向かなかった黎明も相当よ。ヤダ、健気《けなげ》すぎて憐れに思えてきたわ。そんなの、何がなんでも会いたいに決まってるじゃない」

「いえでも、こちらの彼は事情が違うかもしれないし……」

「多少違う部分はあると思うけど、基本的なことは変わってないと思うのよ。ワタシ的にはこっちの蒼茫も、黎明攻略には時間がかかったと思う」

「攻略って言い方……」

「今回が一番しっくりくるわよ」

黎明からは他にもいろいろ聞き出したら、これがまあ、びっくりするくらい蒼茫は黎明が大好きだと証明するばかりの話だ。

彼女は自覚がないが、彼は幼少期の時点で黎明に惚れていた。

実力はあったはずなのに、自らの群れを作らなかったのは彼女の近くにいるため。

同盟を組んだ竜が多いのは、守護竜に見合うだけの雄になるため。

明けの森を離れるときは、近隣の縄張り争いに向かうことが多かった。勝利すれば明けの森に平穏をもたらせるし、同時に恋敵の訪問を減らせる。蒼茫が森を留守にするときは、必ず周囲を騒がせていた群れが消えていたと黎明が語ったから間違いない。

ここまで聞き終えると、マリーとマルティナは深いため息をついている。

「頑張ったのね……」

「なんて途方もない……黎明様が大好きだったのですね」

そこまで黎明を熱烈に愛していたのだ。

私も平行世界では皇帝に対する感情を捨てきれなかったので、ルカの言うとおり、あんな形を取ってまで黎明に会おうとした気持ちが、いまならわかる。

黎明と蒼茫の物語にはまだ面白い逸話がありそうだ。

もはや私たちは黎明夫妻の話に夢中で、国の窮地どころではないのだった。


精霊郷の使者『星の使い』もとい大国ラトリアの『特使』星の使いがオルレンドルを訪れた。

オルレンドルの謁見の間は、私にとっていまだ慣れない場所だが、歴代の皇帝が使用していただけあって、大勢が列席できる場の天井は高い。

豪華なシャンデリアが優美な光を放って部屋全体を煌びやかに照らし、床は美しい大理石が敷かれ、その反射で光量がさらに増している。

壁はオルレンドルの歴代皇帝を称えた壁画や重厚なカーテンで彩られ、厳《おごそ》かな雰囲気に一役買っていた。

広い間の中央には絨毯が敷かれ、最奥《さいおう》に儀式的な椅子が配置されている。

中央にオルレンドル皇帝が座し、隣の椅子に私がいる。

正装に着替えた夫の横顔は精悍《せいかん》と言っても差し支えない。思考に耽る横顔を眺めていたら、不意に目線が合う。私は彼の考えを肯定するように微笑んで頷いた。

宰相リヒャルト・ヴァイデンフェラーをはじめとし、補佐官のモーリッツ・ラルフ・バッヘム、各高官とそうそうたる面々が揃っているが、隣国の特使を前に彼らの表情は硬い。

彼らが緊張するのは無理もない、と思う。なぜなら本来私たちと対等な話し合いをするはずの精霊が、大国ラトリアの特使を名乗ったのだから。

改めて星の使いと名乗った精霊は、まさに優雅さの体現者だ。所作のひとつひとつに隙がなく、近寄りがたい神秘の一端が雰囲気として表れている。

人を魅せる点においてはフィーネや黎明も同じだが、彼は彼女たちとはひと味違う。政に興味を示さないフィーネや、人に好意的な黎明と違い、彼には人間に対して明らかに侮蔑《ぶべつ》の類の眼差しがあり、それを隠してもいない。

あからさまな違いには戸惑いを表に出さない宰相といえども、彼の名乗りには口を閉ざし、モーリッツさんすら眉を顰《ひそ》めた。

彼の要求は単純だ。

「して、返事は如何《いかが》か」

「今後大陸に移住するという精霊の分配を決めるための会談を、ラトリアにて行うという要求か」

「左様」

互いに取り繕う必要もなくなったからか、ライナルトも堂々と足を組む。

星の使いに冷笑と共に告げた。

「ふざけているな」

星の使いの要求は待ちに待った三国会談への参加を促すものなのだが……。

ライナルトも嘲りを隠さないのは、当然、星の使いの立場が変わってしまったせいだ。もとより彼とラトリアが手を組んでいたことは知っていたが、あえて放置していたのは、彼がまだ〝精霊郷の代表〟としての中立を保っていたからだ。

それがいきなりラトリアの特使になった。

明らかに企みをもつ相手の話に、容易に頷けるはずがない。それに改めて人間方式で会談の場を設けるのであれば、私たちは正式に外交官を立てて任せるつもりだった。ヨー連合国もそのはずで、このことについてリヒャルトが苦言を呈すれば、星の使いはこれに否という。

「此方《こなた》はラトリアの特使ではあるが、変わらず精霊達の総意たる存在だ。ゆえに貴国にも参加を願いたい」

「ラトリアに下った者が、この身を隣国に預けろというのが笑い話でなければなんと言う」

「不服と申されるのであれば、不参加でも此方は構わない」

「ほう」

「その場合は此度《こたび》の参列者のみで精霊の分布を決めさせてもらう。機会は次の一回きりである」

彼の言葉は交渉より脅し文句の方が正しい。

私は外交に詳しくないが、彼もまた特使には向いていないことがよくわかり、同時に危ぶんだ。きっとライナルトやリヒャルト、モーリッツさんもわかっている。

外交を気にせずこうも強気に出られるのは、相手を格下に捉え、確実な勝算を見込んでいるためだ。自らの国を舐められているライナルトは、さぞ不快だろう。

「もし私が不参加を決めた場合、お前達があれほど主張していた恩恵はどうなる」

「其方《そなた》が他国を通じ技術を得るのは自由だが、我らから与える知識はない」

本来、交渉事に赴くはずだった外交官が額に汗を流している。

星の使いは、ラトリアとオルレンドルが戦争となっても構わない。これはそういう態度なのだ。緊張感が漂う空気を前に、場違いにも私が思うのは平行世界におけるライナルトの違いだ。断るのは簡単だが、そうなった場合、戦争がオルレンドルを待っているのは避けられない。けれど『皇帝』であれば迷わず侵略戦争に踏み切った。私のライナルトも本来は神秘と相容れ難いだろうに、あえて質問を続けている。これは大きな違いだった。

星の使いはちらりと私をみた。

「それと、我が王の要請だ。オルレンドルのカレン皇后にも我が国においでいただきたい」

すかさず割り込んだのはリヒャルトだ。

「貴公の要望は承服いたしかねる。皇后陛下はライナルト陛下の伴侶にしてオルレンドルの母であらせられる御方。特使殿は人の世における皇后の役割を存ぜぬか」

「無論、承知している。だがこれは我が王の要請でもある」

「ならば……」

「心配せずとも、命を奪う気はない」

誰もが危惧していることをあっさり言っちゃう星の使い。ここまでくるといっそ清々《すがすが》しいかもしれない、と私も口を開いた。

本来私と特使が直接口を利くには段階を経る必要があるが、相手は精霊だし……。

「特使殿は、ヤロスラフ王がわたくしもラトリアにお招きくださるとおっしゃっているご様子ですが、いったいなぜわたくしが必要なのでしょう」

「我が王は其方と話がしたいそうだ」

「その内容は？」

「一介《いっかい》の精霊である此方にはわかりかねる。して、返事は」

「すべては陛下の御心次第でございます」

返事は、にっこり笑って完了。

星の使いの不躾な物言いは、ただの人間であれば首根っこを引っつかまれて追い出されていたに違いない。私の返答に星の使いは静かに息を吐き、ライナルトに向き直る。

「ラトリアまでの道は此方が手配しよう。無論、安全で確実な移動手段を用意するが、信頼できないというのであれば、もうしばらく考えていただいても……」

「いや、行こう」

あら、即決。

即断即決のライナルトにしては迷った方でも、神秘案件となればもっと決断への時間を要したはず。

リヒャルトなんかが驚く間に、特使と皇帝の会話は続いた。

「では、皇后殿はいかがなされる」

「連れて行こう。私の目の届かぬところで勝手をされても困るのでな」

「では、その旨《むね》を我が王に伝えよう。移動方法については後日お伝えする」

言外に、勝手に接触するなと釘《くぎ》を刺すも、星の使いは素知らぬ顔。早々に引き揚げようとしたら、最後に彼は振り返った。

「オルレンドルの皇帝よ。もし貴国が望むのであれば、我が王は其方にヨー連合国の土地を渡してもよいと考えているが……」

その相談はもっと内々に行うべきではないだろうか。そもそも「手を組まないか」なんて案件、ヨー連合国の人が聞いたら憤死するはず。彼の発言に場内の空気がいっそう冷ややかになるのを感じていたが、夫はこういうときの判断は間違えない。

「断る」とすげなく言われた相手は引き下がろうとし、今度はライナルトが引き止める。

「一つ確認しておきたい。我が皇后を貴国に招くならば、その身を守っている、人ではないものをラトリア領土に入れる心積もりであると考えてよいな」

「──と、おっしゃるには？」

「黎明」

ライナルトが滅多に呼ぶことのない名前に呼応して、場の空気が変わった。

春風を感じる花の香りがふわっと鼻腔をつく感覚は、草原を思わせる。艶やかな藤色の髪の女性が隣に佇んでいた。

彼女が公式の場に姿を現したのはこれが二度目。その姿を見たのは初めての人も多く、彼女がライナルトに頭《こうべ》を垂れたのもまた、人々のどよめきを誘った。

星の使いは黎明をまっすぐに見つめている。

ライナルトは彼女をこれだ、と言った。

「すでに離れようとも離れられぬ存在だ。連れて行かぬという選択はないぞ」

黎明は沈黙を保っている。何かを待っている様子で皆が不思議がっていたら、ライナルトが許可を出して初めて口を開いた。

「こんにちは、新しい星の子。わたくしはあなたを知りませんが、わたくしの知らぬ存在であっても、あなたの前の星は存じています」

「其方が明けの森の守護竜殿か」

「いまはもう精霊から外れていますので、ただの黎明です」

「だとしても、其方は尊き方だ」

彼の発言で判明したのは、彼の知る黎明も明けの森の守護竜殿だった点。星の使いはこれまでの慇懃無礼な態度を捨てて腰を折った。

「お初にお目にかかる。空を捨て、地に留まるもなお輝きを失わぬ希望の光。いにしえより命を守り続ける誇り高き明けの森の守護竜。此方は空に瞬《またた》く星の輝きを追うもの、あるいは星穹《せいきゅう》と名付けられたもの。まだ何者でもないものだ」

彼だけ名前の雰囲気が違うと思っていたら、やっぱり本名ではなかったらしい。黎明の前では素直に名前を明かした。

「星穹……それがあなたのお名前？」

「先代が身罷《みまか》る前に残した名であるが、此方はその名には相応しくない」

「それゆえに星の使い、ですか。前の星が、そうであれ、と祈りを込めた名であれば、それはすでにあなたの名前でしょうに」

「貴女の気持ちはありがたい。だが、そのお心だけいただいておこう」

彼女を前にした星の使いはただの好青年だ。

同じ精霊相手だとこうも態度が違うとはびっくりだ。それともこちらの黎明は、よほど偉大な存在だったのかしら？

星の使いにも礼を尽くす相手はいるらしいが、オルレンドルに与《くみ》するつもりがないのは変わらない。ライナルトの問いに答えた。

「改めて話をされてしまっては仕方がない。お二方が離れられぬ関係というのが真《まこと》ならば、拒絶するのは無意味であろう」

「二言はないな？」

「嘘は申しませぬ。黎明殿のラトリア入りは此方の名にかけて認めよう」

「ならばよい。では、疾《と》くお前の主人に我が意を伝えに戻れ」

「御意《ぎょい》」

「それと、お前の王には、次はもう少しマシな者を寄越せと言っておけ」

最後にチクッと刺しておくのは忘れない。

衣の裾を翻し、瞬きの一瞬で姿を消した星の使いの後に残されたのは、喧嘩腰のラトリアに対する非難だ。とりわけうちの外交官は悪口こそ言いはしないが、苦々しい表情は隠せない。

そして宰相リヒャルトの苦言はライナルトに向いた。

「陛下にお考えがあるのは存じておりますが、御自《おんみずか》ら国を離れ、あまつさえカレン様を連れてお行きになるなど、軽くお決めになりすぎではございませぬか」

「かと言って、精霊をあれらに譲るわけにも行かん。竜が敵になったが最後、我が国には空からの脅威に対抗する手段がない」

「現在講じております」

「言い直そう。オルレンドルの防備体制が間に合うとは限らん。それに、グノーディアだけを守っても意味がなかろう」

ひどく楽しそうに笑うせいか、打つ手なし、と言わんばかりのリヒャルトに救いを求められたが、私はゆっくり首を振る。

「いまに始まったことではありません。それと陛下、黎明には下がってもらってもよろしいですか」

「構わん。ただ、対空装備を急がせたいから、また軍部から人を送る」

この言葉に黎明は、消える直前、神妙に眉を寄せてライナルトに進言した。

「その話の前に、陛下にはお尋ねしたく存じます」

「許す。言ってみろ」

「わたくしは争いを好みません。オルレンドルの民や皇后陛下の心を乱すのは本位ではありませんから、皆さまには守る術をお伝えしました」

そっと胸の前で両手を重ねる。

「ですが精霊達にもまた、傷ついてほしくないのです。みだりに彼らの命を奪わないと約束してもらえないでしょうか」

「それこそ心外だな。私は守る術を学ばせるだけで、むやみやたらと戦を仕掛けるつもりはない」

「精霊の力は強大です。破壊に利用しないと誓っていただけますか」

「我が皇后に誓って」

二人はしばらく見つめ合うと、黎明が頭を垂れる。

「そのお言葉を信じたいと存じます。では、後ほど……」

……ありがとうね、黎明。

本来、ライナルトに従う必要のない彼女が彼の判断を仰いでいたのは、この場にいる臣下たちのためだ。容易に出現を繰り返す精霊は、それだけでも人智を超えた神秘の存在だ。ほとんどであれば敵対時点で意気が削がれてしまっても、彼女の存在は心の支えになる。黎明が人の心の機微を掴みあげ、行動してみせることで私たちは助けられたのだ。

ライナルトが席を立つと、皇帝の挙動に場内の視線が集中した。

「諸侯には改めて触れを出すが、不安に感じる必要はない。我がオルレンドルは現時点においても知識・技術共に他国を凌駕《りょうが》する国である。たとえ精霊に国家を脅かされようとも、脅威を退けるための覚悟と力が備わっている」

知識、と発する際に私の方を見て強調するのを忘れない演技派だ。

「私は民を庇護《ひご》する者であり、オルレンドルの威光は何一つ揺るがぬことを約束しよう。ゆえに諸侯には、その実力を存分に発揮してもらいたい」

一同を見渡し、各々の覚悟を見て取ると号令を下す。

「ラトリアは精霊が味方に加わったと浮かれているだろう。連中には、新たな土地を狙うのが己だけではないと思い知らせてやるがよい。オルレンドルの発展のため、諸侯らの働きを期待する」

……さりげなく隙があれば相手の土地を奪うつもりだ。

ざわついていた場がすっかり落ち着き、諸侯の覚悟を取り戻したところでライナルトは今後について軽く触れを出し、場は解散となる。

彼が私に手を差し出し、謁見の間を後にして、向かうのは散策だ。

「いつもでしたらお仕事に直行なのに、日中からお誘いしてくださるのは珍しいですね」

「新しい衣に浮かれる妻の心を察するくらいはできるようになったのでな。それを捨て置くほど無粋ではない」

「あら、お気付きになってくださったんですね」

「よく似合っている。誰に作らせた？」

「いとこのマリーが紹介してくれた針子です。あまり有名ではないらしいですが、良い腕を持っていました」

「であればあまり顔は広くなさそうだ。望むように仕立てさせてやれ」

「よかった。この人の仕立てた他のドレス着たかったから、それもお願いしようと思ってたの」

いつもドレスを仕立ててくれる人は決まっているし、と趣向を変えてみた結果だ。

かなり私の好みだし、出番がたったの数十分なのはもったいないと思っていたから、彼の許可が嬉しい。

お洒落《しゃれ》に関して、オルレンドルは新しい流行をどんどん受け入れる気質が育っている。だから舞踏会などでは様々な意匠が出てくるし、私も着させてもらっているが、他国からの客人を迎えるときは、古くからのオルレンドルの着こなしそのままだ。

つまりスカートの後部を膨らませる形のものだが、古くさくならないように素材や光沢感の持たせ方は工夫されている。

場所的に派手な柄は避けられているけれど、レース素材を使って透け感を持たせたことで地味にはなりすぎず、ちょうど良い案配だった。繻子《しゃす》によって真珠が縫い込まれた揃いの首飾りと腕飾り、靴に目を輝かせた記憶は新しい。

ライナルトとは揃いの指輪を嵌めており、金の土台に金剛石《ダイヤモンド》がきらりと光った。

つい顔を綻ばせていると、柔らかく微笑む水色の瞳と目が合い、いっそう楽しくなってきてしまう。

こうして練り歩く間に、ライナルトは宮廷の隅々に目を飛ばす。

「どうしてヨーの土地をくれるという誘いを断ったのですか？」

「そこから説明が必要か？」

「いいえ？　だけどあなたは聞いてほしそうにされてました」

今日、ライナルトの気分で選ばれたのは正門側だった。

宮廷においては正面玄関とも言える場所だが、専用通路が用意されている私たちが利用する機会は滅多にない。人がいるけど近衛が離してくれるし、盗み聞きの心配もなかった。ライナルトも気にせず続ける。

「貴方も知っての通りだ。他人から土地を譲ってもらって何になる。それに、どうせヨーも同じことを言われているはずだ」

「共にオルレンドルを攻めないか、とか？」

「その通り。むしろラトリアとしては、二カ国で挟み撃ちした方が楽なはずだ。あの男の言葉ほど信用できぬものもない」

「もしヨーがオルレンドルのものになった場合は、土地をくれてやったのだからファルクラムを寄越せ、くらい言いそうですね」

「私が甘言《かんげん》に乗った場合でも同様だろう。あるいは私を刺しにくるかもしれん」

「あなたならそうしますものね。正直に味方であり続ける理由がありません」

「私が手を組んだ相手を裏切ると？　ヤロスラフのように野望に愚直になる姿を羨ましくないとは言わないが、もう少し外面《そとづら》は整えるつもりだ」

「なら外面を整えてから裏切るんですよね？」

正解を言い当てたからといって、満足げに微笑まないでもらいたい。

ライナルトは人通りの多い場所に出ると注目を集め、自国の王に滅多にお目にかかる機会がない人々からは、感嘆の声が上がっている。

私は常に身近にいるから忘れがちだが、民の姿を目の当たりにしてはじめて実感できる。

帝都民にとって、皇帝陛下の存在はかなり大きい。

ヨー連合国の名を口にしたライナルトはキエムを思いだした。

「あれの性格だから、ヨーの方は共闘の返事を保留しているかもしれんな」

「美味しいところ取り、でしょうか」

「キエムは抜け目のない男だからな」

「けれど彼らとて、オルレンドルが負ければ次は自分たちだとわかっているはず。防備を怠らず、黎明から得たこちらの防衛技術をちらつかせておけば大丈夫ではないでしょうか」

あとはキエム達に対して、ヨー連合国を攻めようと提案されたけどはっきり断った、と土産話にもできるから、今回に関しては喧嘩にはならないはずだ。

ライナルトの足がピタリと止まると、揃って壁に向かって立った。

そこにあるのは謁見の間と同じく、数代前の皇帝の肖像画だ。以前ここに飾られていたのはカール帝の肖像画だったが、ライナルトの即位と共に入れ替わった経緯がある。

興味なさげに見上げる横顔に尋ねた。

「私をラトリアに連れて行ってくださるのは本当ですか?」

「本気だ。常々どこか旅行に行きたいと話していたろう」

「覚えていてくださったんですね」

新婚旅行の話だ。

まさか本当に連れて行ってもらえるとは思わず、事情はどうあれ心は浮かれている。ただ、彼は本気であっても、ある不安を抱いている。

「リヒャルトの代わりに申しますよ。ただでさえあなたの眠りは民を不安に陥らせました。今度こそ玉座を空けて、対策は考えておられるのですか」

「それだが、私の眠っていた間について、モーリッツからいくらか報告を受けている」

「どの報告でしょう。心あたりがありすぎます」

「いまだ過去の栄光に縋り付く、現実の見えていない愚か者共だ」

「前帝陛下の一派や、ヴィルヘルミナ皇女殿下の過激派ですね。それに、あなたに付いたはよいけど、思い通りにならなかった方々」

彼らが水面下で密会し、悪知恵を働かせて盛り上がっていたのは聞いている。

私がいたから特に問題はなかったはずだけど、そういえば、私が眠ってからの動向は聞いていなかった。

「カレンが倒れた後は、あと一歩のところで私が目覚めたそうだ」

「まあ、それじゃあ……」

「今度こそ国を空ければ、足りない頭の連中は蜂起《ほうき》するだろうな」

……ああー。

ちょうど掃除ができるから一石二鳥、みたいなあくどい表情に、私はやっと彼の真意を理解した。

「軍事の方はとりまとめられそうですか？」

「この数年でバーレが上手く計らってくれた。即位直後では難しかったが、今回はよい軍事演習になるはずだ」

不穏分子を燻《くすぶ》らせておくのも気がかりになる。

国外を相手にするためにも、手駒が揃ったここで叩いておくといった考えかしら。

腕を掴む手に力を込め、夫に体重を預けて頭を傾ける。

「せっかくの新婚旅行は嬉しいですけど、大人数でぞろぞろと、ですか。あまり気は抜けなさそうですけど、贅沢は言ってられませんね」

それでも本来なら行けるはずのなかった外国の景色を楽しめるのだから、悪い話ではない。今回はライナルトも一緒だし……と旅行に思いを巡らせていたら、不思議な言葉が降りかかった。

「それについては心配ない。国外旅行は心置きなく楽しめるはずだ」

心配ないってなにが？

思わず見上げると、私の夫ながら、たいへん悪い横顔をしていらっしゃった。そこがまた格好いいし、浮かれている姿が可愛いなあと感じてしまうのは、もう間違いなく惚れた弱みだ。

察しの悪い私にライナルトが耳打ちする。

私は驚愕で固まった後、楽しみのあまり場を忘れて、飛び上がらんばかりに抱きついた。

6 滅びの街、コンラート

人目を避けるため、オルレンドルを発ったのは完全に陽が落ちてから。

笑顔が顔を飾り、歓声が空を舞い上がった。

「竜だぁぁぁぁ空だぁぁぁぁ！」

まさに喜びを抑えきれんばかりの嬉々とした表情で溢れるニーカさんは、まるで子供のようだ。空中でも構わず両手を広げ、全身で風を受け止める姿は幸せの極致と言わんばかりである。

彼女のベルトをアヒムが摑み落下を阻止するも、その程度で興奮は冷めない。アヒムは重心の取りにくい竜の背の上で、目を見開きながらマルティナを振り返った。

「黙って見てねえで、助けてくれないかねぇ!?」

「残念ながらわたくしでは力が足りませんので、ここは殿方で力のあるアヒムさんの出番です」

「力が足りないとか嘘つけ！　……シス！」

「ぼく、フォークより重いもの持ったことないんだー」

「揃いも揃ってしょうもねえ嘘吐《つ》きやがって！」

明らかに動くつもりのないマルティナと、堂々と嘘を吐くシスに手伝う気はない。

その間にもニーカさんは仁王立《におうだ》ちを試み、まさに達成した瞬間だ。危ないですよ、と忠告しようとしたが、あまりに嬉しそうだから止めるのも心苦しい。

後ろで私を支えるライナルトが冷たく言い放った。

「だからニーカは縄で繋いでおけと言ったろうに。それなら落ちてもぶら下げて行ける」

「あんなことになるなんて誰が想像できるんですか」

「私は想像していたから言った」

「もっと具体的に言って！　……アヒム、ニーカさんを落とさないように頑張って！」

「もうやってらぁ！」

大笑いをはじめるニーカさんの喜びようは、これまで見たことのない類のものだ。

「私はついに竜に乗ったんだー！　とうとうやったんだー!!」

「うるせえ！」

アヒムに怒鳴《どな》られてもまったくめげないし聞こえてない。服装も完全な旅仕様だし、知らなかった側面に、どうりで私たちのお願いに味方してくれたのだと納得しきりだ。

私は出立前の出来事を思い返した。

「会談に先がけ、私たちと少人数のみでラトリア入りする」

ライナルトが宰相達にこの案を明かしたとき、当然ながらほとんどの人が反対した。護衛もろくにつけず勝手にラトリアへ行くと言うのだから、彼らの意見はもっともだ。

説得は難航すると思われたが、移動手段に黎明を用いると言った途端に、ニーカさんは賛成派に転じた。護衛として自身の同行を約束させると、断固反対を掲げるモーリッツさんをはじめ、ヘリングさんといった顔見知りたちを説き伏せていったのだ。

宰相リヒャルトは始終難しい表情だった。

「陛下はラトリアの使いを待てぬのですか。ラトリアならば、もっと安全な道行きが約束されておりましょうぞ」

「あれは信用できん」

これに反論できなかったのは、ご老体にも思うところがあったせいかもしれない。

さらに皇帝皇妃揃っての不在については、ライナルトも対策を立てる。

「私たちの不在は伏せ、代理としてヘリングとエレナを立てる」

「その二人が腹心であることは存じていますが、代わりにもなりませぬ」

「政はお前とモーリッツがいれば問題ない。大事なのは私の意を汲めるかどうかで、見た目は魔法で誤魔化せ」

「魔法院にそれほどの芸当をこなせる方は……」

「この国には精霊がもう一体いる。そちらを使えば見破られる恐れもあるまい」

彼が精霊を頼るとは思わず、この発言にはその場の全員が目を丸くし、同時に彼の本気を悟った。

この案の通り、白羽の矢が立てられたのはエレナさん夫妻で、彼女たちの見た目を誤魔化す細工はフィーネの役だ。この依頼をする際、ヘリングさんは引きつり笑いを零していたが、エレナさんはやる気に満ち、フィーネは二つ返事で引き受けてくれた。

私たちの随伴《ずいはん》はアヒム、ニーカさん、マルティナ。旅慣れた面々にマルティナが加わったのは、現地人に似た人がいた方がいい、とのシスの助言だ。彼は黎明を実体化させる私に魔力を分けるために加わっている。

本当は彼らだけで完結する予定だったのだけど、これになんと……。

「すごいすごい、なんだこれ、本当に飛んでる!」

「エミール! やめて、落ちる、本当に落ちる! 僕たちはニーカさんじゃないんだからさぁ!」

「ワタシが補助してるから平気よ。エミールの好きにさせてあげなさいな、ヴェンデル」

「……それ、アヒムを助けてあげないの?」

「アヒムなら大丈夫よ」

「聞こえてるぞ小娘ェ! いいからこの無鉄砲をどうにかしろ!!」

「ヴェンデル、アレをご覧なさい。ワタシが大丈夫って言った通り元気でしょ」

吼えるアヒムを無視するのはルカ。

他には弟エミールに、義息子ヴェンデルだ。

その、はじめはこんなに大所帯の予定ではなかった。しかし途中であるところに寄って行くと話したら、ヴェンデルも行くと言いだして、国外旅行なら……とエミールも乗り気になってしまった。

オルレンドルとラトリアの領土境は緊張状態、遊びではないと説得したのだが、二人は引き下がらなかった。

「これから国外に行ける可能性が低いのなら、僕はなおさらコンラートを滅ぼした国の実態を見ておく必要がある」

「ヴェンデルが無茶するなら俺が止めるから、姉さんたちは安心してください。あ、俺はかの有名なラトリアの闘技場を、是が非でも観光します！」

ヴェンデルは固い決意を秘めて、エミールは……なんなのだろう。ヴェンデルを案じてるのとは別に、瞳の奥にそれ以外の欲望を燃やしている。

二人を連れて行くので、護衛としてルカを増員した。ジェフも希望したが、彼には私の代わりに活動するエレナさんを本物のように扱い、守ってもらう役目がある。

見た目は魔法で誤魔化せるといっても言動は違和感が出るし、マルティナが外れてしまうから、エレナさんに助言をできる人を置いてきたのだった。

シスは不安定な黎明の頭の上で、悠々自適に腰をかけている。

「いやはや、長い間生きてるぼくにしたって、竜に乗って旅をするなんて初めてだ。オルレンドルのせいでクソみたいな人生でも、何が起こるかわかったもんじゃないね」

「それは私に対する嫌味のつもりか？」

「つもり、じゃないぜライナルト。ぼくはハッキリと嫌味を言ってるんだ」

「ならば先代の墓に向かって話しておけ。墓石であればその減らず口も黙って聞いていよう」

「それはもう飽きた」

嫌味の応酬が始まると思ったら、シスは気分良さげにライナルトの相手を切り上げ眼下を見渡す。

私には真っ暗な地面と、双子月に照らされたわずかな大地しか映っていないが、シスには事細かにすべてが見えているらしく、鼻歌まで唄いだして、あまりに上機嫌だから問いかけた。

「唄うほど楽しい?」

「そりゃあね。きみたちは気付けないらしいけど、ほんの少しだけ風に魔力が乗ってるんだ」

手をかざして、心地良さげに目を細める。

「前よりも、ほんの少しだけ強くなってる。昔を思い出す感じだね」

「それって……」

「はは。本当に精霊が帰ってきたら、こんなもんじゃ済まないんだろうな」

……ああ、そっか。大気を満たす魔力は精霊から生み出されている。魔法が衰退したのは彼らが精霊郷に去ったからであって、戻ってくるとなれば逆も然りだ。

そっと声のようなものが頭に響いた。

『嬰児《みどりご》、落ちては危ないですよ』

黎明が語りかけると、シスは自慢げに鼻を鳴らす。

「落ちちまったら、せっかくの絶景が台無しになるだろ。そんなヘマするもんか」

『わたくしが頭を動かしてしまうかもしれません』

「ぼくなら問題ないから、きみの好きに飛んでくれよ。この背中から、見たことのない景色を記憶して行きたいんだ」

黎明はこれだけの人数を背に乗せるのは初めてらしいが、問題なく飛行できている。背中が騒がしいのも微笑ましく感じており、落ちてしまわないように案じている。

『わたくしのあなた、体はどうですか』

「シスの魔力なら慣れてるから、思ってるより平気。れいちゃんは？」

『すこし眠たかったのですが、飛ぶことでやっと覚めてきました。でもこれほど長く飛ぶのは久方ぶりですから、うまく飛べているかどうか……』

「大丈夫、ずっと安定してるし、すごく楽しいから！」

『無理をしてはなりませんよ。ここからは、わたくしのあなたの魔力は嬰児《みどりご》頼りなのですから』

彼女の魔力補給源は私なので様子見をしながら飛んでいるが、いまのところ支障はない。

高度が高いのもあり、長時間飛んでいると寒さで手足がかじかみそうでも、そこはシス達の出番。〝趣《おもむき》〟が必要とかで風はガンガン当たってくるが、体温は保たれている。

初の飛空旅行、人間側も慣れてきたところで黎明が皆に告げた。

『慣れてきたので、すこし飛ばします。嬰児《みどりご》、よく守ってあげてくださいね』

私は彼女に騎乗したことがあるので最高速度は知っていたけど、他の皆はそうじゃない。

胸に押し付けられるような圧迫を感じると、驚きと喜びの声が同時に上がり、体感的にも速度が増していく。

『こちらの方角で良いのですね、嬰児《みどりご》』

「ああ、間違いないよ。このまま真っ直ぐ進めばコンラート領だ。方角は間違いないから、数日かけてゆっくり行こう」

シスが口にした名前にヴェンデルの表情が強ばり、私はライナルトの服を強く摑んだ。

ヴェンデルが絶対に行く、と食い下がった理由がこれ。

——ラトリアの前に、まずはコンラートに行く。

もう、誰もいない場所への里帰り。

しばらく帰れないと思っていたあの地へ私たちは向かっているのだが、簡単に到着できるわけではない。

移動手段が竜といっても、オルレンドルからコンラートへは遠い。

黎明を飛ばすための魔力も必要だし、無理な魔力供給と放出の繰り返しで私が体を壊しては元も子もないので、無理をしない旅程となっている。

私たちの移動の基本は夜だ。

深夜の間にほどほどの速度で移動し、私が疲れてしまったら降りて休息。

皆も思い思いに過ごし、ぐっすり眠って回復してから再び出立。規則正しい生活を乱してしまうけど、これがもっとも確実な方法だ。

何日かこんな旅程を繰り返すと慣れも出てくるもので、ある時は思ったより消耗が激しいと、体調を崩す前に、事前に地上に降りることができた。

休めそうな場所を見繕うのは、シスやルカのおかげで迷わず一発。獣や虫除け、雨風を防ぐ手段はシスの魔法で、寝るときの気温調節すら行ってくれる。

これまでの旅は必ず身の回りを手伝ってくれる人がいて、物資も豊富だったから、少人数の旅は初めてだった。それでも魔法の補助があるから、苦労しているといったら硬い地面で寝ることと、お風呂類の不自由くらいしかない。

そう、かなり楽な旅なのだ。

加えて旅の案内人たるアヒム、シス、ルカはこの間までヨー連合国を巡っていた。

こういった旅程は手慣れたもので、細々とした配慮が行き届いている。

あまりに楽すぎるから、もう少し手間をかけてみたい――。

この訴えを起こしたのは私とエミールだ。

せっかくの旅路なのだ。もっとこう、料理や枝集め以外に、旅人らしい旅をしてみたい。

「健康のためにも、一日くらい歩いて移動してみるとか！」

「賛成。俺は簡易天幕とか立ててみたい」

提案は、歩き通しは体を壊すからだめ、天幕は荷物が増えるから却下と言われてしまった。私たちがごねる一方、ヴェンデルは旅行したいと言ったわりに苦労は嫌いなようで、快適な旅路を楽しんでいる。

朝になると炭の上に小さなやかんを置き、木の枝で火の調節を行う。

諦めの悪い私たち姉弟に、ヴェンデルは呆れ顔を隠せなかった。

「寝床は硬くて寝にくいし、たき火の臭いは服に移るし、ご飯は限られるし、カレンとエミールはそういうのやったことないだろ。進んで不自由したい気持ちがわからないね」

「不自由とはちょっと違うわ、何事も体験って言うじゃない」

「姉さんの言うとおりだ。ちょっと自分が自然とふれ合って育ってきたからって、知ったかぶりはどうかと思うぞ」

「君たちよりは山に親しんでたし、別に知ったかぶりじゃないんだけど」

ヴェンデルはお茶に拘《こだわ》りがあって、わざわざこの日のために調合してきた茶葉をやかんに放り込む。たちまち辺りに香りが漂い、匂いを堪能しながら木のスプーンを振った。

「それに二人揃って虫が苦手なのに、苦労したいとかお笑いなんだよ。カレンなんて、ちょっと大きな蛾《が》が飛んでたくらいでわーわー騒ぐのに」

「手の平大はちょっとじゃないけど⁉」

「水浴びもしたいってうるさいじゃないかー」

「それは姉さんだけじゃなく、俺も綺麗にしたいからなあ」

ヴェンデルはエマ先生が森で自由に遊ばせていたので、虫には慣れっこ。おまけにコンラート時代は毎日お風呂に入る習慣がなかったのもあり、このあたりも野営の助けになっている。

お風呂に関しては、日本ほど湿度が高くないから平気と言えば平気なのだけど……うう、このままでは分《ぶ》が悪い。

私は隣のライナルトに尋ねた。

「あなたは？　野宿とかはやっぱり軍学校の訓練で慣れたの？」

「そうだな。ほとんどは野営訓練で教えられた」

「手持ちの道具も、あなたとニーカさんは支給されているものなんでしたっけ……そっかぁ。じゃあ、軍学校を経験した人ってみんな野営が上手なのね」

「私は不得手ですよ」

否定したのはニーカさんだ。

「たしかに学校では実地経験をしますが、得意かと言われたら違いますね。小道具の手入れや管理が大変ですから、必ず忘れ物をしてしまいますし」

「え、ちょっと意外」

「ついでに虫も苦手ですから、シスの魔法は最高です。あとは冷たい葡萄酒があればもっと良い気分になれるのですが」

「あ、同感」

さっと手を上げるシスに、なぜかこの二人を一緒に飲ませたら拙《まず》い予感を覚える。

かなり力説するニーカさんは、初耳といった様子のライナルトを睨んだ。

「なぜ驚く」

「てっきり好き嫌いはないかと思っていた」

「そんなわけあるか。やらねばならないからやる、それだけだ」

わかっていないなあ……そんな顔で首を振りながら語る。

「ライナルトにはこの苦労はわからないでしょう。物資の管理はモーリッツがしてくれるし、どこでも寝れるし、力になれば食はなんでもいい。蠅《はえ》入りスープすら平気ですから……」

「食べるものがないときだけだ。好んでは食さない」

虫入りスープにはヴェンデルも引き気味だ。

軍時代って人を殺傷するあれこれが関わるからあまり聞かないけど、時折聞く話は興味深いものが多い。

「じゃあこれだけ野営に慣れてるのは、やっぱり軍で色々体験したからなんですね……」

「そうですね。私は……」

ここで彼女は、なぜかとても遠い目をした。

「初めての野営訓練が散々だったせいで、それよりは全部マシなだけですから……」

「それぼくも『箱』のときに聞いたぜ。きみ、色々大変だったんだよなー」

シスは何か知っている様子。

いつかその時の話を教えてもらえるかしら。

この話を聞いていたエミールは背後の木に向かって顔を持ち上げた。

「俺としてはマルティナが野宿に慣れてるのが意外だったなぁ」

なんとマルティナは木の上に腰を掛けている。けっこうな高さでも、軽々と登りきってしまい、片足を垂らしながら木の実を囓る。

伊達眼鏡を外し、首元を覆う長いマフラー姿はいかにも旅慣れている。

旅立ちに際し携帯してきた旅装はすべて自前で、そのどれもが使い込まれた実用品だ。中にはアヒムも唸るほどの道具があったらしく、談義していた様子は記憶に新しい。

マルティナはエミールの疑問に微笑んだ。

「昔は両親に会うため、ひとり遠方に赴いたこともあったのです。ですから、どうしても野宿に慣れる必要があったのですよ」

「それが木に登る理由？」

「習慣です。旅もそうですが、傭兵は見張りを立てねばならないときがある。両親のもとへ赴けば、身軽なわたくしが高台や木に登らされる機会が多かったのです」

「見張りって、マルティナは両親が傭兵であって、マルティナは違うんじゃないの？」

「もちろんそうですよ。ですが仕事とお国柄といったところですね」

マルティナの亡き両親は傭兵だった。かつてコンラートを襲撃した一味にいたが、彼女の両親にまつわる話はみな承知している。

不思議そうなエミールに、彼女は家庭教師だった頃の貌《かお》を覗かせる。

「ラトリアは農耕に向いていない土地が多く、食料に乏《とぼ》しいというのは、いつか貴方たちに教えたとおりですが、子供を遊ばせておくのは十と少しまでなのです」

「それ以降は？」

「早いうちに親の仕事を学ばせるか、国の合同訓練に通わせます。幼い頃からそういった気質を叩き込まれているために、子供であろうと働くのは当然と考えますね」

働かざる者食うべからずの精神で、少女だったマルティナも働かされたと語る。ラトリアの学び舎《や》事情を聞いたエミールは悩んだ。

「じゃあ、文字とか簡単な計算はどうするんだろう」

「その程度でしたら自宅で親が教えるなり、合同訓練で基礎を学ばせますが、貴方たちが通う学校のような本格的な勉強は期待できません」

「学校がないってこと？」

「いいえ。施設としては存在するのですが、門を開く相手が限られています」

勉学より力を尊ぶ気質なので、とにかく強さを求められるのがラトリアという国だ。

マルティナの話にニーカさんが空を仰ぐ。

「そういえばうちの爺《じい》さまもその気質が強かったかも。私が十一を過ぎた頃には仕事を手伝わせてたし、サボった日には、食わせる飯はないってぶん投げられた」

「……無事だったのか、それ」

アヒムの手には蒸留酒があり、ニーカさんも同じものを傾けながらお爺さんを庇った。

「投げた先は乾草の塊だったたし、怒っててもその辺はさじ加減が上手だった」

「ラトリアってそういうとこあるよな。おれの母親は、ラトリアと同じ感覚で俺を働かせようとしてアレクシス様に止められてた」

「父さんが？」

父さんの話に私とエミールが興味を示すと教えてくれた。

「子供はまだ働かなくていい、それよりはちゃんと勉強しろって私設塾に通わせてくれたんですよ。そのおかげで読み書きや計算がきっちりできるんです」

「わー……さすが父さんね」

「母に任せてたら、もっと締め付けが厳しかったんじゃないですかねえ」

ラトリアの話題に、ルカがアヒムをつつく。

「ねえねえ、マスターがラトリア生まれだったら生きていけなかったかしら」

「お前、そういうもしもの話をしてどうするんだよ」

「ワタシが好きなんだからいいじゃない。それで、どうなのよ」

「……まあ、金持ち以外は厳しいかもな。噂じゃ体の弱い子供は、親が命を奪っちまうって聞くし」

なにそれこわい。

私は恐怖半分、興味半分でシスに尋ねていた。

「シスはどう？　そういうの聞いたことある？」

「ラトリアじゃ親が子供を殺すって話かい？　……ありえるんじゃないかな」

認めないでほしい。ただ彼はこれを昔の話、と前置きした。

「子供の頃から合同訓練ってやつ、昔はもっと強制的な徴兵だったんだよ。で、体の弱い子供はそこでふるいにかけられて命を落としてた」

その訓練は大変厳しく苦しいもので、ラトリアは強さを尊ぶがため、訓練を終えた子供らを丸裸で森へ放り出し、生還者のみを迎えていたという。

「苦しませるくらいなら親が子を手に掛けるわけだけど、そういうの耐えられない親もいるじゃん？　大抵は養子に出して徴兵を免れるんだ」

「あ、そういう手もあったのね」

「非合法でも、あえて国が目を瞑《つぶ》ってる事業ってのがあるのさ。あと訓練に出さずとも家業を手伝わせるって抜け道もある」

とても信じたくない話だが、彼らの強さを思うと、どこか納得できる話だ。

ニーカさんを筆頭としてアヒム、マルティナと私の周りのラトリア人の血を汲む人は、いずれも身体能力がずば抜けている。ラトリアが長い歴史のうちに、強者のみを選《よ》りすぐった行いの結果だとしたら、弱者はすべてふるいにかけられてしまったのだ。

気分の良い話ではないが、これがラトリアという国だ。

この国の軍が如何《いか》ほどの強さを誇っているのか、とても気になるところ……で……？

「……どうした？」

おもむろに夫を凝視する私の髪のほつれを直すライナルト。

「もしかして今回の旅行って、ヤロスラフ王が信用ならないとか、精霊の思い通りになるのが嫌とか、相手の意表を突きたい以外に、ラトリアの国力を直に見たいという魂胆《こんたん》ですか」

「そうだが」

「私との旅行は？」

「当然それもある」

いま気付いたか？　みたいな顔！

……ええ、ええ、気付きませんでしたよ！

だってヤロスラフ王が気に食わないと感じていたのは知ってたけど、旅行に行けると思って、そればかり考えて準備していたのだもの!!

「そいつに繊細な気配りがあるわけないじゃん」

「シス、うるさい！」

「裏がないわけないでしょ」

「アヒムも！」

普段だったら絶対気付けるのに、よっぽど私は浮かれていたのだ。

黙っていたらシスの玩具《おもちゃ》にされる。それだけは避けたくて話題を切り替えた。

「マリー達はいつごろファルクラムに到着しそうか、ルカはわからない？」

「サミュエルだけならともかく、マリーがいるし、急いでもワタシ達の旅行中に間に合うかどうかじゃないかしら」

「途中までならマリー達も送ったのにね」

お茶会で彼女に頼んだ、姉さんへの手紙の件だ。空を飛んで行くと教えたら乗り気になったけど、あまり荷物は持っていけないと告げた途端に馬車で行くと断られた。

ファルクラム領で捜しものがあると言っていたし、無事見つかるといいな。

揶揄《からか》う隙を失い不満そうなシスを傍らに、アヒムが皆に呼びかける。

「いいか今夜の内にコンラート領には到着できる。手前からは歩いて行くから、あんまり込み入った話はできないはずだ」

「……なにわかりきったことを話し始めたんだい？」

事前に決めていたとおりではないか、と言いたげなシスにアヒムは目を細めた。

「おさらいするんだよ。今回はお前達の魔法があるっつったって、そこの目立つ夫婦や、お前やルカがなにしでかすかわからない」

「心外だなぁ。ぼくがいつきみに迷惑をかけたっていうんだ」

「そうよそうよ。ワタシをこの問題児と一緒にしないで」

「その言葉が出てくる時点で、この時間が必要なんだよ」

この旅において、ライナルトは旅の指針を決めておくだけで、アヒムが一行の指導役だ。

彼が抜擢《ばってき》された理由は、まず世間を知っているために世渡り上手である点が挙げられる。次にシスとルカと一緒にヨーまで渡った胆力や旅の経験があり、細かいところに目が行き届く。実際こうして確認を行いながら全員に釘を刺すことを忘れなかった。

「いいか。今回のおれ達はそこのファルクラム領から来た一家の護衛だ。おれとしちゃニーカが頭役《かしら》に最適だと思ったが、やりたくないって言うんでおれがやる」

「任せた」

「マルティナもそれでいいな。雇われ傭兵についてはあんたの方が知ってそうだが……」

「問題ありません。わたくしもアヒムさんが最適だと存じますので、補佐に徹します」

普段人を使う立場にあるせいか、役目がなくなって嬉しそうなニーカさん。

アヒムが敬語などを取り払っているのは、彼なりの予行練習だ。

「シスとルカは全員……特にカレンとライナルトへ認識阻害ってやつの魔法を忘れるな。うっかり魔法をかけ忘れたなんて目も当てられやしねえ」

「そんな失敗やるわけないだろ。ぼくは自分にだって魔法をかけるんだぞ」

「ヨーでべろべろに酔っ払って正体現したせいで、大騒ぎになった恨みは忘れてねえぞ」

「ぼくが覚えてないならノーカンだノーカン」

「また意味不明な言葉で言い逃れしやがって」

恨みを込めて言い放った後に、ヴェンデルとエミールにも厳重に注意を行う。

「ヴェンデルとエミールは呼び方を間違えるな」

「へーかじゃなくて兄さんと姉さんね」

「注意するのはそれだけじゃない。観光っつったってあそこじゃ外国人は珍しい。どこかに行くときは必ず誰かに声をかけろ。おれ達の誰かが同行する」

「えー、でも、それは……」

「約束しろ。あそこはオルレンドルほど平和じゃない」

ライナルトの命令でラトリア近辺にまで赴き、直《じか》に調査を進めていたアヒムだからこその言葉だ。あまりの迫力に二人は息を呑み、そこにマルティナが助け船を出した。

「あまり強く言ってもせっかくの旅行が楽しめなくなります。ラトリア人は基本陽気な人々ですし、観光客にも優しいです。全員が敵というわけでもありません」

だから、と彼女は行動の規則を設けた。

「大通り以外に行くのを避け、声かけには反応しない、物乞いには応じない……まずこれを徹底してください。特に最後は重要です、相手が子供であろうと絶対に応じてはなりません」

「子供って、まさか」

「どうしてもなのです、エミール」

いまは内乱で孤児が増えているから、と言い含める。

「たとえ親切心でも、食べ物一つ与えてしまえば、宿まで大勢に付きまとわれる。あなたたち、いえ、あなたたち以外の全員に共通しますが、一人の行動で全員が被害に遭います」

これらの注意に、これから行く先はまるで違う世界なのだと実感が伴ってくる。

マルティナの剣幕に二人が納得したところで、最後、アヒムはライナルトに渋い顔を向けた。

「わかってるだろうが、頼むからあんたは奥さんから目を離すなよ」

「言われるまでもない……と、言いたいが、これに関しては本人に忠告してもらいたい」

そこまで言われて、私が黙っていられるわけない。

「二人してなんです、私がなにかやらかすとお思いですか」

「あんたは令嬢時代から前科あるでしょーが。犬猫よろしくジェフとチェルシーを拾ったの、おれは忘れてませんからね」

「不可抗力ばかりよ。それに最近の私はなんにも事件なんか起こしてません」

「おい、旦那」

「気をつけさせはする」

「ねえ、二人ともひどくない、ねえ？」

なにかある前提で話すのはやめてもらいたい。

私はラトリアで問題を起こすつもりなど毛頭ないし、そもそも楽しみたいのは純粋な旅行だ。ひたすら慎重に、絶対に今回の新婚旅行を成功させる努力を怠らないのだ。

訂正を求める私に、夫は真剣に告げた。

「カレン、貴方は次の飛行のためにもそろそろ眠れ」

あなたまでその反応はあんまりじゃないの!?


ひと眠り後に出立すると、私たちはコンラート領街道の森に降り立った。

朝方になって歩き出し、ゆるやかな丘を上りながら目にしたのは、切り出し中の石材をはじめとする積まれた資材で、あちこち雑多に積まれているせいで景観を損なっている。

以前来たときよりも、ずっと人が増えている。

もはやあの時のように、こっそり侵入すらできなさそうだ。時間も経っているしそこは驚かないが、違和感を覚えるのはコンラートに入るための門周りに、まるで町のように建物が建てられていたことだろうか。

なぜ安全な壁の内側ではなく外側に居《きょ》を構えているのかは、ラトリア人の大工の棟梁《とうりょう》から聞き出した。

中を見物したい――私たちを代表して申し出たアヒムに、男性は渡された硬貨を数える。

「深夜になると啜り泣きや悲鳴が聞こえるんだ。悪いときは物が荒らされるし悪夢も酷いから、誰も中に泊まりたがらねえ」

「だから外で寝泊まりしてるなんて、お上《かみ》に叱られるんじゃないのか。軍人がお目付役なんだろ」

「そいつらは実際に中で寝泊まりさせたら、すっかりびびっちまったよ。いまじゃあいつらも壁の外で寝泊まりして……ふむ？　別に出入りくらいは構わないんだが、この金、本当にいいんだな？」

「お近づきの印さ……で、あんたらは散々な目にあってるのに、まだ帰らないの？」

「そりゃ帰りてえよ。家族を置いて仕事に来てるのに、物資が足りねえし、幽霊のせいで人が逃げちまって思い通りに進みやしねえし……だがこの復興作業は金払いがいい」

「ふーん。ならせっかくだし、一日、中で泊まってもいいかい」

「……それは流石《さすが》になぁ。元々外部の人間の寝泊まりは、軍人共に禁じられてるんだよ」

この申し出は一度断られたものの、アヒムは腰元の袋を揺らす。

「別に入られても困るもんじゃないはずだ。たまにおれらみたいな人間もいるだろ？」

「……あんたら、もしかしてここに親戚でもいたか？」

「それも含めて詮索《せんさく》しないでもらえるかい？」

じろじろと私たちの目的を探るから不安になるが、シスの魔法は上手く働いているはず。深追いはされず、やがて肩をすくめた。

「なら、あんたらどっかの好事家《こうずか》ってことにするのはどうだ。ここの領主は蔵書家だった。いいもん見つけ出して自分のところの棚に加えるために来たって魂胆《こんたん》だよ」

「……おう、そういうことにしてくれ」

「ついでにあと何枚か融通してくれたら、上にもっと上手いこと言ってやるがどうする？」

アヒムが追加の硬貨を用意すると、取引の完了だ。

棟梁は使いを走らせ、しばらくして兵の責任者らしき人物がやってくる。初めは緊張感漂う空気だったが、やがてアヒムやシスと打ち解けた様子でやり取りを行い、満足げに帰って行った。

棟梁が苦笑しながら教えてくれた。

「内部は本当に出るんだ。後で文句言うんじゃねえぞ」

「それでいいんだよ。おれ達は単なる物見遊山《ものみゆさん》だから」

「なら物見遊山の観光客に忠告だ、下手なところには行くんじゃねえぞ」

「たとえば幽霊がいるところとか？」

「んなもんはどこにでも出るが、特にヤバいのは墓地だ。お国は大事にしろってしつこいが、あんなとこ不気味で誰も近づきたがらねえ」

彼らが内部に入るのは、完全に陽が高くなる昼を廻《まわ》ってかららしい。

許可を得て正門を潜る頃、私は震えるヴェンデルの肩を抱く。

ラトリア人の反応は既に予測できていたが、この子には酷な現実だ。アヒムの忠告通りに外套を目《ま》深《ぶか》に被り、顔を見えないようにさせていた。

交渉を終えたアヒムにルカが問うた。

「お金払う必要あった？」

「詮索されたくないならケチらない方がいいんだ」

「ちゃんとお墓参りだって言えば、素直に通してくれたかもしれないのに」

「この面子と両国の関係を考えろ。軍人もいるのに、報復を企んでるなんて誤解されるのは御免だ」

「そういうものなのかしら。まあ、幽霊のおかげで人が少ないのは助かるけど」

コンラート領での幽霊騒ぎなら噂として聞いたことならある。

けれど猫のクロを救出したときの私は体験してないし、同じようにコンラート領を見舞った人達から、そんな話は聞いたことがない。まったく信じていなかったのに、あんな風に人々が門の外に住居を構えているのなら、少しだけ噂は信憑性を帯びそうだ。

もし幽霊が本当にいるなら会ってみたい……そう思ったけれど、中は想像に反してなにもない。

むしろ綺麗に片付いた様《さま》は拍子抜けしたといってもいい。

私はまだコンラート領にどんな建物があって、どんな人々が住んでいたかを覚えている。一瞬だけ彼らの姿がよぎるも、現在の光景に上書きされ溶けて消えた。

焼けていた家々は、あるところは改修され、あるところは取り壊されている。新しく建てられた家は無骨な作りがほとんどで、かつての牧歌的な面影はどこにもない。

家々の間を風が吹き抜け、鳥の囀り以外は静寂に包まれている。

唯一ほとんど変わらないのは、領内を取り囲む壁だけ。見上げた風景はどこか懐かしい気がすれど、人が生活している気配は皆無で、ただただもの悲しい。

先頭を歩くアヒムを追い越すのはフードを外したヴェンデルで、あの時、まだ小さかったあの子は数年分の成長を遂げ――楽しかった頃の記憶を蘇《よみがえ》らせながら、ひたすら足を動かす。

――かつて私たちが住んでいたコンラート邸。

栄光は忘れ去られ、いまや時の流れと共に寂《さび》れた屋敷を見上げるヴェンデルは、腕で乱暴に涙を拭う。涙を滲ませながら眼鏡を戻し、万感の想いを込めて、もういない人達に告げた。

「ただいま」

建物は最低限の修復だけが行われているが、手入れは行き届かず、蔓草に覆われて、かつての面影を訴えるだけと化している。

荒れ果てた前庭は無造作に刈られるか野草に乱されるかで、エマ先生が丹精込めて育てていた薬草畑は見る影もない。復興は進んでいるはずなのに、前より荒廃が進んだと感じるのは気のせいだろうか。

玄関の鍵は開けっ放し。血が染みついた壁や床は剝がされ、内装は作り替えられている。

内部は人が寝泊まりした形跡も残っていたが、後片付けは適当だ。

伯《はく》の自室、書斎の本棚はからっぽ。

残されていたのは傷のない机や椅子で、かつてその席に座っていた人が呼び起こされど、名前を呼んでも返事はない。

白い東屋は古ぼけている。ここで私は新緑に囲まれながらヴェンデルに土いじりを教わり、スヴェンとニコが談笑する姿を、東屋から伯とエマ先生が見守っていた。

ヴェンデルは誰もいない家族の部屋から巡っていった。

既知の痕跡を見つけては喜び、なにもないことに肩を落とし……見終える頃には期待より失望の念が強い。

次に向かったのは生まれ育った小さな家だ。

こちらは金目の物はなく、また荒らされなかったためか、ほぼ以前の状態を保っている。

かつて使っていた寝台に寝そべるヴェンデルの足は、はみ出している。

「前はもっと、この部屋は大きかったはずなんだけどなあ」

最後に向かったのが……お墓。

領主一家とコンラート領民が眠るお墓は坂を下りた外れにある。

領民を慰める碑文や、伯達にベン老人の墓石は、苔《こけ》や水垢《みずあか》に覆われ汚れていた。

私やヴェンデルは丁寧に手入れを行い、摘んできた花を墓石に供《そな》える。思い出なら家にあるはずなのに、なかなか離れがたくてお喋りをやめられない。

夕方になって領内から人がいなくなると、私はヴェンデルを誘って散策に出た。二人だけで歩きたかったから、姿を消したルカが付き添う。

空は橙色《だいだい》から藍色《あい》に染まる手前だ。

雲は金や桃の混じった色合いに染まっている。ヴェンデルは落ち着きを取り戻しているが、何を考えているかはわからない。

話しかけたのは私からだった。

「ほんとに何もなかったでしょ」

「でも家具とかは残ってたね」

「そっちは活用できるって思ったのかも。なにか気になるものはあった？」

「気になるっていうか、地下の抜け道あったじゃん。あれを元通りに隠してたのは笑った」

「ああ、それ。私も知ったときはおかしかった。たぶん、次に活用するんでしょうね」

「人ん家《ち》で好き勝手してくれるよねー……まあ、もう僕ん家じゃないけど」

「思うくらい、いいじゃない。いずれ取り戻してもらえるのだから」

町並みは建物を除き、植栽もほぼすべてが入れ替わっている。あの時の火事と毒性の強い煙《けむり》で軒並み駄目になったから植え替えたそうだ。

どこか懐かしい、知っているようで知らない町を歩き回っている気分。ヴェンデルはそんな故郷を眺め、私に聞いた。

「陛下は本当にコンラートを取り戻してくれるのかな」

静かな、まるで溶けて消えてしまいそうな声だった。ヴェンデルが抱く、未来への漠然とした恐怖に私は力強く頷く。

「取り戻してくれる。だってライナルトは十年以内にって約束したもの」

「僕はそこ、いまいち信用しきれないんだけど」

「あ、ひどい。いつもコンラートに帰ったらって前提の話をするくせに」

「そりゃあ僕が帰れるって信じなかったら駄目じゃん。否定してたらウェイトリーなんかは悲しそうにするしさ」

「ウェイトリーさんのために信じてもいないことを口にしてる？」

「違うよ。そうじゃなくて……カレンの場合は、たとえば約束の十年が過ぎたとしても、へーかを許しちゃいそうじゃん」

「…………んー」

否定できない私に、ヴェンデルは不服そうだ。

「僕は十年って言われたら、じゃあ十年だなって思うんだ。でもそれを超えたり、やっぱりなしってなったらって考える。そういうの、嫌なんだ」

「変な希望は持たせて欲しくないって？」

「……まあ、そういうこと」

悲しいかな、そこは否定しきれないけど、私でも言えることはある。

「でもねえ、取り返してくれるって点だけは、私はライナルトを信頼してるのよ」

「理由は？　愛とか言ったら怒るよ」

「あの人、皇太子や、皇帝の座も、欲しいものは必ず手に入れてるの。いまでも求めて追いかけているものがあるから、コンラートはオルレンドルの領地にするだろうなって思ってる」

「陛下の欲しいものって何？」

「自分で考えてご覧なさい。そうしたら、ああそうだろうなって納得するから」

教えてしまってはつまらない。

私が自信満々に言ったせいか、ヴェンデルは困ったように腕を組む。

「そこまで言うなら、僕は取り戻してからのことだけを考えるけどさぁ……」

悩ましげな姿に、この子はもう大人の言葉を信じるだけの子供ではないのだと感慨深くなる。

その姿が少しだけ……伯に重なった錯覚を覚えた。

「ヴェンデルは大人になっちゃったのねぇ」

「なに、その台詞。僕はもう大分前から子供の時期は終わってる」

……そう言っちゃうあたりはまだ子供かなあ。

場所のせいか、ただ喋っているだけなのに、お互いなにも知らなかった頃を思い出す。

ま、言っても争いになっちゃうだろうし、黙っていてあげよう。

「ヴェンデル、宮廷で何か言われたりしてない？」

「いきなり、何かってなに？」

「前々から気になってたのよ？ 私の婚姻でまた環境が変わっちゃったし、コンラートの時と違って色々な人に会う機会が増えて……」

「あーつまり悪口言われてないかって？」

「……そう」

「言われるよ。たぶん、カレンの想像の倍は僕の耳に入ってる」

思ったよりあっさりとした返事だ。ヴェンデルは、とある家に近づくと勝手に玄関を開け、中を検《あらた》めると——やっぱり、といった風な顔で扉を閉じる。

その家は私も知っているし、何度も訪ねたことがあった。

私の侍女だったニコの実家だ。

この家は火災を免れ、多少の修復だけで済んだらしいが、本来ここに住んでいたはずの人達はもういない。

ひととおり巡っていると、空の朱《あけ》は段々と藍に染まってしまう。

夜の帳《とばり》が落ちはじめると、頭一つ上に、丸い小さな灯りが浮かんだ。

——転ばないでね。

ルカの心遣いに心で礼を告げると、ヴェンデルが話を続ける。

「悪口が堪《こた》えないっていったら嘘になるけど、でも仕方ないと思うよ。だって地方領主の血の繋がってない息子が皇帝陛下の義理の息子だし、野良犬って言いたくもなるかもしれない」

「……それ、実際に言われたの？」

「すごいよね、父さんと血が繋がってないとか殆ど忘れてたし、誰にも言ってないのに、調べ上げるのが趣味の人とかいるみたい」

周りを見渡して、なにもないことを寂しそうに笑う。

私は少し考え……尋ねた。

「助けはいる？」

「本当に辛いときは言う。いまは僕の置かれた状況を覚えててくれるだけでいい」

「わかった。我慢しすぎないでね」

「シスやエミール達は知ってるから、僕が拙《まず》そうなときは話してって言ってある」

達、となればお隣のレオやヴィリに、宰相リヒャルトのご子息レーヴェかな。

ヴェンデルには、いまは黙っておくより、ひとまず話しておこうといった雰囲気が感じられる。放っておいてほしい様子だったから、下手に騒ぎ立て信頼を失う真似はしないほうが良い。

ヴェンデルはさっきから暗がりばかりに目を向けている。

「何か探してる？」

「本当にコンラートの幽霊がいるなら出てきてほしいんだけど、全然だ。カレンは何か見えた？」

「それがなんにも見えないのよね」

「よく考えたらカレンって怖がりなのにコンラートの幽霊は平気なんだ」

「だって伯達が私たちに悪さすると思う？」

「ありえないねー」

「でしょ？　だから本当にいるなら会って報告したかったの。私、独立とは違う形になっちゃったけど、素敵な人を見つけて、ちゃんと幸せな道を歩んでますよって」

ラトリア人は本当に日中しか領内にいなかったので、もしかしたらと期待したのに私たちには何も聞こえない。

泣き声も、悲鳴も、恨めしそうな人々もなにも出てこない。静寂に包まれた領内は優しささえ感じて、わけもなく泣きたくなるくらいだ。

ヴェンデルが私の誘いに乗ったのは同じ目的だったからこそ、残念そうだ。

「僕に会いに来てくれたっていいじゃん」

「会えたらなんて言いたかった？」

「たいしたことじゃないよ」

「私は聞きたいな」

「……いまでもみんな愛してるよって、それだけ」

拗ねたように小石を蹴っても、最後まで私たちは幽霊に出会えなかった。

戻ってから皆にもなにか見なかったか尋ねたけど、やっぱり何も起こらなかったみたい。夜はそれぞれ思い出の部屋で休もうということで、私はライナルトとかつての自室へ。ヴェンデルはエミールとシスを伴い、エマ先生と過ごしていた家へ行った。

翌日はゆっくり出立するつもりが、夜が明ける前に事情が変わった。

マルティナに起こされた私たちが階下に降りたとき、険しい表情のアヒムの横には、ラトリア人の棟梁がいる。

ひとりでやってきたのか灯りも持っておらず、何事かと驚いていると、アヒムがすぐにコンラートを発つと告げた。

「軍人共がおれ達に難癖つけて拘留するつもりのようです」

目的はお金らしい。

棟梁が辟易した様子で続けた。

「あいつらは最近こっちに来たばっかりなんだ。こんな僻地《へきち》に来たからにゃ、ろくな連中じゃないと思ってたら、まあ案の定だ。あんたらは被害に遭う前にとっとと逃げな」

この人は私たちを逃がすために、わざわざ深夜の領内を抜けて来てくれたらしい。

元々荷物は多くない。早々に支度を済ませるとヴェンデル達と合流し、棟梁の案内で門を抜ける。他にも協力者がいたようで、どうやら罠でもなんでもなく、本当に逃がしてくれる様子だった。

ただ、心配なのは私たちを逃がす棟梁だ。

アヒムも同じように彼らを案じた。

「あんたら、仲間を裏切って大丈夫か？」

「別に仲間じゃあねえし、心配いらねえ。金を受け取ったら、その分きっちり仕事をするだけだ」

別れ際、棟梁は力こぶを作る。

「こっちの大工は軍人上がりばっかりだ。一応は従ってやってるが、僻地に飛ばされた三流軍人どもにやれるもんならやってみろって話さ」

力強く笑うと、私たちにはさっさと行け、と動物を追い払うように手首を動かした。

「もう行きな。次に里帰りするんなら、もちっとみすぼらしい格好の少人数で来てくれや。それなら、こっそり通してやれるからよ」

……と、言われてしまった。

もしかしなくても、この棟梁は誤ることなく私たちを認識している。

アヒムがはっと目を見開く。

「おっさん、あんた」

「おめえみたいな同胞を連れてるのは驚いたが、貴族らしいお上品な連中が墓掃除なんてしてたら想像くらいつくに決まってら」

「……あいつらは気付いてるかい？」

「わしも頭は良くねえが、輪を掛けた馬鹿にゃ想像力なんてねえよ。それになんでか、みぃんなあんたたちの外見には注意すら払ってなかったからな」

意味深に私の方を見るのは、どの時点で気付いていたのだろうか。

それに、と棟梁は胡乱《うろん》げな目で後ろを振り返る。

「今夜はひとりで領内に入っても、一切連中は出なかったし、泣き叫ぶ声も聞こえなかった。あんた達に知らせに行くからだったと思えば、こうした方が良かったんだろうさ」

駆け出した私たちは、離れたところでシスに私たちの姿を隠してもらう。

少し騒がしくなったコンラートを、名残惜しげに見つめていたヴェンデルが呟く。

「僕、ラトリアにいるラトリア人って嫌いだったんだけど、こういうの困るよね」

それは、ヴェンデルの誰にも言えない秘密だったのかもしれない。

嫌いになりきれないから、と心の声が聞こえてきそうで、そんなヴェンデルの髪をアヒムが乱雑にかき回した。

7

私たちの自由落下

コンラートを発つ前に、私達にはもうひとつやることがある。

過去の記憶は頼りなく、景色が変わっていたから見つけるのに苦労したけど、ヴェンデルの助けもあって見つけられた。

そこは腰元ほどの高さのある草むらだ。

「ここだよ、間違いない」

私達が振り返った相手はマルティナで、痛ましく瞳を揺らす彼女は胸を押さえながら周囲を見渡す。

「この景色が、二人が最期《さいご》に見たものなのですね」

コンラートの襲撃時、隠し通路から逃げた私とヴェンデルが二人の追っ手に襲われ、エレナさん達に助けてもらった場所。即ちマルティナの両親が人生を終えた場所だ。

草むらには何かがあるわけでもない。静かな夜の中に雑草が広がるばかりでも、マルティナにとっては違う光景に映っているはずだ。

彼女は肩から力を落とし、寂しそうに辺りを見回して、微かに吐息を漏らす。

「お父さん、お母さん」

私にとっては、あの傭兵たちは斃《たお》されねばならなかった相手だ。その死について何かを言える立場にはないが、娘であるマルティナにとっては、尊敬する父母だ。

その死に残されたのは報酬の他に、一握り分の遺灰だけ。

コンラートの話を知ってからは、心の置きどころに長く迷っていた。

マルティナは片膝をつくと、両手を組み合わせて祈りの言葉を捧げる。腰のポーチから取り出したのは一枚の硬貨と乾燥した花の花弁で、それをあたりにばら撒《ま》くと、ちょうど吹いた風に乗って花びらは夜闇《やあん》に舞い溶ける。

双子月と眩《まばゆ》いばかりの星々を見上げ――。

「もう大丈夫です。ありがとうございました」

目元を拭うと、ニーカさんが彼女の肩を抱き叩く。アヒムやシスも同じように労《ねぎら》いをおくると、私たちはコンラート領の壁面に隣り合う森を目指した。

その途中、エミールが気になったのはマルティナの祈りの言葉だ。聞き覚えのない言葉について、すっかり元通りになった彼女が教えてくれる。

「死者に捧げる古い祈りです。亡き後も安らかに過ごせるように硬貨と花びらを贈るんです」

「花びらはまだわかるけど、硬貨も？」

「硬貨は死の国でも衣食住に困らぬように。花は光となって降り注ぎ、死の国への道行きを照らすと信じられています」

「へー……ラトリアについては行く前に調べたつもりだけど、本には載ってなかったな」

「前帝陛下が禁じられていた宗教が絡みますから、入ってくる本は検閲《けんえつ》されていたのでしょうね」

コンラートを離れてから、私たちは森に入った。これはコンラート領から入ることのできる、いまはもう使われなくなった大森林だ。

本来の予定であれば飛んで越えるところを、あえて森を進みたいとライナルトが提案した。

アヒムはいい顔をしなかったが、気になることがあったニーカさん、まだコンラート領にいたいヴェンデル、森での野営を楽しみたいシスとエミールが賛成したので徒歩の移動になった。

大森林の案内にはヴェンデルとシスが役立ち、特にシスは大森林の成り立ちについて話してくれる。

彼が封じられる以前、大森林には街道が通っており、実際に使用されていた。

昔はこの大森林の街道こそが、ファルクラム領とラトリアを繋ぐ経路だったのは私も聞いている。

彼はある方向を指差しながら教えてくれた。

「この先に深い渓谷があって、一本橋を渡らないと両国を行き来できなかったんだ。コンラートにとっては、監視しやすくていい場所だったんだよね」

当時は橋に行くまでの道はもっと開かれており、監視所や砦も設けられていたとかで、コンラートの辺境領主はもっと重大な役割を担っていたそう。

「ただ、当然だけどそれってラトリアにとっちゃ最悪なんだよな。ファルクラムに立ち塞がるのは野生生物だらけの深い森。一歩踏み間違えたら即遭難だってのに他に路がありゃしない」

「使い勝手が悪いのね」

「そうそう。そこで頑張って切り開いたのが、いまや主街道になってる新街道だ。あそこを頑張って整備した結果、安全に両国間を行き来できるようになった」

「代わりに、コンラートが長閑《のどか》な田舎町になったのね」

旧街道は使われないこともなかったが、自然が道を覆い隠していったのだろう。

歴史の授業にエミールは興味津々で、ヴェンデルは橋の話を聞いて何かを思いだした。

「そういえば谷にかけられた橋ってどうなったんだろ」

「まだ残ってるって聞いたことあるわ。ヴェンデルは見たことないの？」

「奥地にあるのは知ってるけど、大人は、子供は絶対行ったらダメだって教えてくれなかった」

「あら、なんでかしら」

「手入れがあんまりできていないし、渓谷に吹く風のせいで足を踏み外しやすいから、だってさ。古くて狭くて、一人渡るのがせいぜいの橋らしいよ」

「そんな橋を、ずっと維持してたのも不思議ね」

「父さんたち領主の指示で、猟師のおじさんたちが手入れしてたんだって」

子供達に知られたら肝試しで行きかねないからといった理由もあったらしい。

たしかにコンラート時代のヴェンデルだったら行ってしまいそうだ……と思っていたら本人と目が合った。

「カレン、いま失礼なこと考えてなかった？」

「考えてた。あなた森に秘密基地とか作ってたし、誘われたら行くでしょ？」

「うん」

「大人の見立ては大正解ね」

コンラート領で思い返したのが、ファルクラム領から届けられた目撃情報だ。私はコンラート領に軍人がもっといるかと考えていたけど、その実、人数をほとんど見なかった。

新たに砦や検問所が設けられた話も聞かないのに、彼らはどこからやってきたのか。

その疑問の答えは、森の違和感によって導き出せそうだ。

森の中に作られた道に、ニーカさんが口角をつり上げた。

「道が整備されているな」

大森林には地元民が使っていた獣道から侵入したら、途中から道幅の広い、綺麗に手入れされた道に入った。ヴェンデルが辺りを見回し、ライナルトの足を止める。

「この道、コンラートの猟師小屋から繋がってる細道だよ。僕もよく通ってたけど、あの時より広くなってる」

「見間違いではないか？」

「ないない。絶対間違えない。ちょっとわかりにくいけど、あそこの木に登ってたし、裏にはヌマスグリがあったからおやつにしてた」

ルカは指差された木の裏手を調べると、美味しそうな紫色のヌマスグリを摘んできた。

実を食《は》むヴェンデルは目を輝かせる。

「懐かしいな。兄ちゃんたちとこっそり肥料をあげて育ててたんだよね」

「ワタシが見た感じ、お菓子にできそうなくらいたくさん生い茂ってたわ」

ヴェンデルは喜ぶが、無邪気に笑っていられないのは大人組だ。

直近で人が踏み入った道に、より慎重に行動するようになるも、橋までは存外遠く、陽が高いうちに野営地を決めた。

徒歩の旅での鉄則で、野宿は陽が落ちる前に場所を見繕って休むらしい。

野営場所はコンラートの猟師が使っていたもので、シスはここに目隠しの魔法を施した。相手から見つかりにくくなる魔法だ。

見つかりたくないなら火を避けるべきだけど、灯りは必要だし、なによりシスは食に素直だ。

「この旅、ぼくは絶対食に妥協しないぞ。パンを焼いて、肉は焼きたてを食べるんだ」

マルティナと未成年組が枝を拾いに行き、私が簡易パンの小麦粉を捏《こ》ねる間に残りの人で意見を交わし合う。

ニーカさんは足跡を見つけた、と言った。

「通ったのは数日前。複数の大人、すべて同じ靴跡だったから、間違いなく大勢が頻繁《ひんぱん》にこの道を利用している。アヒム、ラトリアは新街道側で演習を行ったそうだが……」

「そりゃ間違いないが、あっちのはあんたらも知っての通り恒例行事だよ。ただ、まぁ通年よりは引き揚げるのが早かったとは聞いたけどな」

シスはいつの間にか林檎《りんご》を片手に持っていた。

「なあライナルト、この付近で目撃されていた連中はどこに隠れたと思う」

「さて、まだなにも見つけていないのに答えを出すのは早計だ」

「この先にあると思うか？」

訝《いぶか》しむニーカさんの言葉に、ライナルトが頷く。

「もはやこの道は旧街道ではなく、全盛期と同じ役割を持っているのかもしれん」

「じゃ、これから先が楽しみだなぁ！」

シスの物言いは、この先で目撃するものを見透かしていそうだ。

事実、彼は広い索敵《さくてき》能力を有しているし、知りながらあえて黙っているのかもしれない。黙っているのは意地悪だが、彼の目的は私たちとの旅を楽しむだけで、オルレンドルを助ける理由はない。

そして残念なことに、シスはライナルトを揶揄《からか》う気分になってしまった。このままだと場の空気が悪くなるので、薪集め組が戻ってくる前に、私は話題を切り替える。

「ねえライナルト。お祈りの話に思うところがありました？」

少し遡《さかのぼ》るけど、マルティナの話に耳を傾ける姿が気になっていたのだ。

彼は昨今、帝都グノーディアに入り込みつつある宗教家について懸念を示していた。

「多少宗教が入り込んだところでと規制を緩めたが、やはり固く禁ずるべきだったかもしれない」

「マルティナはお祈りをしていただけですよ？」

「救いとやらは私が思う以上に人心に食い込む。逆を言えば、民を掌握《しょうあく》するのにあれほど便利なものもない」

彼の言葉にシスが割り込んだ。

「人間の規律と模範的行動は基とする信仰があってこそのものだ。それがなかったら馬鹿な人間は欲求に逆らえない。愚か者は欲にまみれるばっかりだぜ」

「民衆の模範と道徳は国が導けばよい。少なくとも余所《よそ》の教えを入れる必要があるとは思えんな」

「発生させるなら自国でってか？　ああ、まあそうだろうな。だって宗教が国の根っこに入り込んじまったら、権力が二分されちまう。お前は好きなように行動できなくなるなあ」

シスもシスで偏見が酷いけど、ライナルトが真剣に悩んでいるあたり、この旅が終わったらオルレンドルでの宗教活動は締め付けが厳しくなるかもしれない。

私は単一宗教には馴染みがないから、精霊信仰みたいに万物を崇《あが》めるくらい、ゆるくしてもいいかなと思っているけど……。

ほう、とため息を吐いた。

「あなた、どこにいってもお仕事ばっかりですねぇ」

「ほーら嫁さんも呆れてる。ちょっとは遊べよバカ」

「シスは知らなかったの？　私、彼のそういうところが好きなんだけど」

「わあお、怖気《おぞけ》が立つ。ぼくの前でいちゃつくんじゃないよ！」

彼はこんな調子で口が悪いが、旅自体はかなり楽しんでいる。

なぜなら普段の二割増しで鼻歌を唄うし、私たちには事細かに今と昔の違いを教えて楽しませてくれる。皆が寝ている間に木の実を集め、大量の魚を釣って食料を供給してくれるのだ。素朴な塩焼きを堪能する姿は満足げで、こちらが嬉しくなるくらいだ。

ルカ曰く「親切の大サービス」で、こうも楽しませてくれる理由は私にあるらしい。

ライナルトの伴侶となった以上、私は滅多にグノーディアから離れられないため、最初で最後になるかもしれない旅を楽しませるべく、彼は協力してくれる。

実際、もし今後、国外に行く機会を得たとしても、立場に縛られず、気心知れた友人とたき火を囲み、煙に苦しんで涙し、お風呂に入りたいと嘆き、くだらない笑い話に大口を開ける機会は、もうないだろう。

自分で選んだ道だから後悔はないと思いたいが、シスはそういった背景も含め、この旅を記憶しようとしてくれている。

……ほんと、素直じゃないけど大事な友人だ。

翌日、再び大森林を歩きだすと、奥に進むにつれ道が整備されていった。

ゆるやかな坂を上れば頬に当たる風は強くなり、髪や服を激しく揺らしながら、耳は異音を捉える。地の底から響く深い重低音の正体が、谷間を吹き抜ける風の音だと教えてもらえなかったら恐怖に身をすくめていたかもしれない。

視界が開けると眼前に現れたのは一本の橋で、はじめそれを見た瞬間はありえない、と思った。なぜって、話に聞いていた脆《もろ》い橋ではなく、しっかりとした頑丈な橋だったせいだ。

「ヴェンデル、念のため聞くけど……」

「僕が聞いてたのは木製の足場が悪い橋だよ。こんなのは……」

戸惑うのは無理もない。

こんな鋼の素材を使った橋、渓谷の向こう岸へ渡すには距離がありすぎる。コンラートの大人達が子供達に話すことを躊躇《ためら》った理由が一目で悟れるほどには長さがあるし、落ちたらひとたまりもない。遙か遠くの谷底では激しい水が渦巻いていたのだ。

鉄や鎖で補強された渡り幅も広い頑丈な橋は、多少なりとも知識があれば違和感に気付ける。

不安になって夫を見上げた。

「ライナルト、これ……」

彼の険しい表情が何を物語っているのか、代弁はルカが果たした。

「向こう岸まで、大体二百メートルはあるかしら。こんな橋は、オルレンドルでも作り上げるのは不可能よね。でもラトリアがこれだけの建築技術を有しているなんて聞いたことないわ」

そう、そうだ。この橋は異常だ。

この谷には、少なくとも見える範囲で向こう岸に渡れるような、地続きの土地がない。そんな中で渓谷に一本橋をかけただけでも信じられないのに、さらに安定した橋を作って通すのは、どうやったって難しい。できないと断言はしないけど、それでもこの世界の技術で三、四人が並んで歩けるほどの頑強な橋を、たった数年で作り上げるのは無理だ。

大体この長さなら、橋の複数地点を橋脚なりで支える必要がある。橋は落下に備えた構造体ではないし、自重で落下してもおかしくないのに、いまのところ崩れる兆候は見えない。

橋を観察していたルカが鼻を鳴らした。

「そこのあんぽんたん。アナタ、知ってて黙ってたわね」

睨んだ先にいるのはシスで、彼はおどけたように肩をすくめる。

「知ってたとは人聞きが悪いな。変な結界が張られてるなぁと思ってただけで、何があるかはぼくも知らなかった。だって自分の目で発見した方が楽しいからね！」

「ルカ、どういうこと？」

「ここ、橋を見つけられないように魔法で隠されてるのよ。ワタシでもなかなか気付けない、巧妙なのが！」

激怒するルカに、シスはけらけらと笑う。

「そんなことで怒るなって。だからここにいるヤツは怪しまれる……ってことできみたちの姿は隠してるし、近寄ったら危ないかどうかの見極めくらいはしてる」

「危ないかそうでないかなんて、見極めがつくわけないでしょ」

「ただの人除《よ》けだろ。誰だって見つかりたくないものは隠すもんさ」

「……橋だけとは思えん。まだ連中が隠したいものがあるはずだな」

ライナルトは橋に向かって歩き始めてしまう。

人に見つかる恐れがなくても、渓谷に渡す橋を物怖《ものお》じもせず進むのは胆力が違いすぎる。

ニーカさんやエミールは面白がってライナルトの後に続くが、私はシスの腕にしがみ付いた。

これで万が一、なにかあっても助かるはずだ。

「そんな強く摑まなくったって落ちやしないよ」

「落ちなくても怖いの！」

足元は比較的マシでも、わざと風の通り道になる隙間を作って衝撃を和らげる構造だから、人間は谷を抜ける風をまともに受けることになる。

風の鳴らす音が、渓谷からの誘いに聞こえてならない……！

「お願いだからゆっくり進んで……！」

「落ちてもきみには黎明がいるし、ぼくだっているじゃんか。大体空を飛んで移動してるのに、高所を怖がるなんていまさらじゃない？」

「そういう問題じゃない……あなたやけに楽しんでるけど、そんなに人が怯える姿が楽しい!?」

「すっっげえ楽しい！」

幸せそうな笑顔すぎる。

ヴェンデルはアヒムやマルティナが支えても、真っ青になって喋る余裕もない。

エミールは無邪気に渓谷を見下ろして、頰を紅潮させている。

「こんなの落ちたら、流れに飲まれるだけじゃなくて、岩にぶつかって助からないだろうなあ」

そんなのわくわくしながら言うことじゃないでしょうに！

ライナルトとルカは先が気になるのか、皆を置いて行ってしまう。私たちがやっと半分進んだ頃に彼らは橋を渡り終え、茂みの向こうに消えてしまった。

どうも「偵察に行く」と消えてしまったらしく、アヒムが渋い顔になる。

「皇帝陛下自ら偵察に行くって、なあ、おい、ニーカ！」

「無理だ」

彼女ははなから諦めている。

「なにせだな、久しぶりに縛るものがなくて自由なんだ。おまけにカレン嬢との新婚旅行に加え、この隠された橋ときた。面白いことが起こり通しで、私が言ったところで止められない」

「流石にご学友は詳しいね」

「他にも言わせてもらうなら、ライナルトなりの考えがあるだろうから、こんな時は任せた方がよい。それにこんなとこでまで、お守りをしたくない」

「後半早口になったそれが本音だよなぁ？」

「大丈夫だ。ルカ嬢がいるなら間違いは起こらない」

「あいつ、今回どういうわけか異常に元気なんだよ。ライナルトを止めるとは限らない」

私も心配だからと追いかける気力はない。

高所を歩き、身体は吹きすさぶ風に晒されたために冷え切って、渓谷を渡るだけで精根尽き果てていたからだ。ヴェンデルも地面に座り込み、動けなくなっていた。

「僕……帰りもここを通るのは、断固、拒否する……」

「俺はもう一回渡りたいけどなぁ。思ったより揺れなかったし、楽しかったし！　姉さんも、次は俺が支えるから大丈夫ですよ！」

「……ありがとうね、エミール。でも姉さんは、ちゃんと橋脚がある橋を渡りたいな……」

……弟はこんな時も元気で何よりである。

思いがけない難所に体力を持っていかれてしまうも、生憎まだお昼にすらなっていない。息を整える小休止を挟み、ライナルト達の後を追いかけた。

橋を渡った先の道も整備されており、木の根や石ころに足を取られる心配はない。これだけ開けた道なのに人とすれ違わないのは不気味だが、降り注ぐ太陽の光が気分を明るくしてくれる。

ライナルト達は道ばたの切り株に座っていた。こちらの姿を認めると立ち上がり、傾斜になっている坂の上に顔を向ける。

「面白いものを見つけた」

抑揚は少ないけど明らかに面白がっており、私は思わずニーカさんを見る。

「……浮かれてますよね？」

「ですね。アヒム、可哀想に」

彼の胃を心配していると、ルカが誘導を買って出た。

くれぐれも大声は出さないでね。目眩ましの魔法は強力でも、あるはずのない場所から声がしたら怪しまれちゃうから」

答えはすぐに私たちの前に現れた。

周囲の樹木が茂みを作り、太陽の光をほとんど通さない、そんな小道の先に砦が佇んでいたのだ。石と木材が組み合わさった壁はまだ新しく、周囲には荷車や資材が散乱している。

門は丹精込めて彫り込まれた木製で、鉄製の取っ手が輝いていた。砦の外には、木々の間などに防御設備が広がり、安全を確保する準備が整っている。

門には無防備にも人はおらず、開け放たれたまま。来訪者を予期していないがゆえの油断かもしれないが、中からはかなりの人数の声が聞こえてくる。

本来こういった砦は見える箇所に旗を掲げるはずだが、所属を証明する旗はない。けれどオルレンドルの所属でないのは確かだし、地理的にもどの国かは明白だ。

愉快そうに砦を見つめていたライナルトとニーカさんが目配せを行う。

「偵察用だろうな。新しい設備は見逃すなと伝えていたはずだが、報告はどうなっている」

「そんなもん知ってたらとっくに伝えてる……アヒム」

「知らん知らん知らん。だけどこれだけは誓って言えるが、おれは手を抜いてない。こんなものを作ってたなんてまったくわからなかった」

「……だ、そうだ。皇帝陛下」

「余程忠誠心の厚い者で固めて建設したらしい」

頂上にそびえ立つ尖塔《せんとう》の方角には、私たちが渡ってきた橋があるはずだ。けれど橋の上から塔は視認できていない。シスが存在を黙認していたのは橋だけではなく、この砦もらしい。

「ルカに気付かせないようにする魔法使いって相当よね。ねえアヒム、ラトリアって、そこまで魔法文化が発達してるの？」

「オルレンドルに比べたらちょっとした生活の知恵みたいな魔法は行き届いてる。だけどこう……小技はともかく大技と聞かれたら微妙だな」

私たちが発見されていないのは魔法の恩恵があってこそのもので、人のいない森の中でまで通用する目眩《めくら》ましは、シスくらいしか使えない。

ルカでさえも「いるようでいない」認識阻害を引き起こすだけだから、大声で叫べば見つかるし、認識阻害魔法は完璧ではない。

こうも砦を観察する機会はそうそうなかった。

私をはじめ、興味津々で砦を眺めていると、なぜかライナルトとルカが中に入ろうとしている。呆《あっ》気《け》にとられてしまうが、私は腕を掴んで引き留めた。

「ラ、ララ、ライナルト!? 何しに行くんですか！」

「何と言われても、中を検《あらた》めてくる」

「なんでっ」

「物資を見たい」

「あ、ワタシも見たいわ」

「ルカまでっ」

当たり前のように行こうとしないでもらいたい。

ちょっとこの状況で何を言っているのか理解できない。いくらシスの魔法があるからって大胆すぎて、私とアヒムで二人を引き摺るように砦から遠ざかる。

ライナルトが諦めてくれたところで、私はようやく砦を隠す魔法について考えることができた。

もはや大森林はラトリア領のものだけど、橋や砦といった施設まで隠し通すのは難しい。

ラトリアはもう、精霊の恩恵を手に入れたと考えた方がよさげだ。

「ただ一つ問題があるとしたら、いつからこの砦や橋が作られていたか、なのよね」

「姉さん、あの砦は建設から一年は経ってますよ。苔の張り付き具合がそんな感じです」

エミールは、砦の壁面の苔などに着眼していたらしい。具体的な成長速度は、環境条件や苔の種類によって異なれど、おおよその年月がわかるだけでも大助かりだ。

……少なくとも一年前には、精霊はラトリアに接触してた？

「でも〝つい最近精霊の知識を得た〟と、〝一年以上前から獲得してた〟とでは、かなり前提が変わってくるのよね」

少なくとも、ラトリアはもっと前にオルレンドルに仕掛けられたはずだ。

皇帝不在のグノーディアを見逃したのは何故だろう。内乱の影響があったにしても、精霊の協力があったのなら話は変わってくるはず。

精霊の考えもいっそうわからない。

ラトリアと事前に接触していたのなら、嫌な話だけど、ラトリアに侵略戦争を仕掛けさせて、すべての土地を奪った上で大陸に移り住んでもよかったはずだ。

「うう、次から次へと謎ばっかり……」

色々とちぐはぐな動きに納得がいかなくて、うめく私をライナルトが慰める。

「悩んで答えが出るはずもあるまい。どのみちラトリアに行けばわかるものもあるはずだ」

「……しれっと言ってらっしゃるけど、砦へ忍び込もうとした方の言葉とは思えません」

「それは反省している。あの時点で騒ぎを起こすと、貴方に負担をかけることになったから」

そうだけどそうじゃない。

「ワタシも残念だったわ。ラトリアの砦、見てみたかったのに」

アヒムの言った通り、ルカもずっと興奮状態だ。ライナルトの行動を諌めるどころか、諸手《もろて》を挙げて喜んでいる。

ライナルトがシスに持ちかけた。

「オルレンドルに伝言を送りたいのだが、伝書鳩は出せるか」

「まあ、作るくらいはできるけど……ぼくがお前のためにタダで働くの？」

ライナルトの交渉が始まると、ルカが私に向かって手を伸ばす。

「さっきはシスと手を繋いでたでしょう。次はワタシの手を握ってちょうだい」

「はーい、それじゃあ右手をどうぞ」

満足げに微笑む姿につい尋ねた。

「ルカはこの旅が楽しい？」

「変なことを聞くのね。アナタと一緒なのに楽しくないわけがないでしょ。それに新しい場所へ行くのはとっても素敵なことよ」

「すっかり旅の魅力にはまっちゃったのね」

「はまった……というのはどうかしら」

「違うの？」

「違わない……けど」

彼女自身、わからないと言いたげに首を傾げる。その目が姿を追う先はシスだ。

「ワタシって前のワタシが残した記録から、宵闇に復元されたじゃない？」

私が平行世界に飛ばされる際、私を守るため、コンラートの家で出会ったルカは記録だけを残して神々の海に消えてしまった。

いま手を繋いでいる彼女は元のルカと変わらない存在ではあるが、記録から復元した、いわばコピーだ。

彼女はそんな新しく作られた自分に対して少し疑問を感じているらしい。

「ワタシの存在の記録は欠けてない。なにも困ってないはずなんだけど……この記録を作りあげたのはワタシであってワタシでない……のかもしれない」

その時、彼女の瞳に宿った感情を、なんとたとえればいいのだろう。

「ワタシはワタシの記録が欲しいと考えてしまったのよね」

私たちの話を聞いていたアヒムが悲しげに目を伏せたが、彼女は気付かない。私もまた、なにか踏み込んではならない領域があるような気がして、なにも言えなかった。

「ねえマスター、これってワタシに不具合が発生してるのかしら」

「……いいえ、私はそうとは思わない。思い出が欲しいって素敵な考えだと思う」

「ええ、そう。そうよね。やっぱりそうよね」

私が肯定すれば、たったそれだけで迷いが晴れたとでも言いたげに、少女の姿をした使い魔は満面の笑みを浮かべる。まるで世界一の幸福者だと疑っていない、無垢《むく》な微笑みをだ。

「今回はワタシにとって大事なチャンスだと思ってるの。素敵な旅にしましょうね！」

「もちろん。一緒にあちこち見て回りましょうね」

大国ラトリアまで、あとわずか。

私たちは新しい記憶を刻みながら先へ進んでいる……と、綺麗に締めくくれたらよかったのに……この日はまだまだ忙しい。

ラトリアの隠しごとは見つけられたし、ライナルトは無事オルレンドルへ伝書鳩を飛ばすことができた。あとは日没を待って黎明で飛ぼう、といった流れだったが、ライナルトが休息を求め、この日も野宿することになった。

もちろん、おかしいと感じた人はいたけど、それで問題が起こるわけじゃない。

あえて言うなら、私がライナルトの体調を心配していたくらいか。彼は始終方角を気にしていたが、体調はなにも問題なかった。

ただ、後に思えば太陽や月の方角と、周辺の特徴を頭にたたき込んでいた節《ふし》はある。

夕餉の準備をする頃には、逆に私の体調を気にかけられた。

「昨日から立て続けに歩いているが、身体の具合はどうだ」

「歩いたといっても休み休みですし、無理はしてませんよ」

「慣れない野宿ばかりしているが、それでも？」

「もちろんです。この旅で絶対無理はしない、つらいようなら必ず報告するって約束したでしょう」

「私はそろそろぶり返しが気になるのだが……」

突然気にし出すから、おかしくなって笑ってしまった。もしかして、本当に砦入りを諦めたのは私がいたからだったのか。

「気にしてくださるのは嬉しいけど、いいんですよ？　私はあなたが楽しんでる姿を見るのが嬉しいので、思うようにしてください」

まあその、砦は思わず止めてしまったが、彼に向ける言葉は嘘偽りのない本音だ。

元気、と証明するために力こぶを作る仕草をすれば、虚《きょ》を突かれたように目を丸め、困ったといわんばかりに微笑みを作る。

「わかった」

なにが「わかった」なのかは不明だが、ライナルトは納得した様子で口を閉じ、夕餉の後に姿を消した。

私たちはお花摘みや着替えといったときは距離を置くから、少し姿が見えなくなるくらいは気にしない。時間をおいてニーカさんがふらっと姿を消したが、この時も同様だ。私たちはちょうど持ち込んだカードゲームに集中していた。

しばらくおいて、うたた寝をしていたアヒムが周囲を見渡す。

「……ライナルトとニーカはどこだ？」

言われて初めて、私やヴェンデルも周囲を見渡した。

「そういえば、離れてから結構経ってるかも」

「仕掛けとか作りに行ってるんじゃないの。罠を仕掛けて兎《うさぎ》とか取ってたじゃん」

「でも、もう暗くなっちゃってるし……」

この言葉に、寝ぼけていたアヒムの顔が歪《いびつ》に変化しはじめる。

彼が事態を把握する間に、ゲーム途中なのにシスがカードを片付けはじめた。

待ったをかけるべく手を伸ばすが間に合わない。

「ちょっと、せっかく私が勝ってたのに！」

「僕も残念なんだ。これで勝てたらオルレンドルに公営の賭博場が作られたのにさ」

「なに話を捏造《ねつぞう》してるの。ちょっと遊べる場所があったら楽しいかもねって話をしただけでしょ」

「賭け事には変わりないじゃん。きみは、競馬は嫌だって言うしさ」

「二人とも、黙れ」

逼迫《ひっぱく》したアヒムの様子に思わず口をつぐむ。

彼の疑惑が向いたのはシスだ。

「なあ、なんでいまカードを片付けた？」

「お、それに気付いてくれるかい。じゃあぼくから旅の仲間達に素敵な助言をしてあげよう」

傍らではルカが眠っていたエミールやマルティナを揺り起こしている。

彼女の瞳はひどく楽しげで、ここでやっと私も違和感を覚えた。

もったいぶるシスは、アヒムが立ち上がるや、真顔になって荷物を指差す。

「いますぐ荷物を片付けな」

「なんだと？」

「出立できるようにしておかないと、面倒くさいことになるからね」

「説明が先だ。二人について何を知ってる、いますぐそれを話せ」

「アヒムは相変わらずせっかちだなぁ。あれだ、強いて言うなら付き合いの長さだよ。ぼくはライナルトが何をやらかすか知っていて、きみたちは読み取れなかった、それだけだ」

そう言って、なぜかヴェンデルの隣に移動し始める。

私は怪訝《けげん》に感じながら、置きっぱなしのライナルトの外套を摑み……。

「……身軽にしていった？」

ようやく、夫が野営地を自ら離れていったのだと気付いたのだ。そしてここまでわかったのなら、後は想像に容易い。

彼が興味を持っていたのは他でもない、ラトリアの砦。

…………まさか！

その瞬間だった。

森の中に轟音《ごうおん》が鳴り響き、森全体が揺れる。

過剰に肩を揺らしたヴェンデルをシスが抱き込み、私は聞き覚えのある音に驚き、空を見上げた。

こういった爆音を経験するのは二回目。いい加減答えを出すのに時間はかからない。

「どこで爆発が起こったの？」

などと言いながら、もう爆破地については心当たりができている。

「あいつめ、なんでこんなに大事になってるんだ」

「シス、あなたいったい何を知ってるの」

「難しい話かな？　単にライナルトが一度興味を持ったものを諦めるはずがない、ってことなんだけど。……きみももうわかってるだろ？」

シスの回答に、舌打ちしたアヒムが号令を飛ばす。

「全員、いますぐ荷物をまとめろ。出立できる準備をしておけ！」

荷を纏めおわってからも、体の頑丈さが売りのはずのアヒムが胃を押さえつつ、死んだ魚のような濁った目でたき火を見つめている。ヴェンデルが胃薬を差し出すと、優しさに感極まったのか目尻に涙を浮かべた。

「この旅での唯一の良心は、お前とエミールくらいだよ……」

「アヒム、私も私も」

「あんたは無理です」

私が主張しても信用してくれない。

勝ち誇るヴェンデルに悔しさを覚えていると、マルティナが唇に人さし指を当て合図を送る。

「お静かに、誰か来ます」

耳を澄ませば、遠くから草木をかき分ける音が私たちにも届く。音は段々と近づき、やがて茂みを飛び越えてきたのは一組の男女だ。

髪を纏めて身軽になったライナルトと、余裕の笑みを浮かべるニーカさん。

ライナルトは私たちが出立準備を整えているのを見るや頷いた。

「わかっているなら話は早い。黎明を出しても問題ない場所まで移動するぞ」

「話は早い、で済むかボケ！　まず何やらかしてきたか説明しろ！」

アヒムは引率役として、独断行動をとったライナルト達に怒る権利がある。

ただ、問題があるとしたら怒鳴られた側で……残念ながら彼らはちっとも堪《こた》えていない。アヒムをたっぷり五秒ほど見つめただけだ。

「悪かった」

この瞬間、私の眼前はキラキラと光り輝いた。

彼が仲の良い人以外に「悪い」なんて口にする日が来ようとは想像だにできなかった。感極まって両手を組みあわせる。

「ライナルトが成長した……」

「姉さん、なんか違います」

「でもすごいことなのよ、エミール」

アヒムは苦いものを飲み込もうとし、失敗した顔を繰り返している。あれは一瞬許しそうになった表情のはずだけど、我に返って切り替えたようだ。

「いやいやいやいやいや、そんなこと言ったたって騙されるか。それよりも先に説明だ、説明。この際ニーカでもいいいから……」

「あ、それな」

背嚢《はいのう》をしっかり固定したニーカさん。彼女は気分が良いのか、声が弾んでいる。

「ちょっと連中の砦に火を点《つ》けてきたんだ。小火《ぼや》だけですませるつもりが、火の付け所が悪かったみたいで爆発しちゃって」

「ば……！」

「いや、私は本当に少し困ってしまえって思っただけなんだけど、ライナルトが火を仕掛けた場所があんまりにも的確で……」

彼女はふと思いついたようにライナルトを見る。

「……もしかしてわかってたか？」

「火薬を蓄《たくわ》えていたのは知っていたが、想定より量が多かったらしい」

確信犯はライナルトだ。

しばし間をおいたニーカさんは、アヒムへ照れくさそうに笑った。

「ごめーん」

これでアヒムの堪忍袋《かんにんぶくろ》の緒が切れた。

ぶちん、と血管が切れた音が聞こえてきそうな勢いで叫ぶ。

「ごめんで済むか馬鹿共がぁ!!」

「あとなー、逃げるときに見つかっちゃって、実は追っ手が……」

「馬鹿野郎ォ！」

「あはは、だからごめんってば」

「畜生《ちくしょう》、いますぐ逃げるぞ！」

アヒムが足で薪を崩し、私たちは走り出した。

砦からは離れていたが、走って戻って来られた距離だ。相手は森に慣れた軍人な上に、規模もわからない。逃げるだけなら黎明で飛んでしまえばいいけど、目撃されると後が面倒だから、普通に距離を取るに限る。

それに私たちをまとめて隠せるシスが、走って逃げる気満々だ。無邪気に瞳を輝かせ、先頭きって走り出している。

「追いかけっこのはじまりだ！」

私はライナルトに抱えられてしまった。彼の荷物は既にニーカさんが持つが、これはちょっと心外だ。私はすぐさま不服を申し立てる。

「走るくらいできるのに！」

「貴方は黎明を呼ぶ必要がある以上、息切れを起こされては困る」

暗闇の森でも、足元はルカが照らしてくれる。

シス達の誘導が秀逸なのもあるが、ヴェンデルは森を駆けるのに慣れているし、他の皆も運動神経が良いためか、木の根などに足を取られることはない。

悔しいけど、私だったら間違いなくどこかで転んでいたかもしれない。余裕があるエミールがニーカさんに話しかけていた。

「火薬を蓄えていたのなら、爆破したのは正解だったかもしれないですね！」

「うんうんそうなんだ。だから私もライナルトの策に乗ってだね……」

「食料だけを駄目にする予定を、せっかくだから武器庫も狙えと言ったのはニーカだが」

ライナルトにバラされてるけど、どっちも狙いはえげつない。よく走りながら喋れるなぁ、と元気な彼らが少し羨ましい。

ちゃっかりアヒムの首にしがみついていたルカが皆に叫ぶ。

「のんびりしてるところに悪いけど、残念なお知らせよ。後方から執念深い集団が来てるから、もっと頑張りなさい！」

ニーカさんが残念そうにライナルトを見る。

「見つかるなんて鈍くなったな～」

「そのようだ。次はもっと上手くやろう」

「いや、次があったら私だ。完璧に仕掛けてやる」

……彼らを見ていて思うが、世の中、立場に縛られていた方がいい人間もいるらしい。

私たちはかなりの時間を走った。

ルカが作ってくれた灯りは目立ちやすかったはずだが、それでも森の夜闇は追っ手を容赦なく追い詰めた。私たちをいつの間にか諦めてしまったらしく、シスは残念そうに足を止める。

「ちぇっ、軍人のくせに根性無しばっかりだ。もっと気合い入れて追ってこいよ」

「遭難するかもって考えたら妥当な判断なんだよなぁ……！」

「アヒムぅ、そんなんだからきみは損な役回りばっかなんだ。ちょっとはこの状況を楽しめよ」

「おれが損な役割なのは関係ないんだよなぁ！　それにおれだって、旦那様達との約束がなかったらお前らなんて放置してたわ！」

「でもヴェンデルだって楽しんでたぜ」

「それが問題なんだよ、お前らは子供の教育に悪い！」

余談になるが、ラトリア行きを最後まで反対していたのは父さんとウェイトリーさんだ。父さんは私やエミールに関しては、なぜかほぼ諦めた様子だったが、ヴェンデルの同行だけは認め難いのか、説得に時間を要した。

二人の了承を得たのは本人の熱意やシスとアヒムの同行があってこそ。アヒムは父さんたちに託されたためか気負っており、この旅では常識を説くため注意している。

エミール達は息切れを起こして動けず、マルティナから水を受け取る。アヒムやライナルトでさえ肩で息をしているのに、まだまだ元気なニーカさんはからりと笑った。

「でもなあ、ライナルトの案はそう悪くなかったと私は思うんだ」

「ああ？　砦を爆発させることの、どこが悪くないってんだ」

「睨むな睨むな。だって考えてみてくれ、あんな場所にひっそり建っている砦だぞ」

「そうだよ、だから危ないんだろ」

「そして魔法火薬だ。わかるか、火薬だ」

火薬、の言葉にアヒムの片眉が怪訝そうに動き、ニーカさんは肩をすくめる。

「軽く見ただけでも武器の備蓄は万全だったし、なにかある、と思わないわけがない。おまけに爆発の威力……音を聞いたか？」

もちろん覚えている。ヴェンデルはシスのおかげで取り乱さずに済んだが、過去の恐怖が煽られたほどに大きな爆発だった。

ニーカさんは教師のように人さし指を立て、エミールにもわかりやすく教えた。

「あんなところに大量の火薬を隠し持っておくなんて、使い道は限られてる。つまり、ファルクラム領を守るためにも、火付けはある意味、やむを得ない処置なんだ」

「な、なるほど……？　砦に保管してる火薬を使わないわけないし」

「その通りだ。この場合、真っ先に被害が出るのはファルクラム領だ」

尊敬の眼差しを向けるエミールに胸を張るニーカさんへ、アヒムが奥歯を噛みしめる。

「ぐ……もっともらしいことを言いやがって……」

「それも仕事だからな」

とか言いつつも追及を止めたのは、アヒムも他の問題に気付いたためだ。

現在において魔法火薬の製法はオルレンドルのみの技術。

それをラトリアが大量に保持しているとなれば、オルレンドルは情報漏洩《ろうえい》や横流しを考えねばならない。ライナルトたちはひとまずの対策として火薬庫を木っ端微塵《こっぱみじん》にしたのだ。

私は水で濡らしたハンカチをライナルトの額に押し当て、辺りを見回す。

「ところでシス、あなたあてずっぽうに走り回ってたように見えるのだけど、場所はわかるの？」

「ああここ？　谷に近い方の森だよ」

「谷って、まさか来た道を戻ってきたの？」

「違う違う、ぼくたちが来たのは渓谷で谷底に河があった方。こっちは地面が裂けただけの、谷の割れ目。ラトリアまではこんな感じの谷が幾つもある」

「……へー、知らなかった」

「だから大森林は使いにくいんだよ。ラトリアが新街道を作った理由もわかるだろ？」

大森林はかなり不思議な地形になっていて、元は岩と砂ばかりの谷が連なる場所に、後々大量の木々が生えていったそうだ。

彼はその生態系の変化を、精霊がいたからと語った。

「いまもこの森が緑で栄えているのは、大物が根城《ねじろ》を構えた影響があると思うんだ。だからもし精霊が移住してきたら、ここに住みたがるヤツは多いぞ」

そうなったら、と揶揄《からか》うような目でヴェンデルを見つめる。

「人と精霊の調和を図るのはコンラート伯であるきみの仕事だぜ」

「精霊ってシスみたいに扱いづらい皮肉屋ばっかりなの？」

「お、言うねえ。その通り、ぼくみたいにキュートでラブリーチャーミングな精霊ばっかりだぜ」

「そっか、面倒くさそうなのがわかったよ、ありがとう」

きっとカタカナ表現は通じてない。

シスはシスで仲間がこちらに来る日を楽しみにしているのかもしれない。

あちこち駆け回ったけど、まだ空は暗い。

改めてひと休みかと思われたら、ライナルトがシスにある質問を投げた。

「谷の裂け目とは、どのくらいの深さになる？」

「んー？　たしかこっちのはかなり深いから……底なしって感じ？」

「崖《がけ》の形状はどうだ。切り立った岩肌か？」

「上部が出っ張った形状が多いかな。回り道すれば道は繋がってるし、渓谷ほど無茶な橋はかかってないから、弟子に無理はさせないぜ」

「いや、そうではない。つまり橋をかけるほどの幅がありつつ、深さも充分ということか」

「ああ？　まあ、そうだけど……」

なにか、こう、質問の端々に危ないナニカを感じるのは気のせいか。

危機を感じたアヒムが、ライナルトを止めようと動いたが――。

「あぁらアヒムったら汗だくじゃない。ワタシが汗を拭いてあげるから光栄に思ってね！」

あえなくルカに邪魔された。

わざわざ少女から乙女形態になって屈強な男性を押さえつけるから、なんとも奇妙だ。

「ワタシ達は気にせず、どうぞお続けになって？」

抵抗するアヒムをものともしないルカ。

ライナルトは真剣な表情で私に向かい合う。

「カレン、私は、精霊はいまでも好きになれない」

「はい。存じ上げています」

「貴奴等《きやつら》が人間の生活に踏み入ってくることも、まったく気に食わないと思っている」

「そうですね、私のために頑張ってくださっています」

いったいなにを思うのか、まるで付き合う前の告白を待つ気持ちで、彼の言葉に耳を傾ける。

「だが私は竜に乗った。この空を駆ける日々を経て、愚かにも私の中に新しい欲が生まれてしまった」

「……なにをしたいのでしょう！」

私は期待に胸を膨らませて夫の手を取った。

決まったもの以外を欲さないライナルトが、新しい望みを口にしている。

視界の端でアヒムが悲鳴を発しているけれど、気にせず続きを促す。

「崖から飛び降りてみたい。着地を黎明に託したいのだが、許してもらえるか」

「やりましょう！」

つまり紐なしバンジージャンプをすればいい。

アヒムの悲鳴と私の返事は同時だった。

私も大事な幼馴染みの悲鳴には胸が痛いのだ。悪いと思っているし可哀想でも、ライナルトの望みを優先したい。

自信満々に拳を握った。

「高所からの落下でしたら私も経験ありますし、お任せください。うまくれいちゃんを出しますから怪我もしません！」

「経験があるとはどういう……」

「安心安全な飛び込みと緊張に溢れる体験をお約束します！」

私の力強い断言に挙手したのはニーカさん。

「それなら私も是非お願いしたい！」

「ライナルトと意見が合うのは癪だけど、面白そうだしぼくもやる」

「俺も俺も。姉さん、俺もやりたいです」

シス、エミールと続々と続き、アヒムの悲鳴はいっそう悲壮さを増していく。彼が最後に救いを求めたのはマルティナだが、彼女はアヒムに対し、こくりと頷いた。

「申し訳ありません。わたくしも高所からの落下に興味あります」

ルカは面白ければ賛成派だし、残ったヴェンデルは悩めど、結果は私たちに好意的なものだ。

「……これも思い出……なんじゃないかなあ」

ルカに誘導された黒鳥が出現すると、体積を増やして巨大化し、たちまちアヒムの首根っこを摑んでしまった。アヒムは、口こそ自由だが、体は否が応でも引き摺られてしまう。

「ライナルトぉ！」

発案者たるライナルトへの怒りが止まらず、これにライナルトも「ああ」と対応するのが、私的《わたし》には感動ものだった。

「悪いとは思っている」

「てめえ、ふざけるなよ。それを言えば済まされると思ってるだろ!?」

「心配しなくても飛ぶのは私たちだけだ、お前はあとから拾う」

「そういう問題じゃねえんだよ！」

アヒムが絶叫すると、ルカがライナルトに異議を唱えた。

「アヒムの言う通り、そういう問題じゃないわ」

あれ？

「彼だけ仲間はずれは可哀想よ。思い出を共有すべく、一緒に落ちるべきだわ」

あ、そういう……。

ルカ、本当にアヒムが大好きなのねえ。

そして彼女の言葉には、アヒム大好き二号のシスも賛同する。

「そうだそうだ。ぼくたちは仲間なんだから友情を大事にするべきだ」

「問題をすり替えるな。お前らは面白がってるだけだろうが……！」

巻き込まれるアヒムだけど、シスから言わせれば少し違う。

「きみだってヴェンデルの手前、常識人ぶってるだけで落下自体は嫌じゃないだろ」

「大人にゃその常識を示す必要があるんだ馬鹿！」

「どうせ帝都は堅苦しいのばっかりなんだから、外でくらい息抜きさせてやれよ」

「馬鹿！　お前ほんっと馬鹿！」

アヒムの怒りも虚しく、賽《さい》は転がりはじめる。

黒鳥に咥《くわ》えられるアヒムを連れ、私たちはあっけなく崖に到着してしまったし、皆はやる気満々だ。

私は切り立った崖からそうっと谷底をのぞき込んだ。

「深いわね」

断崖は圧倒されるほどの高さを誇り、月光に岩肌の一部が明るく照らされている。深淵の奥底に響くような静寂は風が弱まった証拠だ。

うまく跳躍して飛び降りれば岩肌にぶつかりはしないはず。

私は崖を離れ、深く息を吸い込み、呼吸と心を整える。

夫から差し出された手を握った。

「大丈夫か？」

「はい、いけます。ライナルトは私の手を離さないでくださいね」

「心配しなくていい、貴方は決して離さない」

失敗したら即死まったなしだが、不思議と怖くない。

シス達もいるし、私もやる気と自信でみなぎっている。ヴェンデル達もはぐれぬよう、それぞれが手を繋ぐか、ルカによって黒い糸で結ばれ準備万端だ。この時点で、アヒムもニーカさんに捕まってるので抵抗を諦めている。

「合図はよろしくね、マスター」

私の号令で谷底へ踏み出す。

黎明の顕現《けんげん》は、もう何度もこなしているから心配ない。高所からの落下も平行世界での経験を活かせるし、もしもの場合でもシスや使い魔たちがいる。

深呼吸を繰り返し、よし、と息を整えた。

「行きます！」

ライナルトが走り出して、私も足を動かした。

駆け抜けるのは一瞬。力強く一歩を踏み出せば足元が消えるのは一瞬で、跳躍からたちまち内臓がひっくり返るような感覚が全身を襲う。

肌や目に突き刺すような冷たい風といったらない！

そら恐ろしい真っ暗な谷底は、まるで怪物の顎《あぎと》の如くぱっくり口を開いている。眼下に広がる大自然は、いまにも私たちを呑み込まんばかりに吸い込むも、私の胸にあるのはキラキラと輝くライナルトの望みだ。

彼の目には恐怖のきの字もない。

遠ざかる星に片手を伸ばし、愛おしいものを包むように見つめている。

届かないものを追いかけるような眼差しは、まるで恋焦がれているようで……彼の抱える熱に、私は一瞬だけ、空に瞬く恒星が羨ましくなった。

——この瞬間を永遠にしたい。

できもしない望みを抱えて、私も双子月を抱くように手を伸ばす。

「薄明を飛ぶもの——」

声になっているかもあやしい『力ある言葉』を紡《つむ》げば、全身に熱がみなぎり魔力が走る。身を切る冷たい風が、あたたかく全身を覆うものに変化すると、私たちの体は竜の背に投げ出されていた。

続々と落下してくるのは仲間たちで、衝撃はすべてシスが和らげてくれている。

竜は翼を動かし、彼女は谷を抜けて飛翔する。

声にならない感動の声で溢れかえり、ひととおりの時間を共有すると、黎明が私に話しかけた。

『わたくしのあなたは、無茶をしますね』

「見てたの？」

『一部始終を見ておりました。わたくしのあなたたちがとても楽しそうだったので、羨ましいくらいです』

話を聞いていたのか、ぱっと表情を輝かせたシスが彼女に伝える。

「じゃあ、次はきみも一緒に飛び降りようぜ！」

『そうですね……次は、ぜひわたくしも』

旅の思い出が、また一つ増えた瞬間だ。

8

ラトリア観光に行こう！

ラトリアの首都ドーリスは、大森林を抜け、数々の岩山を抜けた先にある。首都はゆるやかな傾斜になっており、不敵な天然の岩壁に囲まれている。首都を見渡せる位置に城壁が並び、分厚い石の壁が王城を不可侵のものとしていた。

首都周辺はほとんどが岩肌の大地に覆われており、作物を恵んでくれる土壌は限られている。いまは雪もすっかり溶けているが、冬は吹雪で視界が遮られてしまう程に過酷で、霧が深く、変わり映えしない大地が続くから、真冬には道に迷う遭難者も多いと聞く。

ラトリアは他国民が入退場できる門を制限している。

正門に至る道からは城壁を見上げられるようになっており、ライナルトとニーカさんは、その堅牢《けんろう》さを称《たた》えている。

「攻め入る側としては苦労するが、守られる側としてならば、これほど心強い首都もないな」

「めちゃくちゃ無骨で私の趣味じゃないが、ここまで飾りってものを捨ててるといっそ感動的だ。具体的には遊びがなさ過ぎて十日くらいで病みそう」

「渋い城砦が好みかと思っていた」

「派手派手しいオルレンドルに慣れた私に質素倹約なんて言ってみろ。いますぐ蕁麻疹《じんましん》ができるぞ」

「なあ、きみたちって攻める守る以外の観点で感想を出せないわけ？」

シスが呆れても、いまさらこの二人が変わるわけない。

アヒムも高所落下でとうとう突っ込みを諦めて、それとなくヴェンデル達を誘導し、マルティナと一緒に歴史の授業に興じている。

道の真ん中で仁王立ちするニーカさんを旅人たちが怪しみ、距離を置いている。彼女はそんなことなど気にせずシスに問うた。

「ラトリアは近場に港を持っているんだよな。そこから首都は攻められないのか？」

「きみ、じいさんや親父がラトリア人だろ。そのくらい聞いてないの」

「情報は自分で集めろって人だったから知らないんだ。で、どうなんだ」

「一応繋がってるけど、港と首都はきっちりかっちり区分けされてるから、港を落としたからってどうなるもんじゃないぜ」

「ならば兵糧《ひょうろう》攻めが定石《じょうせき》か」

「どうなんだろうなあ。伊達《だて》に内乱ばっかり頻発《ひんぱつ》する国じゃないと思うぜ」

話を聞きながら腕を組むライナルトは、思考が完全にあっち側に行っちゃってる。

シスがどーにかしろと目で訴えてくるので、私もなんとか宥《なだ》めてみるべく声をかけた。

「兵糧攻めにするにしたって備蓄にもよるでしょう。そこを調べるためにも、ここは首都に入って落ち着きませんか」

「おい弟子」とシスの突っ込みが入る。

こうでも言わないとずっと戦争談議されるんだってば。

実際、この言葉で二人は納得して歩きだしたのだから効果てきめんだ。

「さ、早く審査を終えて中に入ってしまいましょう」

グノーディアと違い、首都への正門を通過するには身分を証明する書面が必要だ。今回の場合、私たちはファルクラム領から一家になっているので、ファルクラム領から発行された書面を持っている。

もちろん偽造だけど、正しく国から発行された身分証明だ。

これを持ちながらシスが笑う。

「頻繁に出入りしている商人なんかがいりゃあ、そいつにくっついて入ることができるんだけどね。こんな書面はあってないようなもんだけど、体裁《ていさい》を保つためってやつだ」

「提示の目的は新顔の把握です。ラトリアに観光目的で来る人はそうそういませんから、強く警戒しているのでしょう」

流石にマルティナは詳しい。

「闘技場で一旗あげようってやつがいるだろ?」

「そんなことにはりきるのは、わたくしが知る限りラトリア人くらいです」

私たちは滞りなく通過した。

旅行の目的も聞かれたが、そこはアヒムの舌先三寸とシスの出番で、兵はあっけなく騙されてくれた。シスと私は髪を黒に変えているし、一番目立つライナルトは髪を括って眼帯を付けてもらっている。

今回はこれ以外に見た目を変えず、認識阻害魔法を使わない、と決めたシスの回答はこうだ。

「こんなところにオルレンドルの皇帝陛下がいるなんて誰が思うのさ」

「そうだろうけど、万が一とは思わない?」

「マスターは少し悩み過ぎね。アナタ達の顔を知ってるのは余程の高官だし、あんまり気にするものじゃないわ」

「ラトリア人の殆どの人間は国から出たことがないんだ。ここにはテレビなんてもんがあるわけじゃあない。似てるなーと思ったところで、それでおしまいさ」

ルカも当然魔法禁止なので、人間の少女として地面に足を付けている。

これ以上、私たちが見目《みめ》を隠すならフードを頭から被った不審者になるし、窮屈な思いをするくらいなら堂々と居直ることを決めた。

行き交う人々からライナルトはずっと注目を集めているが、他の皆も平均以上の見目なので、この集団は目立って仕方がない。

魔法を使わないと決めたとき、私は早々にシスの方針に従ったが、最後まで抵抗していたのはヴェンデルで、いまはどんより顔のところをアヒムに慰められている。

「きっつ……」

「わかるわかる。こいつらは目立ちすぎなんだよ」

「いや、この場合はアヒムも僕の敵だから。悪いけどエミール以外は僕に近寄らないで」

傷つくアヒムに、ヴェンデルに仲間とみなされたエミールが心外そうに自分を指差す。

「ヴェンデル的には俺もそっち側？」

「その疑問はどういう意味でのそっち側になるのか、考えによっては今後、僕やレオ達を敵に回すと思ってほしい」

「だってほら、俺、たぶん平均以上だと思うんだけど」

「その根拠はなに」

「上の兄姉三人」

「く……！」

「あとほら、女の子にたくさん告白されてるし」

「ぐぅ……！」

エミールに自覚があったのがちょっぴり意外。

というかエミールって、自分が女の子に人気なことを、さらっと言える子だったたっけ？

シスも楽しそうにその辺りを追及する。

「ってことはエミール、きみ、もう彼女とかいる感じ？」

「女の子は可愛いけど、彼女はまだいらないかな。俺はシスと遊ぶ方が楽しいよ」

この返答は意外だったのか、目を丸くする半精霊。

少し目を泳がせると何故か私に文句を言った。

「きみの弟ってどうなってるわけ。なにもしてないのにぼくを口説《くど》きに来たぞ」

「なんで私に文句を言うのよ」

とはいえ咄嗟に学友ではなく質問者の名前を挙げるあたりが、なんとも手慣れている。しかも意図している様子はないし、エミールの返答は素のものだ。

シスは「アレクシスは大変だなぁ」と呟き、めげずにエミールを揶揄う。

「せっかくだからラトリアで女の子の友達でも作りなよ。文通友達ができたら面白いし探してみるよ」

「あ、良いこと言うね。性別はどっちでもいいけど、文通友達がでも作りなよ」

「駄目だ、揶揄い甲斐がない」

弟がこんな調子だから、標的はヴェンデルに代わって、馴れ馴れしく肩を組む。

「まー少年、エミールはああだけど、そう悲観するんじゃないよ。きみだって可愛い感じで愛嬌《あいきょう》があるんだ。経歴だって女の子好みな上に、将来は有望だぜ」

「僕はいま機嫌が悪いから離れてほしい」

「ヤダ、つれないこと言わないでよ」

ヴェンデルの空いた手を摑まえるルカがにっこり笑う。

「悲劇の王子サマって女の子に人気じゃない。ワタシも好きよ」

「二人揃って喧嘩売ってる？」

ヴェンデルが本気で怒るのは珍しいが、これこそがシスの期待する反応で、彼はけらけらと笑い喜ぶ。

「誤解するなって。そりゃあぼくの顔は至宝さ。この大陸で三本の指に入るくらいイケてるのは認めるけど、これはこれで苦労することが多いんだ。だから平均っていうのは大事なんだぜ」

「慰めに見せかけた自慢って最低だよね……ねーエミール、助けてよこれ」

「え、近寄っちゃダメなんだろ」

「本気にしないでよ！」

唄うように上機嫌なルカは足取りが軽い。

「ワタシみたいな可愛い妹がいるんだからいいじゃない。ねーお兄ちゃん」

「妹ならフィーネの方がよいや。あっちの方が素直だ」

「は？　なに、怒るわよ」

ルカの場合、時折顔を覗かせる横暴さ的にも姉の方が向いている気がする。

和気藹々《わきあいあい》とした空気の中、私もルカに倣《なら》い、街の造りにばかり目を向ける夫の腕を取る。

ラトリアの女性は目鼻立ちのきりっとしている美女が多く、彼女達の視線が夫に釘付けなのがどうにも嫌でたまらない。この人は私のですけど、という牽制を込めていた。

「カレン？」

「あなたは隣に私がいるのに、争いごとばかりに目を向けすぎでは？」

じいっと見上げれば、間を置いて瞼の上に唇が落とされる。

「すまない、今回は記念旅行だったことを失念していた」

「あまり忘れるようなら、黙ってシスと遊びに出かけますからね」

「次は気をつける」

反省を口にするライナルトに、視界の端ではシスが寒気が走ると言わんばかりに肩を抱いている。

「見ろよアヒム。きみの幼馴染みが男を転がしてるぜ」

「転がしてるのか……？」

「なんだよ、もっとダメージを受けると思ったのに平気じゃん」

「……それより、お前はカレンと遊びに行ってこいよ」

「え、意外。きみって彼女とぼくが浮気するのを推奨するんだ」

「いや、お前がライナルトにボコられる姿を見てみたい」

日頃の恨みは恐ろしい。

私は初めてグノーディアを訪れた日のように、お上《のぼ》りさん気分で周囲を見渡す。

マルティナはラトリアには観光目的の客がいないと語ったけど、大通りを歩いた感想は「まさにその通り」だ。

ファルクラム領やオルレンドルの首都グノーディアであれば、正門近くの通りはまず観光客向けの店が軒《のき》を連ねているが、ドーリスでは圧倒的に地元向けの店が多い。

ぱっと見で野菜は値段が高く、魚介類が安いのは土地柄か。生臭さが漂う中に、余所ではほぼ見かけない蛸《たこ》も並んでいる。

石材作りの建物も、目新しさが目立つグノーディアに対し、ドーリスは輪を掛けて重ねた年月が語りかけてくるかのよう。石畳の路地が入り組み、時代の面影が随所に感じられる。住居用の建物は出入り口が小さいのが特徴的だし、区間ごとに鐘楼《しょうろう》が建っている。

ところどころで鼻腔をくすぐるのは、濃厚な甘ったるい匂いだ。どの家も香を焚《た》いているらしく、花を煮詰めたような匂いがふわりと漂っている。

私たちが宿泊所に選んだのは、ドーリスでも有数の高級宿だった。

旅にとって、安全の一歩は宿であってほしい。

この辺りは妥協してはならないと決めていて、向かった宿では空き部屋が残っていた。

富豪御用達の宿だから外観は綺麗なうえ、入り口は広めで、専用の門衛《もんえい》を雇っている。石造りでも木材や塗料を上手く使ってお洒落を演出していた。

宿側にとって私たちは初顔だが、この時のためにお金はたっぷり用意してきた。

マルティナが受付を行うと、支配人が奥からお出ましになった。

「失礼いたします。ファルクラム領からいらしたクラインご夫妻でしょうか?」

「ええ、どうもこんにちは。予約もなしに突然ごめんなさいね」

偽名に立ち上がり、口元に手を当て上品に笑う。

私は受付をしてはならない。

支配人が出てきて初めて立ち上がるのだ。

指の先一本に至るまで、良家らしい上品な振る舞いを忘れてはならない。夫には椅子に座って堂々としていてほしいとお願いしていたとおり……元が黙っていても尊大な人なので、実に様《さま》になっていた。

支配人はそれとなくライナルトの品格を見定めながらも、私に向かって微笑む。

……うん、たぶん合格をもらえたかな?

「外国から予約は難しいでしょう。ご心配は無用です。稀にクライン様のようにお泊まりになるお客様もいらっしゃいますから、当宿はいつでも対応できるよう部屋を整えております」

「よかった。もし泊まれなかったらと思うと不安でしたの」

「いえいえとんでもない。クライン様のように、品格のあるお客様を迎えられて光栄です」

「まあ、ありがとう。それなら良いお部屋を期待できるかしら」

安堵してみせるのはちょっとわざとらしい?

まあいいや、と構わず演技を続ける。

「観光のためにしばらくこちらに滞在したいの」

「かしこまりました、どのくらいのご予定でしょう」

「具体的に決めてはいないのです。だから長期間、ゆっくりできる部屋がいいのだけど……」

「そうなりますと、失礼と存じますが、かなり費用がかさむと存じます」

「あら、構わないわ」

マルティナに振り向くと、彼女は支配人に小さな袋を渡す。

当たり前だけど、その姿はまるで洗練された使用人で、これが演技に一役買っている。

代金が詰まった硬貨にしては小さすぎる袋だが、中身を見た支配人は驚愕に目を見開いた。

「硬貨だとかさばるし、そちらでお支払いしたいの。できます？」

「はい、もちろん。当宿は宝石商とも提携しております」

「なら、ひとまず前金でお支払いします。足りない分は超過してからでよろしい？」

中身は宝石の嵌まった装飾品で、相当な日数を泊まれるだけの価値はある。

普段から富豪と付き合うためか、支配人はこれらを一目で本物と見極めた。支払い能力を確認して背筋を伸ばす姿に、私も微笑む。

「でも、そうね。他のお客様と顔を合わせるのは慣れないから……私たちが泊まる階を丸ごと貸し切りにできません？」

この支払い方法は思った以上に効果があった。

私たちは四階を丸々借り切ることに成功し、私とライナルトは一番広い部屋を押さえることができた。

寝室、居間、食堂等が連なっており、石造りの場合は圧迫感を覚えがちだが、家具の配置や木材を張ることで全体的にすっきりさせている。

間仕切りには動物が彫られ、天蓋付きの寝台は重たい赤天鵞絨織《ビロード》と、異国情緒が著《いちじる》しい。家具はひととおり揃えられているし、飼い犬用の寝床も備わっている。

私が部屋に入るなり、真っ先に向かったのはテラスだ。

四階から見渡す景色は、ほとんどの街並みを一望することができる。

見上げた王城は空に向かってそびえ立ち、その存在感は際立っている。教会の鐘の音は首都中に響き渡り、異世界に迷い込んだかのような幻想的な雰囲気が漂っていた。

少し風当たりが強いが、吸い込む空気すら別物に感じてしまう。

ほう、と感嘆の息を漏らした。

「すごい、本当に違う国に来たのね」

「街中まで攻めにくそうとは徹底している」

同じ景色を共有しているはずなのに、私と彼が考えることは違う。

新婚旅行なのだと道中で主張したばかりなのに、これでは雰囲気はぶち壊しだが、ここで彼が感動に目を輝かせるのはきっと不気味だ。

少し離れた部屋からは同じようにヴェンデルが顔を出し、熱心に鐘の鳴る方向……聖堂街を見つめている。

ラトリアの人々にとっては馴染み深い景色でも、外国人の私にとってはすべてが目新しく、この景色が永遠に記憶に残り続けることは間違いない。

「カレンはどこを見て回ってみたい？」

「私の行きたいところでいいの？　あなたはてっきり街を見回る必要があるとか言い出しそうなのに」

「私は目立つから、情報収集はシスに任せている」

「彼は何で買収したんです？」

「冬までの生活費だ」

……コンラートの負担が軽くなるからいいかも。

でも、私の行きたいところと改めて尋ねられても悩む。

もちろん観光候補はたくさんあるが、ラトリアは時勢によって入れる場所が変わる。

「闘技場と教会は決めてたけど、あとはおいしい食事を出してくれるところかしら。ライナルトは食べたいものとかあります？」

「私にそれを聞くか？」

「ないの？」

「兎の煮込み」

「…………帰ったらとびっきりの、作りますね！」

陽が高いうちに宿を決めたものの、この日に出向いたのは近場の食堂だけ。

なんだかんだで旅を続けていたせいで疲れが溜まっていたし、ふかふかの布団の誘惑には逆らえない。日数はたっぷりあるから、初のラトリア食に舌鼓《したつづみ》を打つに留めたのである。

初のラトリア料理は冒険をせず、数少ない観光客向けの店に決めたが、その種類は多彩だった。

平たいパンには豆をすりつぶしたディップ。添え物は海鮮のスープ、魚の包み焼き。牛乳を発酵させた凝乳《ぎょうにゅう》、いわゆるヨーグルトに香草をたっぷり混ぜて肉団子を和《あ》えたもの。

外国人向けになっているらしいけど、味はかなり独特だった。包み焼きは魚が新鮮なおかげで身はおいしいが、香草の癖が強く、肉団子は変に酸味が際立っている。

実はオルレンドルにもラトリア料理はいくつか出回っている。それらを食べたことがあったから、食は大丈夫かなと密かに思っていたら……これは慣れていないと食べられない。

まず第一に感じたのは、全体的に臭み取りなんて概念がなさそうなこと。

観光客向けでこれだから、地元民向けとはいかほどなのか。

ラトリア初日から、私たち姉弟やヴェンデルはフォークを持つ手を止めてしまった。

私は肉団子の香草……雑草のようなソースに、平静を装うのが精いっぱいになっている。

「……ねえヴェンデル、ラトリアの名物って、他になにがあったんだっけ」

「生魚の塩漬けかな……そのままパンに挟んで食べるんだって……」

「食べられる自信ある？」

「ない……エミールは？」

「聞かないでくれ」

流石のエミールでも笑顔がない。

平然と食べているのはお馴染み軍人組で、可もなく不可もなく、で淡々としているのがアヒムとマルティナにルカ。シスはこの味でも美味しくいただけているらしく、彼の食べっぷりはお店の人にも好評だった。

私たちの様子にアヒムが鼻の頭を掻く。

「おれ達はこれでも平気だが、三人がこの調子じゃなあ……まともに食べられる店を探しておくか」

「そのあたりはぼくに任しときなよ。食べ歩きなら得意だからね」

「ワタシもワタシも」

「ほどほどにしとけ、と言いたいが……しょうがねえ、任せた」

食事に関してはシス達に期待しよう。

そして料理とは正反対に、美味しいのはお茶と菓子。

デザートはたっぷりの糸状の生地でチーズを挟み、カリカリに焼き上げたものに熱々のシロップをかけているが、しょっぱいと甘いが合わさってお茶が進む。これだけでも口に合う菓子が見つかったのは僥倖《ぎょうこう》で、私はこれを三切れ平らげた。

宿でたっぷりの休息を取った翌日、最初の観光先に選んだのは教会のある聖堂街。

いまのラトリアは王制が布《し》かれているが、かつては教会も絶大な権威を持っていた。その影響たるや政にも絡むほどであったが、その勢いを削いだのが若きヤロスラフ三世だ。

当時は教会の根幹が腐っており、民を苦しめる教会に少年が正義の鉄槌《てっつい》を下し、教会の最高司祭達は火あぶりに処された。

新王によって大国ラトリアは教会の干渉を受け付けない完全王制へと移行し、正しい流れを取り戻した……というのがこの国に伝わる一般的なお話だ。

ただ、これらはラトリア人を身内に持つ人達に言わせると、少し違う。

聖堂内のステンドグラスを見上げながらニーカさんが教えてくれた。

「教会が猛威を振るってたのは事実だけど、言うほど悪いものじゃなかったって私は聞いてます。当時の最高司祭を斃さなきゃ、ヤロスラフ三世は玉座を得られなかったとか」

彼女のお爺さんが当時の事情に詳しいのは、この内乱で国を追われたせいだという。

「でも、真実はわかりません。いまでもヤロスラフ王の悪口をずーーっと言ってるくらい根に持ってるから、偏見が入ってそうだし」

宗教を迫害したのはオルレンドルと同じでも、ラトリアは苛烈な撤廃は行わなかった。しかし教会の活動を大幅に制限したせいで、後々まで内乱の原因となる。

「その何回目かの内乱で、とばっちりを食らったのがおれのお袋です」

アヒムが挙手し、マルティナも同意を示した。

「数十年に一度は衝突が起こるせいで、国を追われる民が生まれてしまう。わたくしの両親もそれで傭兵になったと聞いています」

「それでもなんだかんだで全部綺麗に治めてるし、玉座を守り続けるあたり、ヤロスラフ王も有能なんだよなー」

「軍隊がとにかくお強いですからね」

「ただ国の拡張計画が進むたびに、内乱でぽしゃっていく感じだな」

ヤロスラフ三世は民から信仰を奪わなかった。そのためいまも教会には人が出入りして、熱心に祈りを捧げている。

教会の象徴である双子月を象《かたど》った首飾りを握り、祈りを捧げる姿はまさに敬虔《けいけん》な信者で、彼らを目の当たりにしたライナルトは、理解できないものを観察する目になっている。この姿を鑑《かんが》みるに、オルレンドルの宗教家達の未来は潰《つい》えたかもしれない。

教会は信者でなくても見学できるし、お布施《ふせ》で別棟も案内してもらえる。

教会は聖堂街の表象だけあって敷地はかなり広く、私たちは満足いくまで見学させてもらえた。教会観光を終えて広がるのは噴水広場で、こちらも見応えに溢れている。なにせ地面は石材と煉瓦と硝子《ガラス》で作られた幾何学模様。建物同様に荘厳な雰囲気を保っており、設置された木製ベンチには人々が思い思いに休んでいることから、憩《いこ》いの場として成り立っているのが伝わる。

私は浮かれながらエミールと盛り上がった。

「エミール、あっちの色硝子の建物はわかる？」

「たぶん、聖遺物を納めている聖堂です。一般人は入れないはずですよ」

エミールがラトリアに詳しいのは、絵や音楽同様に、建築物も芸術だと考えているためだ。知らない間に様々な知識を蓄えている。

ラトリアは閉ざされた国のためか、良くも悪くも他国の文化が入りにくい。これが自国の伝統芸術を守ることにも繋がって、この景観が保たれている。

「俺は教会をはじめて見るから、なにもかも珍しいです。ファルクラムやオルレンドルにあったら見応えがあっただろうに残念ですね」

グノーディアも、宮廷にはカール帝が建てた教会があったけど、あれはライナルトが文官の反対を押し切って壊してしまったから……。

「姉さん、俺、噴水を見てきます！」

「はーい、行ってらっしゃい」

私は改めて建物を観察するが、その建築様式は素晴らしくとも、やはり大森林の渓谷で見た橋の造りとは程遠い。あの鋼や鉄でできた橋を造る技術を有しているとは思えなかった。

マルティナと一緒に広場を廻っていると、子連れの女性に話しかけられた。

彼女はにこやかに子供に花を一輪持たせ、私へ差し出させる。

「よかったらどうぞ。こちらでは見ない顔だけど、外国からのお客さま？」

「あ、はい、ファルクラムから……」

ところがマルティナは私に花を受け取らせなかった。

さっと私たちの間に入り込むと、私の背中を押して女性に背を向けさせたのである。

「連れと一緒に行動していますからお断りします。それでは」

断った途端、女性が零《こぼ》したのは舌打ちだ。

驚く暇もない。早足になりながらマルティナが教えてくれた。

あれは花を受け取ったが最後、観光案内人として自らを雇わせる常套《じょうとう》手段なのだそう。

「外国人を狙って案内を申し出る観光詐欺が存在します。教会前ならまだ大丈夫かと思いましたが、この様子では期待しない方がよいですね」

「この分だと、闘技場も問題かしら」

「あちらはスリが多いと聞きました。かなり大きな窃盗団《せっとうだん》らしいとの噂ですから、ろくなものではないでしょう。カレン様は絶対に一人で行動をしてはなりませんよ」

「マルティナ、すごく詳しくない？」

「いざラトリアに行くとなると不安でしたので、知り合いから首都の話を聞いてきました」

恥ずかしげに顔を赤らめる彼女は、なんて頼りになる秘書官だろう。そして浮かれていたとはいえ、詐欺にまるで気付けなかった自分は情けない。

ヴェンデル達も同じような被害に遭いかけたが、アヒムがけんもほろろに追い返していた。

シスは逆に相手を口説き、夜飲みの約束を取り付けたと自慢していたが、私に見えるのは、財布をすっからかんにする彼の未来だ。

それはマルティナも同じだったらしく、彼女は皆に厳重注意を行った。

「この首都ドーリスでは、たとえば皆さまがスリに遭ったり、強盗に遭っても、基本的に兵は頼れないと思ってくださいまし。彼らは外国人には親切ではないのです」

「えー」

「シス様、えー、ではありません。貴方様が財布を盗まれるのは問題ありませんが、美人局《つつもたせ》で難癖をつけられては、皆さまに被害が広がります。アヒムさんでしたら慣れてるでしょうけど……」

「いや、おれだって無理だわ。っつうかおれならよい、みたいに聞こえるのはどういうことだマルティナ。おい」

突っ込むが無視されるアヒム。

マルティナはシスに力説した。

「子供達に迷惑をかけてはなりません。せっかくの旅行が台無しになってしまいますから、出かける場所はくれぐれも注意してくださいまし」

「……夜の酒場くらいはいいだろ？」

「賭場は自重してください。彼らは行動力の塊ですから、遠慮なく取り立てに来ます」

「人が負けるみたいに……」

「勝てるのですか？」

にらみ合いの行く末は、マルティナの勝利だ。

「………ちっ。しょうがないにゃー」

優秀な秘書官により、ドーリス滞在における私達の平穏は守られた。

ラトリアは街の要所要所に兵士が配置され、民の安全が脅《おびや》かされないかを注意深く見守っている。

いずれの兵士も屈強で愛想の欠片もなかった。常に外国人観光客を見張っているが、反対に街の人々は気さくに兵士と喋っている。

私はエミールを連れ、お喋り好きそうなおばさんがいる店を見繕うと、買い物がてら話しかける。

「ラトリアには初めて来たんです。さっきは教会を見てきたんですけど、びっくりするくらい綺麗な場所なんですね」

「あんたら見かけない子だと思ってたんだけど、やっぱり観光客かい。どこから来たの？」

「ファルクラムからです」

「お隣の国だろ、そんなところからわざわざ来たのかい」

「知り合いに、ラトリアはすごいところだって聞いて、ずっと来てみたかったんです！」

「へえ……教会だっけ？　余所の国のお嬢さんから見て、うちの教会って綺麗なのかね？」

「もちろんですよ、あんなすごい建物、見たことないです！」

「ううん、他の国に比べたら古くさいって聞くけどねぇ……」

「そんなことありません。噴水広場なんて、教会への信仰を巧みに表現してて感激しました。この街並みだって歴史を感じて素敵です」

「そ、そうかい？　あたしたちは長く住んでるから、そういうのはわからないんだけど……」

情報収集のコツはとにかくラトリア大好きを強調することと、警戒心を招きそうなライナルト達は引き離すことだ。笑顔と愛想は大安売りで国を褒めれば、相手は悪い気はしない。

「これから闘技場に行ってみるつもりなんですけど、近くにおすすめのお店とかあるでしょうか」

「あら？　闘技場に行くの？」

おばさんはちょっと顔を曇らせた。

「有名だと聞いたので、是非見てみたいと思って……なにか問題とかありますか？」

「問題はないけど……場所によっては荒くれ者が多いし、人込みで帰りたくなっても引き返せなくなるから、安い席はやめておきなよ。ちょっと高くても良い席をお取り」

そう言うと店の奥に向かって呼びかける。

「ちょっとあんた！　闘技場の席売り場に詳しかったよね、ちょっと聞きたいんだけど！」

「えっ、そこまでしてもらうわけにはっ。売り場も探せばわかりますし……」

「違う違う。闘技場も売り場がいくつかあって、あくどいのがいるんだよ」

購入場所によっては、よそ者価格でぼったくられるらしい。

良心的な売り場を教えてもらいながら、無知を装って聞いてみる。

「王城も是非間近で見たいのですけど、どこか見学できるところはないのでしょうか」

ああ、とおばさんは残念そうに教えてくれる。

「数年前までは前庭階段までは行けたんだけど、いまは封鎖されちゃって入れないんだよねぇ」

「やっぱり内乱の影響です？」

「うん。王様の弟と、ご子息のヤツェク様があんなことしちゃったから」

悩ましげにため息を吐くおばさん。

あんなこと、というのはジグムントが世継ぎに指名されるきっかけになった、一番新しい内乱だ。

「ヤツェク様ったら、せっかく王様が頑張ってたのに、期待を裏切るような真似しちゃってねぇ。そのせいで王様はすっかり弱っちゃって……表に出てこないし、まったく酷い話だよ」

「ヤロスラフ王はお顔を見せられないんですか？」

「そうなんだよぉ。あたしたち、王様がこの時期にやってくれる行進《パレード》が楽しみだったのに、ヤツェク様のせいで去年からなくなっちゃって、ほんと散々さ。みんな迷惑被ってるよ」

街の人は軒並み反乱を起こされたヤロスラフ王に同情気味で、信頼の厚さが窺える。

「ヤロスラフ王はお世継ぎにはジグムント様をご指名されたんでしたっけ。その方が代わりに行進を行うとか、ないんですか？」

「うーん。あんた、気になるの？」

すかさずエミールも割り込む。

「お祭りが見られるって聞いたんです。俺たちの国じゃそういう行進はなかったので、珍しくて」

「ははぁ。余所じゃできないってのは……きっと暗殺を恐れてできないのかね」

「あ、はは……そうですね、暗殺、怖いですし」

普通はさっくり暗殺なんて言葉は出てこない。

内乱が多い国ならではの国民の感想で、おばさんは自慢げに頷く。

「やっぱり堂々とお立ちになられるヤロスラフ様は偉大なんだねぇ」

「離れた場所からでも一目でわかるほど偉大な王様だって聞きました」

「うふふ、おひげが格好良くて逞《たくま》しい王様だよ。あのお年で、まだどんな戦士だって敵《かな》わないんだ」

エミールにほだされ、ジグムントについても教えてくれる。

「ジグムント様は……なんだろうねぇ。実を言えば、あたしはあんまり知らないんだよ」

「えっ？　ジグムント様って、この国の王子なんですよね？」

「すごい武人だって話は聞いてるけど、表に出てきたことは滅多にないんじゃないかな。目立つのが好きじゃないのかも」

内乱後、いまだ王城が開かれないのは、他の有力な候補を差し置いてジグムントが指名されたのも関係あるかもしれない。観光客は近づくのも危険だと教えてもらい、私たちは丁寧にお礼を告げて店を離れた。

今度こそ向かう闘技場は円形となった外観で、堂々たるアーチの柱で飾られている。彫像は歴代の闘士を称えているとかで、無機質な石の目が、闘技場に押しかける人々を見守っていた。

内部の観客席は幾層にも重なり、傾斜で数千人規模の観客を収容できることが一目でわかる。客席の上部には、国旗が掲げられ、風が通るたびに揺れてたなびく。

この席から見下ろすことができるのが、中央に位置する広大な砂地だ。

貴人用の観客席を買う頃には前座の闘牛が始まっており、会場はあたたまっている。牛が突進するたびに歓声が大きくなり、はじめて見る闘牛にヴェンデルは目を瞑り、小さく呟いた。

「や、野蛮だなぁ……」

他国の文化を貶《けな》すと受け取られる言葉を使ってはいけない、とは教えたものの、人が撥《は》ね飛ばされて熱狂する集団は理解し難い。私も思わず、かつてファルクラムで行われた、王子たちの代理決闘とその悲惨な結末を思い出し、身震いした。

しかも私たちの周りの囲いにはラトリアの貴人もいる。

彼らはお酒を片手に談笑しており、闘牛士の怪我にもはしゃいでいる。

闘牛が終わり、人間の試合になると、熱狂は最高潮に達した。

あちこちから騒々しい歓声や掛け声がこだまし、闘士に向かって様々な野次を叫ぶ。闘士は上半身が裸で、それぞれ武器を持っている。

試合は白熱し、見ているだけでもハラハラし通しだ。闘士は生傷が絶えないし、出血も厭わず進む様は遠くからでも迫力に溢れている。

「本格的ねぇ……でも、ちょっと雰囲気が怖いかも」

野次は応援するにしたって「殺せ」は過激すぎやしないだろうか。

身を乗り出す人々は、誰もが目を剝いて恐ろしい形相だ。熱狂的すぎて怖いし、未成年に見せるべきものではなかったかもしれない。

早くも後悔を覚えていたら、おもむろに肩を抱かれた。

ライナルトが険しい表情で戦いを見守っており、アヒムやニーカさんなんかも、それぞれがさりげなく目配せを行っている。

彼らの行動の理由はすぐに判明した。

殺人だ。

私は闘士たちの戦う意味を間違えていた。

てっきり闘争と勝敗の行方を楽しむ場所かと思っていたのに、ラトリア人たちが求めたのはそれ以上だった。闘士たちの決着は、片方の命がなくなることで勝敗がつくらしい。

命乞いをする敗者に、勝者がとどめをさそうとする瞬間は、ライナルトが私の目を塞ぐ。

「見るな」

視界が塞がれる寸前に、啞然とするヴェンデル達の目をアヒムが覆うのを見た。

この瞬間が、盛り上がりの最高潮だ。

高揚する観客の叫びが、まるで建物全体を揺らしているようだ。

まだ試合は残っていたが、顔を青くする私を連れてライナルトが席を立つ。ヴェンデル達も後に続き、早々に退散する私たちを、闘技場の兵士が嘲笑《ちょうしょう》するように見送る。

エミールがようやく口を利けたのは、宿に帰り着いてからだった。

「殺し合いまでやるんだ……」

ヴェンデルは黙《だんま》りだし、事前に闘技場について調べていたはずのマルティナすら混乱気味だ。

「命の取り合いはないと聞いていたのに……」

彼女の責任ではないのに、殺人を見せてしまったことを後悔しているらしく、辛そうに世話を焼いてくれる。

私は水を受け取ると尋ねていた。

「その様子だと、話と違ったのね？」

「闘技場における殺人は数十年も前に禁止されたはずなのです。再開されたなどと聞いていたら、決して皆さまを連れて行きはしませんでした」

疑問の答えは、遅れて帰ってきたシスがもたらした。

「最近また再開したんだってさ」

ついでに情報収集をしてきたらしく、闘技場の変更について話してくれる。

「闘技場の殺人を禁じたのはヤロスラフだけど、そのヤロスラフから規則を撤回するって、また許可が下りたらしいよ」

許可が下りたのはついこの間で、このためマルティナは情報の入手に遅れたのだ。

「野蛮で時代遅れだから禁じたはずなのに、街の人間も不思議がってたよ」

なぜ自ら禁じた殺人闘技を再開させたのか理由は不明。ただ、解禁に伴い闘技場は別の意味で盛り上がっているそうだ。

私もようやく、店のおばさんが表情を曇らせた理由に思い至った。

闘技場は素晴らしかったが、また行きたいとは思わない。

すっかり観光気分は消え失せて、背もたれに埋もれながら呟いた。

「……今日はもう、部屋で休もうかしらね」

ヴェンデルも顔色が悪いし、休ませる必要がある。

場は盛り下がったままお開きになった。

代わりと言おうか、シスとアヒムが美味しい買い出しをしてくれたので、夜には気分も持ち直した。

翌日、闘技場の印象を払拭すべく、新たに出かける予定だったのだけど……。

私は熱を出した。

「外……行く……」

布団を這《は》い出そうとする体を制するのはライナルト。

淡々と「駄目だ」と、私の額に濡れ布巾を置き、再び寝かしつける。

「観光……」

「時間はいくらでもあるのだから、焦るな。いまは回復を優先するべきだ」

昨日までは元気だったのに、気落ちした隙を狙って、蓄積された疲労が一気に身体を襲った。おかげで皆は観光、私は部屋に取り残される始末。しくしくと寂しく留守番だ。

翌日になると微熱程度にはなってくれたが、大事を取ってこの日も留守番。更に翌日になると、私はライナルトを追い出した。

皆は二手に分かれ街を散策するらしく、ニーカさんにライナルトも連れ出してほしいとお願いしたのだ。

食い下がる夫と、とにかく観光しろと一点張りの私。せっかくラトリアに来たのだから、彼にだって観光を楽しんでもらいたい。

そして、私は彼にある課題を押しつけた。

「あなたから見る、ドーリスの景色を、私に教えてください！」

戦《いくさ》前提ではなく、街の情緒を感じるための言葉をライナルトに伝える。それも人と感情、意見を共有し、理解し合うために必要な過程だ。

とにかく譲らない私にライナルトは折れるも、彼は出かける間際まで私を心配した。

「本当に大人しくしているか」

「しつこいですよ。ルカやマルティナが残ってくれますから、変な輩《やから》も近寄りません」

「……いくら金をかけてもいい、必要なものがあったら宿の人間を使え」

「大丈夫ですってばー。私は出かけませんから、心配ならルカに言ってください」

「もう言い含めてある」

ルカにもしつこいって怒られてそう。

でもなにより心外なのは、まるで私が何か引き起こすと疑われていることだ。

まったく、彼といいアヒムといい、疑いすぎではないだろうか。

大体この旅において私はずーっと大人しくしているし、集団行動を乱す真似もしていない。

夫を見送ると、私は部屋に籠もった。

体はここぞとばかりに疲労を訴え、眠っていればあっという間にお昼。飲食は部屋でもできるが、少しは歩かないと健康に悪い。宿の隣にある飲食店に移動した。

ここは宿の併設だけあって、ご飯もいくらかまとも。絶対舌に合うものを見つけ出すのは難しかったが、何度も利用する間に、安全な料理は見繕えるようになった。

「カレン様、アヒムさんたちがいらっしゃいますよ」

「ほんとだ。お昼だからいったん休憩かしらね。でも、一緒に座ってる人は誰かしら」

合流すべく席に行くと、そこで私は思いもよらぬ人物を見つけてしまった。

アヒムと仲良く談笑しているのは屈強な老人だ。

私に気付いたエミールが席を立った。

頬が紅潮している姿から、かなり興奮している。

「姉さん、こちらに来て下さい」

「エミール、あの方は……」

「俺がごろつきに囲まれたところを助けてくれたんです。お礼代わりに食事を……姉さん?」

弟の恩人らしいけど、お礼を言うどころじゃない。

顎髭こそなくなっているが、間違いなく見覚えのある人物だ。

声を発するのを忘れていると、老人も私の姿を認め、目を丸めながら顎を撫でつける。

「これはまた……なんとまあ、奇遇なものよ」

ラトリア王、ヤロスラフ三世だった。

——次巻へ続く

コンラートは今なお忘れず

そこに踏み入る前から嫌な予感はしていた。

かつてコンラート邸があったというコンラート領、そこに初めて足を踏み入れた瞬間、マルティナは肌が粟立《あわだ》つのを感じた。

――冷たい。

だが、そんなはずはない。

彼女の旅装は完璧だ。今回はオルレンドルの皇帝たるライナルトと皇妃カレンの護衛を兼ねているため、風邪を引いては元も子もないと体調管理含め準備は万端だった。いざ旅が始まってもそれは変わらず、道中においてもマルティナは万全だ。

精神面でも気負いすぎないよう、ニーカやアヒムがカバーしてくれている。彼らは守るのが本職だけあって慣れているから、おかげでマルティナは久しぶりに家庭教師に戻った心地《ここち》でのびのびやれていた。

つまるところ……肉体・精神面において失態を犯すはずがないのに、足先の感覚がなくなるような異変を感じ取った。

いつの間にか自分の肩をさすっていたのか、エミールが彼女を心配した。

「マルティナ、寒かったりする？」

「ありがとう。少し緊張しているだけですから、わたくしよりもヴェンデルを見てあげてください」

微笑みと裏腹に驚いたのは、彼女以外誰も寒さを感じていない点だ。

なぜ誰も、この異常な寒さに声を上げないのだろう。ライナルトなど、誰よりもカレンの体調を気にするはずなのに、一言すら発しない。

……これはマルティナだけが異常を検知しているのか？

訴えを起こすか悩んだのは一瞬だ。

なにせヴェンデルにとってまたとない里帰り。足を止めさせたくないし、一人離れても気を遣わせる。であれば寒さ程度、着込めば我慢できるはずだ。

マルティナの視線は、ヴェンデルの悲しげな背中と同時に、コンラートの街並みも追っていく。

はじめて見る被占領国の辺境は、ひどく薄気味悪い。

マルティナはコンラートを知らない。

殺風景と感じるのは思い入れがないから当然だが、復興というのはもっと活気に満ちているはずだ。人の温もりを感じられない点を差し引いても、本来清々《すがすが》しい空気で満ちているはずの朝が、まるで何かがそこに潜んでいるかのようである。

ただ、やはりカレンはそう感じないようで……。

「懐かしい」

小さな呟きでも、マルティナの耳はしっかり声を拾っている。カレンの瞳は故郷への愛おしさに溢れており、これこそ互いに見えている景色が違う証左《しょうさ》だ。

少し安心できたのは、コンラートの屋敷に到着してからになる。

全身を覆う寒気は波が引くように消えてなくなり、マルティナはかじかむ指先を温めなくてもよくなって、墓の清掃を手伝った。

やはり体調を崩していたのか——不思議に思いながら腕を動かすも、不可解な出来事はこれだけでは終わらない。

墓地には犠牲となったコンラート領民への慰霊の石碑もある。墓石に複雑に絡んだ蔓草《つるくさ》を払い終え、額の汗を拭っていたときだった。

アヒムが彼女を呼んだ。

「その短剣で周りの蔓まで切るのは大変だろ。鎌《かま》を見つけたから、これを使え」

「ありがとうございます。では、お言葉に甘えて……」

鎌を受け取ろうと体を動かした。

視線は、自然と横にいるアヒムに向こうとする。

その瞬間、視界の端に一瞬だけ……女性の頭部を捉えた。

「え？」

そんなはずはない。

なぜなら頭は本来あるはずのない、石碑の後ろからマルティナを見ていたように思えたからだ。石碑自体も大きくないから、成人女性の体を隠すには面積が不足している。後ろに隠れていたなら必ず認識していたはずだ。

「マルティナ？」

固まる彼女をアヒムが訝しんだ。

……相変わらず誰も気付いていない。

カレンやヴェンデルなど、掃除に夢中な人達を除いたって、誰も彼女と同じものを見た人はいなさそうだ。

コンラート入りする直前、ラトリア人の棟梁《とうりょう》が言っていた言葉が思い返される。

彼らが恐怖に慄《おのの》いたのは、不可解な悲鳴や泣き声が原因だ。カレン達はラトリア人の語る幽霊の存在を信じていない様子だが、ラトリア人は徹底した実力主義。ここの人達は軍人をはじめ、屈強な人々だらけだから、そんな彼らが幽霊に怯えるなど、本来はあり得ない。

そうだ、とマルティナは思う。

物を荒らされたとも言っていたし、普段は門の外に避難しているなど、よほど実害がない限りは考えつかないはずだ。

これらを考慮すると、彼女が先ほど見たのは本当にコンラート領の――。

「おい、貧血でも起こしたか？」

心配するアヒムに、いいえ、と苦笑を作る。

「……もしかしたら、ここしばらくの疲れが祟ったのかもしれません」

「っと、それなら……」

「いいえ、皆さまには伏せてくださいまし。もうすぐ掃除も終わりますし、休めば回復しますから」

「だったらせめて手を止めて、おれに任せとけ」

「訝しがられるのも避けたいのです。二人には余計なことに気を取られて欲しくないですから……アヒムさん、お願いします」

里帰り組へ微笑みを向けると、小声で口止めを頼んだ。頭部を目にしたのは一瞬だったし、見間違いの可能性を捨ててはいけない。

そう己に言いきかせるも、頭を過《よぎ》るのは、女の半開きの唇だ。乱れたぼさぼさの髪に、充血した目がマルティナを睨んでいたように思えてならない。

掃除を終え、花を供える時すら忘れられなかったが、陽が高くなる頃には、他のラトリア人も領内に入っていた。実を言えば、このタイミングが一番安心できた時間帯だ。

けれど彼らを観察すれば注意力は散漫で、平然と領内を闊歩《かっぽ》するマルティナ達を、正気を疑うような目で見ている。

時折姿を見せるラトリアの軍人が女性達……とりわけ一番力が弱そうなカレンへ、不快な視線を向ける以外は平常だ。だが夕方頃になれば、彼らは早々に引き上げた。

マルティナが困ったのは部屋割りだ。

カレン達は懐かしの我が家で過ごせるのが嬉しいようだが、マルティナは正反対。

申し訳ないが、部屋で休む気にはなれなかった。

たしかに見た目は壁紙の張り替えなど終わっているが、屋敷中ジメッとした重い空気に包まれているし、彼女の鼻はもげてしまいそうな焦げた臭いと腐臭を拾っている。

マルティナは理由を付けると門衛を買って出て、前庭の空いたところでたき火を焼《く》べた。

ひとりになるのは心許《こころもと》なくて、片腕は自然と剣の柄《つか》に始終触れており、それだけが心のより所だ。

無言で火を眺める彼女の耳に足音が届くと、反射的に振り返った。

「誰」

「驚くなって、おれだよ」

夜の闇を縫って現れたのは、両手を挙げて肩をすくめるアヒムだ。

たき火を挟んで真向かいに腰を落とす仲間に、マルティナも警戒を緩めた。

「休まれていたのではないのですか」

「そのつもりだったが、部屋じゃうるさくて寝られたもんじゃない。だったら何処《どこ》でも変わらないだろうと思っただけさ」

「うるさい？」

アヒムは前庭を見渡せる部屋を選んでいた。ここに彼らの静寂を邪魔する者はいないはずだが……

首を傾げるマルティナに、アヒムは皮肉げに笑う。

「おれの前では誤魔化さなくていいさ」

この一言でピンときた。

まさか、と驚愕が広がって行くマルティナに、彼は深く息を吐《つ》く。

「ま、そういうこった。たぶん、おれもマルティナと同じものが見えてたんだろうよ」

「じゃあ、あのお墓でも……」

「色々見たさ。それにずっと寒かったんで、誤魔化すのは苦労した」

驚くことに、アヒムもマルティナと同じ体験をしていたらしい。彼女と違い我慢している様子もないので、その演技力に感服しながら息を吐いた。

「そうですか、アヒムさんも、わたくしと同じ……」

「奇っ怪なものを見聞きしたのは、おれ達だけだったかもな。だけどまあ、朝には退散するし騒ぎ立てるもんでもない」

「そうですね。あの二人には、せっかくの故郷で気分を害してほしくありません」

とはいえど、不気味な思いをしているのは事実。少し心細かったけれども、仲間がいるだけで心持ちは変わってくる。

「では、アヒムさんは、今、この場に響いている声は聞こえてますか？」

「いまか？　いや、おれは部屋の方でしか聞いてない」

「ならば個人ごとに違うのですね」

マルティナは少し残念そうに呟いた。

実は先ほどから緊張が解《ほぐ》れないのは、ずっと声が聞こえているせいだ。

夜が更けてからだった。

視線を動かすと、数回に一回、あるはずのない、知らない人の足の影がちらつき、思考が中断される。休もうにも目を瞑《つむ》った時に限って甲高《かんだか》い悲鳴が遠くから響くから、マルティナの表情は優れない。

アヒムは彼女を憐れみながら、茶を淹れるため湯を沸かしはじめる。

「……明日まで耐えられそうか？」

「危害を及ぼす様子はないので問題ありません。ですが……」

「うん」

「……これが毎日続くのでしたら、彼らが壁の外に居を構えたのも納得できます」

棟梁達の言葉の意味を、こんな形で理解する羽目になるとは思わなかった。乱れる心を落ち着けようと深呼吸をした瞬間だ。

「あらあら、様子がおかしいと思ってたけど、可哀想なことになってるわね」

知らない女の声にマルティナは周囲を見渡すが、声の主はいない。

アヒムはすぐに足元の影を叱りつけた。

「悪趣味なことはやめろ。で、何だ」

「なんだぁ、せっかく声を弄《いじ》ったのに、つまらないわね」

地面からぬぼっと出現したのは、ちょっと生意気そうな目つきをした少女……カレンの使い魔であるルカだ。

彼女はよじ登るように「よいしょ」と地上へ姿を現し、マルティナ達とたき火を囲む。

「アナタ達、もしかしたら苦労してるかもしれないから面倒見てやれって、あんぽんたんがねー」

「おいまさか、あいつ気付いてたのか」

あんぽんたん、とはシスのことだろう。

彼も素知らぬ顔でヴェンデルの家に泊まりに行ったから、気付いていたとは予想外だ。

驚くマルティナに、ルカが教えてくれる。

「アナタたちは変なものを見てるのだろうけど、そんなに怖がらなくていいわよ」

「……あなたたちは、ということは、ルカ様は何も見ていないのですか？」

「ええ。アナタとアヒムの目がナニカを追ってたのは知ってたけど、ワタシの目はなにも見てないわ」

やはりこの差は、使い魔と人間の違いから生まれるのだろうか。

不思議がるマルティナにルカは笑う。

「でも、たとえワタシがアナタ達と同じものを見たとしても、別にどうも思わないわよ。それこそ手足が欠けていようが、目玉がなかろうが、ソレはただの元人間。アナタ達と同じ肉の詰まった袋だったのは変わらないもの」

なかなかに辛辣《しんらつ》なことを言う。

状況も忘れ、マルティナはアヒムを見た。

「もしや、彼女は普段、相当猫を被っているのでしょうか」

「お、やっとわかってくれたか」

マルティナはカレンと共にいる時の少女しか知らなかった。可愛らしい顔から出てくる発言ではなかったが、すぐに考えを改める。

――使い魔であれば、このくらい淡泊な方が皇妃の守りに向いている。

この考え方自体、彼女もライナルトに認められている理由なのだが、マルティナ本人は気付く由もない。

さらに和む空気の中、ルカが暗闇を見渡した。

「ちょっと安心させてあげましょうか。アナタ達がみたものって、別に本物のコンラートの住人じゃないのよ」

「えっ……幽霊では、ないと?」

「少なくともそういう思念はないってシスは言ってたわよ。アイツって死霊術師がいた時代の人間だし、嘘や下手な慰めを言ってるのではないと思う」

そもそも、と教師じみた口調でルカは教える。

コンラートで虐殺された人間は、生き残った人々によって弔《とむら》われている。石碑は放置されていたが、ラトリア人も墓を無下に荒らしたりはしていない。

従って死霊と化すにはいささか〝足りない〟らしい。本当に死霊で満ちていたのなら、コンラートは足を踏み入れられない場所になるはずだ。

なら、とアヒムが問う。

「おれが見たのはなんだ？　部屋じゃ蠟燭《ろうそく》も消えちまうわ、ずっと扉をカリカリ引っ掻き続けるわ、部屋を出たら出たで、階段にたどり着くまで同じ廊下を八回は通り過ぎたんだが」

「まあ、アナタってやっぱりすごい胆力ね」

マルティナでさえ、たき火を眺める間、悲鳴に、赤子の泣き声が聞こえる程度だったというのに、それ以上の経験をしているではないか。アヒムの経験に比べると、聞こえないふりで黙《だんま》りを続けていたことが、まるで児戯《じぎ》のように感じられてしまう。

異常に晒された憐れな犠牲者に、ルカは続ける。

「アナタ達が見てるのは、土地に残った無念の残滓《ざんし》、ですって」

「残滓ぃ？」

「それに周囲のアレやコレやが引き寄せられて、悪夢を形作るとかナントカ。大変よね」

重要な話のはずなのだが、ルカの口調が軽いせいか、あまり深刻な空気にならない。

その上で語られたのは、コンラートは精霊のいた大森林が近いために、その影響を受けやすいという話だ。土地が穢《けが》れたせいで、吸い寄せられたものが土地に感化され、〝悪さ〟をしている。とりわけラトリア人だから標的にされたのだろうとの見解だ。

しかし、この話が真実だとしても、マルティナには疑問が残る。

「ニーカさんはなにも見聞きしてないようでしたが……」

「そうなのよねえ。ワタシが見た限りでも異常は捉えてなさそうだったけど、でも彼女って、ライナルトと一緒にコンラートに駆けつけて、埋葬まで指揮したんじゃなかった？」

「ああ、そういう……」

「弔った自覚もあるでしょうし、罪悪感はないと思う。引っ張られる要素はなさそうよ」

「――ん？　おい、ルカ、だとするとおれは？」

「知らないわよ。アナタのことだから、下手な同情でもしたんじゃない？」

マルティナは今度こそ姿勢を崩した。

真実はこの土地に纏《まと》わり付く『何か』しかわからないが、けれど――コンラートの領民がラトリア人を……ひいては彼女を恨んでいるのではない、とわかって安心したためだ。

彼らの虐殺に手を貸した者達の娘として、嫌悪されていると考えるのが恐ろしかった。

マルティナは信仰心を持っている。幽霊を信じる質《たち》だったから、虐殺された人達が苦しみ続け、彷《さま》徨《よ》っているのが辛かったのだ。

たとえ土地に無念が染みついているのだとしても、本物のコンラート領民達は、ここにはいない。

それだけで救われた思いになれて、心が軽くなる。

恐怖はもうなかった。

「なら、なにかあっても斬り捨てれば終わりですね」

「んん？」

「いざとなれば剣を持たざるを得ないですから、手出しされず本当によかった……ルカさま、どうかされました？」

「えぇ……ううん、なんでもないわ……ちょっと、アヒムぅ」

「いいことを教えてやろう。ラトリア人は大概こんなもんだ」

二人の会話をよそに、マルティナは風の音に耳を澄ませる。

彼女の耳朶《じだ》を打つのは子供の泣き声だ。

それは未来を奪われた若人《わこうど》の悲鳴であり、幾重にもなって女性や老人の声も交ざっている。

声は胸に痛い。

無慈悲にも虐殺された者達の嘆きには、ともすれば泣いてしまいそうだが、ぐっと奥歯を噛みしめる。

コンラートで起こった惨劇は取り返しのつかない事件であり、二度と起こしてはならない悲劇だ。

それゆえに、マルティナは土地が嘆かせる記録を胸に刻み、同時に信じた。

いつかこの嘆きは、ヴェンデルが止める日が来る。

その時、改めてまたこの場所に来たいと願い……マルティナから恐れが取り払われた瞬間、遠ざかる泣き声たちに、弔いの祈りを捧げた。

幸せな花嫁へ

長椅子に横たわり、うたた寝をするカレンを眺めている。

脆弱《ぜいじゃく》な人間を観察するのは、一見無垢に見える、少女の形をした生き物だ。座面に肘を置き、養母となった人間を下からのぞき込んでいる。

少女はフィーネという人間の名を持つ精霊で、つやめく唇をそっと開いた。

「おかあさん」

囁きへの返事はない。

当然だ。カレンはつい先刻まで、数日後に控えた結婚式の準備であちこち駆け回っていた。疲労困憊の体はぐっすり寝入ってしまっている。

フィーネはカレンと遊ぶために部屋を訪ねたが、無言の時間も嫌いではない。彼女と時間の共有をできるのなら、なんでもよかった。

「……ほんとうにわたしを警戒しないのね、この人」

やや困ったように呟くのは、人より優れた長命種としての感想だ。

長く生きると見た目通りの少女らしい側面と、神の如き傲慢な生き物としての側面との差が顕著になる。フィーネの場合は後者となり、かつて人間に受けた仕打ちの記憶と己を引き剝がすためか、特に乖離が激しい。

カレンを前に独りごちているのは、精霊としての気質の方だ。

いまでこそフィーネはコンラート家の娘となり、人間と生活を共にしているが、いまでも人間は好きではない。

様々な縁《えん》を経て平行世界を渡ってきたが、その切っ掛けにしても、半身である白夜が望み、カレンが名を与えてくれたからだ。

つまるところ、彼女はまだ人間への憎悪を残している。

半身やカレンとの約束を律儀《りちぎ》に守っているだけなので、今すぐカレンが「人を殺して」と言えばフィーネは虐殺に手を貸せる用意があった。

「……殺せる、わよね？」

自分自身に問いかけながら、何かに気付いた様子を見せると、フィーネは音も立てず部屋を出た。

彼女の手にかかれば、浮きながら歩くように見せかけるなど造作もない。

コンラート家の廊下には、ところせましと花が生けられている。

すべては近隣の家々や、知り合いから贈られた花であり、間もなく皇后となるカレンを祝っての真心だ――とフィーネは聞いている。真心と花がどう繋がるのか、彼女にはイマイチ理解し難いが、人間社会とはそんなものなのだろう。

一階では、ちょうど義理の兄が帰ってきたところだ。

ヴェンデルという、彼女の数千分の一すら生きていない眼鏡の少年に向かって両手を広げる。

「おかえり、おにいちゃん」

「ただいま。カレンは？」

「部屋で寝てる。さっき帰ってきたばっかりで疲れてるから、起こさない方がいいと思う」

ヴェンデルからは香草の香りがする。

抱擁に応えてもらうたびに胸を支配するのは謎の充足感だ。その正体はいまだ見当もつかないが、この温かさを求め、フィーネは欠かさず出迎えを行っていた。

ヴェンデルの連れてきた友人にも抱擁を求めようとしたら、三人のうち二人に逃げられた。

唯一応えてくれたのは、コンラート家の家令であるゾフィーの息子ヴィリだけだ。

「兄ちゃんたち、なに照れてるのさ」

ヴィリはそう言って兄レオと友人のレーヴェに呆れた。

向かいに住む兄弟はともかく、レーヴェがコンラート家を訪れてくるのは珍しい。宰相の愛息子《まな》は緊張に背筋を伸ばして声を張った。

「お、おお、男がっ、女の子にそう簡単に抱きついちゃダメなんだよっ」

「変な子ね。わたしから抱きついてるのならよくない？」

「ひゃ」

フィーネがその気になれば、レーヴェごときを摑まえるのは容易《たやす》い。彼女がぎゅう、と抱きついてしまえば、少年は顔を真っ赤に紅潮させて固まってしまう。レオにも視線を向けたが、彼は友人を犠牲に、抱えた花束と共に使用人のもとへ逃げた。

「ローザンネさん、これ、うちの教室からなんですけど、飾るところあります？」

「あらま、ありがとうね。でも、確認の方は大丈夫？」

「さっきシスの兄ちゃんとすれ違ったんで、問題なしってお墨付きをもらってます」

「なら大丈夫だね。花瓶はまだあったかしら……」

「あと、今日は母さんいます？」

「宮廷に行ってるけど、もう少ししたら帰ってくるよ」

花束は学校の生徒から皇妃になるカレンへのお祝いなのだが、贈り物ひとつにしろ検閲が入るのだから大変だ。

家が華やかになるから良いのだが……フィーネには一つ不満が生まれた。

「確認くらい、シスに任せなくったってわたしができるのに」

「え？　あ、そういえばそうか。でも先に会ったのはシスの兄ちゃんだから」

単純なのがレオの美点ではあるが、精霊である己を差し置いて、半精霊を頼るのは納得しがたい。

不満を見せるフィーネをヴェンデルが咎めた。

「普段、魔法は使わないのーとか言ってるくせに、そういう時だけ文句言うのは変じゃない？」

「変、とは違うわ。これはセンサイな乙女心よ」

「絶対、意味も知らないで使ってるだろ」

「そんなことないもん……ところでエミールはいないの？」

エミールも新しい義理の姪《めい》を可愛がっているから、フィーネも懐いている。老猫を抱き上げたヴェンデルが「いない」と簡潔に教えた。

「エミールは婚姻式の参加者だから、自宅と宮廷を往復して練習中」

「……おにいちゃんはなにもしてないのに？」

「僕も明日から学校休んで練習だってば。……このあいだ言ったじゃん」

「覚えてない」

遅れて出迎えに現れたのは料理人のリオだ。

彼の姿を見るなり、レオがぱっと表情を輝かせた。

「おっちゃん、芋を揚げたやつ！」

「はいはい、いまから持ってくるよ。でも、飯だってあるんだから、たくさんは出さないぞ」

レーヴェのための菓子の種類は限られるが、リオなら問題ない。彼はアレルギー持ちの少年への気遣いに長けているし、レーヴェの実家であるヴァイデンフェラー家の信頼も厚かった。

二階に向かう一行だが、足を止めたフィーネにヴィリが振り返る。

「行かないの？」

「忘れ物があるから、あとで行く」

少年達を見送り、リオと二人きりになったフィーネは彼を見上げる。

その表情はどこか、無理に大人びる少女の面影があった。

「リオ、わたしは……」

「パンケーキはダメだ」

すかさず遮られ、リオは踵《きびす》を返してしまう。ふくれっ面を作って彼を追うフィーネに、リオは低く笑う。

「ぱんぱんにほっぺたを膨らませたってダメだぞ。もうすぐ夕ご飯なんだから、ここで食べたら食い切れなくなる」

「その気になれば、満腹になんてならない」

「だめだだめだ。君は人間の女の子として生活を送ってるんだから、その辺も合わせないと」

「けち」

「けちで結構」

朗《ほが》らかに笑う男は、カレンを除き、誰よりも彼女を知っている人間かもしれない。正確には『この世界の』宵闇なのだが、どちらにせよフィーネはリオの正体を知っている。なにせ彼女は、どんな精霊よりも魂の詳細を見分けることのできる能力の持ち主だ。

料理人リオは、大昔にこの世界に流れてきた異世界人の生まれ変わりだ。

初めてフィーネと顔を合わせた際は、リオは何故宵闇が生きているのかを問い質してきて、フィーネは真実を明らかにした。以来、彼は皇妃の専属料理人の地位を辞退しコンラート家に残っている。

厨房では、リオの背後から首に手を回すフィーネが彼の手元を覗いた。

「邪魔だよ」

「しつれいね。浮いてるし、体重なんてないわ」

フィーネは足をぶらぶら動かしながら、芋の皮を剝き、切り分け作業をこなすリオの指先を観察する。すべてを魔法に頼っていた精霊にはまるで神の手のようだ。

彼女はしみじみと感想を漏らした。

「あなた、本当に器用ねぇ」

「君に覚える気があるなら、このくらいできるはずなんだけどな」

「いやよ。指を切ってしまうから、すきじゃない」

「慣れるまで教えるよ」

「それよりあなたに作ってもらった方が早いでしょ」

こう言えばリオが嬉しそうに腹を揺らすのを知っている。最近は体型を気にしてダイエットを始めているらしいが、仕事柄のせいか、イマイチ上手くいっていない。

実年齢、肉体年齢共に離れた二人は、一見父娘のようでありながら、まるで長年連れ添った夫婦のようにも錯覚しそうである。

フィーネも彼女といるときは意図的に人間の振る舞いを捨てているが、本当は知っている。リオが彼女に向ける眼差しは肉親が向ける類の感情で、男女の情を含んだものではない。

抱きつく腕にわざと力を込めた。

「ねえ、リイチロー」

「私はリオだよ」

リオには動揺の欠片《かけら》もない。

つまらない、と言いたげにフィーネの唇が尖った。

「あなたは、わたしのことが好きなはずなのに、見向きもしないのね」

「さすがになぁ……おじさんが、何十も離れた女の子に手を出すのは問題だよ」

「見た目だけでしょ。いますぐ大人の女性に化けてあげましょうか?」

「眩しくて目が潰れてしまうよ、君が見られなくなってしまう」

リオはおどけたように声を弾ませながら、水にさらした芋を綺麗な布巾で拭く。その耳元でフィーネは囁いた。

「うそつき」

「わはは、バレたか」

あくまでも彼の恋い焦がれた存在は、この世界で消失した宵闇なのだろう。

見向きすらされないのはフィーネにとって不愉快ではあるが、かといって『宵闇』のように『リイチロー』が好きなのかと問われれば、答えは否だ。

フィーネがリオを構うのは、少しの親切心と単なるイタズラ心。

消失した『宵闇』を偲ぶ男への救済と、自分の方がより良い思い出を与えられるという、絶対の自信だ。簡単に籠絡《ろうらく》できるだろうと思っていたら、リオはその予想を悉《ことごと》く裏切っている。

本来ならフィーネの登場に泣いて喜ぶはずなのに、彼はただただ彼女を慈しみ、言葉を添えるだけ。

フィーネの過去の経験からすれば、絶世の美少女であるフィーネに邪《よこしま》な目を向けるはずなのに、まったくつまらない反応だ。

フィーネは謳うように言葉を紡ぐ。

「あなたがわたしに手を出した瞬間に消してやろうと思ってたのに、しょうもない人」

「怖いねぇ」

「それもうそね。あなたはわたしを怖がってないし、どんな言葉でも嬉しいと思ってる……へんたいかしら」

「なかなか辛辣だね」

「ちがうの？」

「変態は否定したいって。私はただ、君と話せるだけで幸せなだけさ」

リオが嘘を言っていないのは伝わっているが、物理的より精神的な幸福を優先する言葉は、フィーネには理解できない感覚だ。

厨房の傍らには、もうすぐ嫁ぐカレンのための和食が用意されている。

――リオは知ってた？　おかあさんの中身は、あなたと同じ、にほん人よ。

フィーネがカレンの正体をバラした時、リオは酷く驚いたが、軽々に秘密を明かした少女を叱りつけ、他の人には他言しないよう言いつけた。

それ以来、彼はなにも言わないが、和食に力を入れている。

料理の観察には飽きたのか、フィーネは地面に着地し、くるりとスカートを翻す。

「きょうも美味しいご飯をお願いね」

「任せておくれ。なにせ君たちのために腕を振るうのが、私の喜びなんだから」

その言葉に満足すると、ヴェンデル達の元へ向かおうとして立ち止まり、足元を見た。

彼女の視界に映りこむのは、リボンの可愛らしい赤い靴だ。

靴を眺めてしばらく、その足が向かったのは玄関だった。人さし指を動かせば勝手に扉が開き、フィーネはコンラート家を後にする。

ひとめで高価とわかる衣装を纏い、長すぎる艶やかな髪を束ねた美しい少女。

本来ならば注目を浴びておかしくないが、フィーネに視線を向ける人は一人としておらず、あっという間に公園へ到着してしまう。

彼女は長椅子《ベンチ》にちょこんと腰掛け、行き交う人々の声に耳を澄ました。

ある母親はこう言った。

「いまでも信じられないわ。冬まっただ中だっていうのに、こんな暖かいなんて」

別の親子はこう返した。

「起きたら突然こんな有様だものね」

「帝都門へは行った？　あそこはいま、一歩外に出れば大吹雪で大変なんですって」

「人がごった返して歩くのも一苦労って聞いたわよ。でも、それはそうよね、帝都だけが吹雪を逃れてるなんて、いままで聞いたこともないもの」

彼女達の思考は、現在帝都グノーディアを覆っている奇跡に注がれているらしい。だが夢中になるのも珍しい話ではない。この人間達だけではなく、いまは帝都中がこの奇跡にひっくり返っている。

フィーネが座っている間にも、話は続いた。

「陛下の結婚式はまた延長かと思ってたけど、これなら上手くできそうね」

「ねえ、その話なんだけど、知ってる？」

「知ってる知ってる。この帝都中を覆ってる見えない壁は、カレン様の起こした奇跡だってね」

――おかあさんじゃなくて、わたしなんだけど。

フィーネは心の中で訂正するが、口を挟むつもりはない。

一連の神業は結婚式に先がけ、帝都の吹雪を憂うカレンのため、フィーネが使った魔法だ。

街中でパレードを行うために帝都を雪から守り、弱い人間《カレン》のために暖かい風を作った。

フィーネのおかげで帝都は守られ、すっかり雪は溶けて地面も乾き、おかげで彼女の赤い靴も泥に汚れずに守られている。

光沢が美しく傷一つない、丸みを帯びた赤色の靴は、フィーネがはじめて与えられた履物《はきもの》だ。

精霊は生まれてから有りのままに過ごす生き物。彼女も例に漏れず衣類に興味はなかったが、この靴を履いた時の「かわいい」は今でも耳に残り続けている。

もう人に騙されるのはこりごりで、惑わされなどしないと決意していたのに、あの邪心も嫌味もない、心の底から発せられた『かわいい』を聞くため、フィーネは人間の真似をして着飾ったのだ。

人間の会話に耳を澄まし続ければ、どうやら彼らは帝都の展望に強い希望を持っている。

カレンの帰還の際の光の柱も、はじめは恐怖を覚えていたが、いまとなっては肯定的に捉えているらしい。

パレードのお披露目を楽しみにする声に、フィーネは首を捻った。

「……結婚式は、わたしも幸せな気持ちになれるのかしら」

寂しそうに呟く彼女へ、真っ直ぐに近づく人影がある。

見知った顔だった。

「なにしにきたの？」

「なにしにきたのとは、冷たいですね。もちろんお迎えですよ」

正体はエレナだ。この世界ではまだ珍しい、精霊の力を濃く受け継ぐ娘は、普段と変わらぬ笑みでフィーネに手を差し伸べている。

「お出かけするときは家の人に言いましょう、って教わりませんでした？」

「そういう気分じゃなかったの」

「黙って抜け出すのは何回目ですか。一般人の目に触れないよう、配慮してくれるのは助かりますけど、もう少しみんなへの気配りが必要ですよ」

フィーネはため息をつき、エレナに差し出された手を握る。

「おかあさんに言われてきた？」

「ええ。あなたがいない、って気付いてから迎えに出ようとしてましたけど、このエレナさんが代わりに引き受けました」

「なんだ、つまんない」

「カレンちゃんは、もうすぐオルレンドルの皇后になるんですよ。もしもを考えたら、出かけさせられません」

「……自由を制限するひとと結婚するからいけないのよ」

「それはちょっと同意しますけどぉ」

エレナはフィーネの正体を知ってなお、怖じ気づかず、対等に接する人間のひとりだ。

彼女と手を繋いだ途端、周囲がフィーネの存在を検知しはじめる。ハッと振り返る人が現れたが、二人は気にせず帰路を辿った。

エレナはフィーネを褒めた。

「フィーネちゃんは陛下が好きじゃないのに、よく我慢できてますよね」

「我慢って？」

「よく殺さないでいられるなあって、エレナお姉さんは感心してるんですよ」

「……なんのことかしら」

フィーネはそらとぼけるが、内心でどうしてばれたのかしら、と首を傾げている。エレナはそんな心中すら見抜いているようだ。

「だって貴女、本当に嫌いな人はさくっとやっちゃう精霊でしょ？」

エレナはフィーネの本質をよく見抜いている。

たしかに彼女は己を軽視する人間を許さないし、強い憤りを覚える。これはすでに一度虐殺に手を染めているため、目の前に立ちはだかる数々の選択に、安易に「殺し」が介入してくるせいだ。日頃から気に食わない人間を見かけると、一瞬でも消すか、と考える時がある。

これが虐殺の代償だ。

純朴な精霊でいられなくなった証拠だが、地面を見つめるフィーネは否定する。

「それは宵闇の話よ。コンラートのフィーネは、やらないの」

フィーネとエレナには身長差がある。

少女のつむじを注視していたエレナは繋いだ手に力を込めた。

「実はですねー、エレナさん、最初に会った半精霊が無茶苦茶性格悪かったせいで、精霊には良い印象がないんです」

「……シスのことよね。あの子も、わたしほどじゃないけど酷い扱いを受けてた」

「どちらが酷いかはおいといて……元々自分の中に流れる血も好きじゃありませんでした」

「変な話ね。あなた、祝福のおかげで、ひとより優れてるのでしょうに」

「優れていても人の中に混じれなかったら、人の世で生きるには向きません」

彼女の言葉には、どこか重みが混じっている。

「私でさえ生き辛かったんです。貴女がどこまで馴染めるのか……いくらカレンちゃん達の手助けがあっても、難しいんじゃないかなって思ってたんですけど、杞憂で終わって良かった」

「ふん。別に、私が馴染めなくてもおかあさんに迷惑はかけないわ」

「でも貴女が辛いでしょ？」

てっきり母の身を案じるがゆえの不安かと思ったら、エレナの眼差しは、フィーネを案じ、かつ彼女の境遇を羨んでいるようである。

「生きようと思った世界で拒絶されるのは、思うよりずうっと辛い。だから貴女が人に合わせて生活してくれて、私は本当に嬉しいんです」

「わたしは……」

フィーネの掠れるような呟きには動揺があった。それは物事を斜《しゃ》に構えがちだった精霊に変化を与えたのだが、エレナは気付かず、春の陽射しのような微笑みで語りかける。

「人を傷つけないでくれてありがとうございます、フィーネ」

フィーネはエレナを直視できなくなった。

咄嗟に下を向いた顔は、自分でもわからない動揺に目を白黒させている。

フィーネは思う。

彼女は生まれてこの方、その生《せい》の大半は利用されるか、都合の良い存在として扱われるばかりだった。それがこちらの世界に来てから、当たり前に過ごすだけで、たくさんの「嬉しい」や「ありがとう」に囲まれている。

動揺と恥ずかしさがまぜこぜになった感情は形容しがたく、フィーネの胸は苦痛を訴える。

無性にわけのわからない感情の正体は、自分一人では掴めそうにない。咄嗟に頼りたくなったのはカレンだが、すぐに考えを改めた。

フィーネは、カレンには良いところだけを見せていたい。

ゆえに、浮かべたのは誰よりも『宵闇』を知る人間だ。

――リオに会いたい。

彼なら、フィーネの苦しみがわかるだろうか。

フィーネはエレナの手を強く強く握りしめ、震えを抑えた微かな声を紡ぐ。

「つ、次も、迎えに来てくれても、いいからね」

「もちろん捜しに来ますとも。エレナさんは頼れる隣人の美人なおねーさんなんですからね」

精霊は未知の経験に翻弄《ほんろう》されながら、静かに己の心を直視した。


帝都中のざわめきがフィーネの耳に届いている。

一番の注目を攫っているのは彼女が足代わりにしている黎明だが、竜はただ飛んでいるだけ。帝都民が目の当たりにしている、グノーディアの空を覆う花びらは彼女が作ったものだ。

『これが大盤振る舞い、というものでしょうか』

帝都の上空を、まるで王者のように飛ぶ黎明の声が、フィーネの頭に響く。

少女は地上――皇帝と皇妃を乗せた馬車を目で追っていた。

「あなたが花びらでも降らしたら、って言ったんじゃない」

『たしかにわたくしの提案でしたが、あなたが実際に魔力を使ってくれるかは別です』

「なによそれ、つまりわたしはやらない、って思ってたの？」

『その可能性も考慮しておりました』

失礼な話だが、文句は言わなかった。

なにせ今日はオルレンドル帝国の、新しい皇妃の晴れの舞台だ。

フィーネはスカートの裾を風に翻しながら、軽い動作で左手を振る。すると帝都上空に色とりどりの花弁が生まれ、光の粒子と共に再び地上に降り注ぎはじめた。

彼女にとっては他愛ない魔法でも、帝都に集う人々には初めて目の当たりにする奇跡で、民の歓声は最高潮に高まっていく。

「おかあさん、びっくりしたかしら」

『もちろんです。驚きすぎて、さきほどあなたの姿を探していましたよ』

「どんな顔をしてた？」

『とても嬉しそうでした』

地上を見渡し、花嫁達を祝福する民の姿にフィーネは思う。

彼女は封印される前の、愚かな自分が大嫌いだ。

あのときの彼女が欲したのは、こんな風に誰からもお祝いをしてもらえる生《せい》だった。いま、馬車に座っている幸せな花嫁の立場が自分だったら……と羨望《せんぼう》する気持ちも、少しある。

ただ、コンラート家の娘になり、新しい家族を得て、隣人と交流を図っていると、いまの自分を前の自分より、少しだけ好きになれそうな予感がある。

相手の幸せだけを願って魔法を繰るのはいつ以来だったろうか――。

フィーネの目尻は自然と下がり、唇の端は優しく持ち上がっている。

「おめでとう、ね」

静かで深い安心感を与える祝福の光は、新郎新婦の馬車が宮廷に戻るまで降り注ぎ続けた。

あとがき

コミカライズが決まりました。

第一声がこれです。そのくらい楽しみにしています。

漫画はこの小説のイラストレーター、しろ46さんとなります。

とても嬉しいので是非よろしくお願いします。詳細は七月二十三日に開設するハヤカワのコミックサイト〈ハヤコミ〉から情報を順次を更新予定でして、今冬にはスタート予定です。是非よろしくお願いします。

元転一巻から二巻までの間には色々ありました。

コミカライズの話を進めていましたし、ボイスブックもとうとう四巻。KADOKAWAから『涙龍復古伝』といった書き下ろしの本を出させてもらいました。

二〇二一年十二月の『転生令嬢と数奇な人生を』一巻の刊行から、だいぶ時間が経っているのですが、いまだお知らせできることが多数あり、奇跡的にも、文字でお仕事できる喜びを噛みしめながらの元転二巻は、一巻に引き続き、ライナルトのカレン有り無しの変化が顕著です。

元転のシリーズは、前作で活躍できなかったキャラを掘り下げているので、ラトリア組の出番も増えました。

タイトルの「精霊の帰還」は今回も素敵な英題をつけていただいております。

原稿をしていると担当さん等からチラホラ気付きが入り「しまった！」と慌てたり「そういう視点もあったか！」と閃《ひらめ》きも多数。

たくさんの人が関わっているのだなあと嬉しくなる部分です。

書き下ろしのうちの一篇はフィーネ視点になりました。

彼女視点は書こうと決めており、実は一巻の書き下ろしにするかで迷っていたのですが、カバーイラストに合わせられたこともあり、話のタイミング的には、今回で良かったですね。カレン視点ではフィーネとリオとの関係が書けなかったので、やっと明らかに出来た！　といった思いです。

本篇や特典ではアヒムが憐れなことになっているのですが、彼は最早そういう立ち回り役です。特に対人外《じんがい》は偏見を持たず、利用せず、当たり前に接するのが好かれる要因です。

さてさてよもやま話。

本篇進行中、ヨー連合国では邪魔者《キエム》が眠ったのをいいことに、異世界転移人のキヨがヨーの旧態依然とした医療体制にメスを入れ、女の地位を向上させるべく本格的な無双をしました。

あちこち敵を作ったため、目覚めたキエムは尻拭いで可哀想なことになります。

オルレンドルの北の地では、覚醒したヴィルヘルミナがアルノーの補佐のもと、本場仕込みの裏工作で権力争いに大勝利し、地元の悪徳地主達を粛清中です。

各キャラの活躍も作者の頭の中で色々進行しつつ、次巻、もっと思いっきりはっちゃけてもらう予定の三巻のあとがきで、またお会いできれば幸いです。

二〇二四年　六月

かみはら

祝
元転生令嬢と数奇な人生を②
髪を切って心機一転のアヒム、
今回輝いてましたね!!
苦労が偲ばれます
2024.7 しろ46.
……

本書は「小説家になろう」サイトで連載された小説を大幅に加筆修正し、書き下ろし短篇二篇を加えたものです。

元《もと》転生《てんせい》令嬢《れいじょう》と数奇《すうき》な人生《じんせい》を2
精霊《せいれい》の帰還《きかん》

二〇二四年七月　十　日　印刷
二〇二四年七月十五日　発行

著　者　かみはら
発行者　早川　浩
発行所　株式会社　早川書房
郵便番号　一〇一 - 〇〇四六
東京都千代田区神田多町二ノ二
電話　〇三 - 三二五二 - 三一一一
振替　〇〇一六〇 - 三 - 四七七九九
https://www.hayakawa-online.co.jp
定価はカバーに表示してあります

印刷・株式会社精興社　製本・株式会社フォーネット社

ISBN978-4-15-210341-3 C0093

早川書房の単行本

転生令嬢と数奇な人生を1

辺境の花嫁

かみはら
イラスト　しろ46
46判並製

異世界で中流貴族令嬢に転生したカレンは、母親の浮気が原因で、14歳で家を出て平民として暮らすことに。だが2年後、姉の結婚に伴い呼び戻され、イケメンとご老人、2人の花婿候補を紹介される。果たしてカレンの選択は？　注目の異世界恋愛ファンタジー開幕

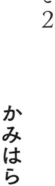

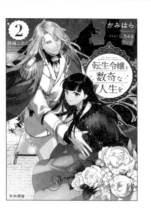

早川書房の単行本

転生令嬢と数奇な人生を3

栄光の代償

かみはら
イラスト しろ46
46判並製

使命もチート能力もなく、平民落ち、政略結婚、故国喪失と、状況に翻弄され、そのたび自ら運命を切り拓いてきた転生令嬢カレン。移住先の帝国で旧友の魔法使いと再会するが、まもなく帝国中枢をも巻き込む悲劇が。地獄の釜の蓋が開く第3巻。書き下ろし短篇付！

転生令嬢と数奇な人生を 4

希望の階《きざはし》

かみはら
イラスト しろ46
46判並製

転生令嬢カレンは常に自らの力で試練を乗り越えてきた。だが、逆賊となった親友を討って手に入れた栄光はあまりにも苦い。そんな絶望の底で彼女が見つけたのは、転生者から託された秘宝だった。帝国を覆す力と異世界召喚の謎に迫る第4巻。書き下ろし短篇付！

早川書房の単行本

転生令嬢と数奇な人生を6

恋歌の行方

かみはら
イラスト しろ46
46判並製

チートなしの転生令嬢だったカレンは、過酷な運命を乗り越え、無二の魔法使いとなって皇子ライナルトの皇位簒奪を助けた。が、前帝カールの妃が仕掛けた罠に、カレン最大の危機が迫っていた……異世界〝恋愛〟ファンタジー、シリーズ完結篇。書き下ろし短篇付

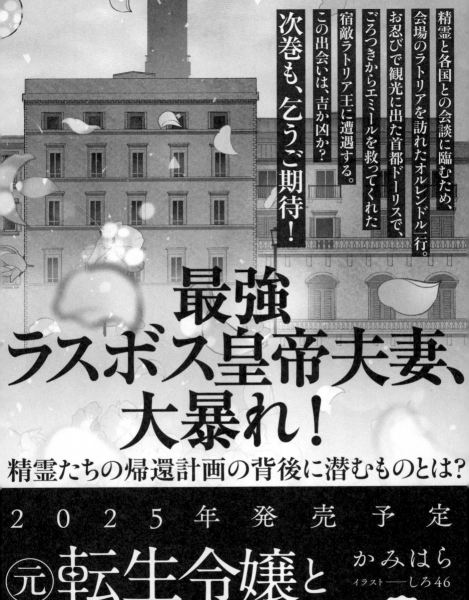